À propos de l'auteur

Nora Roberts est l'un des auteurs les plus lus dans le monde, avec plus de 400 millions de livres vendus dans 34 pays. Elle a su comme nulle autre apporter au roman féminin une dimension nouvelle ; elle fascine par ses multiples facettes et s'appuie sur une extraordinaire vivacité d'écriture pour captiver ses lecteurs.

Nora Roberts

L'appel de la nuit

Nora Roberts

L'appel de la nuit

Traduction française de

JEANNE DESCHAMP

HARLEQUIN

Titre original :
NIGHTSHADE

Ce roman a déjà été publié en 2016

HARPERCOLLINS FRANCE
83-85, boulevard Vincent-Auriol, 75646 PARIS CEDEX 13
Service Lectrices — Tél. : 01 45 82 47 47

www.harlequin.fr

ISBN 978-2-2804-3757-8

Prologue

Drôle de lieu pour une rencontre, songea Colt en saluant l'indic d'un bref signe de tête. La nuit était glaciale, la rue sinistre et des relents de whisky et de mauvaise sueur s'échappaient par la porte entrouverte du Tick-Tock, le bar voisin. Colt s'adossa contre le mur et tira lentement sur son cigare. Il examina d'un regard rapide l'homme qui avait accepté de lui vendre ses renseignements à prix d'or. Wild Bill Billings était un véritable sac d'os, rabougri et laid. Dans la lumière blafarde de l'enseigne qui clignotait au-dessus d'eux, son informateur avait une allure presque comique.

Mais Colt n'était pas d'humeur à sourire. L'affaire qui l'amenait à Denver dans cette rue obscure n'avait rien d'une plaisanterie.

— Vous êtes une vraie anguille, Billings. J'ai bien cru que je n'arriverais jamais à mettre la main sur vous.

Mordillant l'ongle crasseux de son pouce gauche, l'indic scruta les alentours d'un regard méfiant et marmonna :

— Moins on se montre dans cette ville, plus on a des chances de rester en vie longtemps.

Puis il reporta son attention sur Colt et demanda :

— Vous vouliez me voir ?

Colt acquiesça d'un signe de tête, notant au passage que le dénommé Billings transpirait à grosses gouttes.

— Un type comme moi a intérêt à prendre le maximum de précautions, vous comprenez ? Les tuyaux qui vous intéressent, tout le monde ne serait pas capable de vous les refiler. En temps normal, je ne bosse qu'avec une seule personne, quelqu'un de la police que j'ai essayé de joindre toute la journée et qui n'était jamais là.

— J'aime autant me passer du flic. Après tout, c'est moi qui paye, non ? dit Colt en sortant deux billets de cinquante dollars de la poche de sa chemise.

Les yeux luisants, Billings tendit la main pour s'en emparer. Mais Colt maintint l'argent hors de sa portée. Il ne craignait pas de prendre certains risques, mais n'avait pas pour habitude de régler la note avant d'avoir vu la couleur de la marchandise.

— On pourrait causer plus tranquillement en buvant un coup, suggéra Billings en indiquant le bar du menton.

Un rire de femme, aigu, presque hystérique s'échappa par la porte ouverte. Colt observa son compagnon. Billings crevait de peur, c'était manifeste. A la moindre alerte, il détalerait comme un lapin. Et ce serait de nouveau la croix et la bannière pour le retrouver. Si ce type avait des informations valables à lui offrir, il s'agissait de les lui faire cracher. Et vite.

— Dites-moi d'abord ce que vous savez. Je vous offrirai à boire ensuite.

— Vous n'êtes pas d'ici, vous.

— Exact, confirma Colt en haussant les sourcils. Ça pose un problème ?

— A priori, non. Ça pourrait même plutôt vous sauver la peau, au contraire, marmonna Billings en essuyant du revers de la main la sueur qui perlait sur ses lèvres. Car si jamais ils apprennent que… Enfin. Vous avez l'air capable de vous défendre.

— Je me débrouille, dit Colt, laconique, en jetant son fin cigare dont la pointe continua à rougeoyer dans le caniveau. Et maintenant, passons aux choses sérieuses, Billings.

En guise d'acompte, Colt lui remit un premier billet. L'indic s'empara prestement des cinquante dollars et les glissa dans une de ses poches. Mais la satisfaction qui s'était peinte sur son visage fit place soudain à une expression de terreur intense. Un bruit de pneus crissant sur la chaussée venait de retentir, et Colt, n'écoutant que son instinct de conservation, se jeta sur le sol juste au moment où les premiers coups de feu éclataient dans la nuit.

1

La patience avait toujours été une des qualités majeures d'Althea Grayson.

Après une lourde journée de labeur clôturant une semaine harassante, elle s'était changée sans rechigner pour enfiler une robe de cocktail et des escarpins à talons hauts. Elle avait même enduré sans broncher les discours soporifiques qui se succédaient depuis le début du banquet annuel du Barreau. L'ennui n'avait jamais été un problème pour Althea. Au contraire. Les moments de désœuvrement, elle les utilisait pour se recharger les batteries, au moral comme au physique.

S'il y avait une chose qu'elle tolérait *très mal*, en revanche, c'était qu'on la traite comme un vulgaire objet de consommation courante. Elle faillit bondir lorsque Jack Holmsby glissa une main sous la nappe pour la poser d'autorité sur son genou.

Les hommes étaient si tristement prévisibles.

Althea prit son verre et se pencha à l'oreille de son voisin.

— Jack ?

Sa main glissa plus haut sur sa cuisse.

— Mmm ?

— Si vous n'enlevez pas votre main dans — disons,

deux secondes — je l'attaque à coups de fourchette. Et je vous préviens que ce sera douloureux.

Se renversant contre son dossier, elle but une gorgée de vin et lui sourit par-dessus le rebord de son verre.

— Je parle sérieusement, Jack. Vous n'aimeriez pas être privé de tennis pendant un mois, je suppose ?

Mais Jack Holmsby, célibataire convoité, procureur redouté et invité d'honneur à cette soirée très officielle, n'était apparemment pas homme à reculer devant le premier obstacle. Il parut hautement stimulé au contraire.

— J'aime ton caractère emporté, Thea, chuchota-t-il en lui adressant un clin d'œil subtilement lubrique. Et si on s'esquivait, tous les deux ? On pourrait finir la soirée chez moi.

Il lui murmura à l'oreille quelques propositions imagées, inventives et quasi irréalisables sur le plan anatomique.

Le signal d'appel de son biper dispensa Althea de répondre et évita à Jack de finir sa soirée aux urgences. Plusieurs de ses compagnons de tablée s'agitèrent et tapotèrent leur poche. Althea se leva et sourit.

— Ne cherchez plus, messieurs, l'appel était pour moi. Si vous voulez bien m'excuser quelques instants…

Elle s'éloigna à grands pas pour se diriger vers la rangée de téléphones dans le hall, dévoilant une longue jambe nue à chaque foulée. Toute la tablée la suivit des yeux. Sans être grande, elle avait un corps souple, compact, élastique, avec des courbes voluptueuses qui laissaient peu d'hommes indifférents. Et sa robe de soirée en jersey de soie violet les mettait si savamment en valeur que les pressions artérielles montaient dans la salle.

Habituée à faire sensation, la jeune femme traversa la pièce sans se soucier des regards masculins posés sur elle. Ses préoccupations professionnelles reprenaient le dessus et elle était déjà à des années-lumière du banquet annuel du Barreau.

Dans sa pochette minuscule, elle avait réussi à caser son poudrier, un rouge à lèvres, un peu d'argent et son 9 mm. Pêchant une pièce de monnaie, elle la glissa dans la fente et composa son numéro.

— C'est moi. Grayson. Il y a une urgence ?

La nouvelle qu'on lui communiqua à l'autre bout du fil lui procura un choc inattendu. Repoussant les longs cheveux d'un roux flamboyant qui lui tombaient sur les yeux, elle referma son sac d'un geste brusque.

— OK. Merci de m'avoir avertie. Je me rends immédiatement sur place.

Althea raccrocha et vit Jack Holmsby se hâter dans sa direction. *Attirant, ce garçon*, se dit-elle en l'examinant d'un œil connaisseur. Vu de l'extérieur, il avait tout pour plaire. Dommage que l'intérieur soit aussi décevant !

— Désolée, Jack. Mais je vais devoir vous fausser compagnie.

Le procureur fronça les sourcils. Il l'avait manifestement incluse dans ses projets pour la nuit et ce contretemps semblait le contrarier au plus haut point.

— Franchement, Thea, vous aviez promis de me consacrer cette soirée. Vous ne pourriez pas demander à l'un de vos collègues de vous remplacer, pour une fois ?

Sans l'ombre d'une hésitation, Althea secoua la tête. Le travail, pour elle, avait toujours constitué une priorité absolue.

— Impossible, Jack, trancha-t-elle en tournant les talons.

Tenace, il lui emboîta le pas et sortit du bâtiment à sa suite. La nuit d'automne les enveloppa de sa fraîcheur humide.

— Et pourquoi ne pas venir me retrouver ici quand vous aurez terminé ? proposa Jack. Nous reprendrons là où nous nous sommes arrêtés.

— Il n'y a rien à reprendre, pour la bonne et simple raison que nous n'avons rien commencé, rétorqua-t-elle en confiant son ticket au chasseur à l'entrée. Et je n'ai aucune intention de démarrer quoi que ce soit avec vous.

Elle soupira lorsque Jack noua ses bras autour d'elle.

— OK, parlons franc, Thea : n'essayez pas de me faire gober que vous êtes venue ce soir pour le plaisir d'avaler de médiocres travers de porc en écoutant des avocats discourir…

Il se pencha vers elle et souffla tout contre ses lèvres :

— Tu n'as pas mis une robe comme celle-ci pour me tenir à distance, mais pour m'exciter. Et tu as pleinement réussi. Tu ne vas pas t'arrêter en si bon chemin, ma belle…

Althea sentit la moutarde lui monter au nez. Jack pâlit lorsqu'elle lui enfonça un coude dans les côtes. Se dégageant d'un mouvement vif, elle recula d'un pas.

— Vous voulez savoir pourquoi j'ai accepté de vous accompagner à ce banquet, Jack ? Parce que je vous respecte sur le plan professionnel et que j'espérais que nous passerions un moment agréable ensemble. Quant à mon choix de vêtements, il ne concerne que moi, Holmsby. Mais retenez tout de même une chose : je m'habille pour me faire plaisir. Jamais pour me faire tripoter sous la table ni pour servir de déversoir aux fantasmes pornographiques de tout un chacun.

Sans aller jusqu'à crier, elle n'avait pas pris la peine de baisser la voix pour autant. Jack ajusta son nœud de cravate en regardant nerveusement autour de lui.

— Althea ! Mettez une sourdine, voulez-vous ? Un peu de respect pour ma réputation.

— Le respect ? Vous ne croyez pas que c'est précisément ce dont vous m'avez manqué ce soir ? rétorqua-t-elle d'une voix suave en se penchant pour remettre un pourboire au chasseur qui arrivait au volant de sa voiture.

Sous le regard ébloui de l'employé, elle se glissa au volant de sa Mustang décapotable et sourit au procureur.

— Bonsoir, Maître. Et au plaisir.

Saluant Jack d'un signe de tête, elle passa une vitesse et l'élégant cabriolet bondit en avant.

A la campagne, comme à la ville, au fin fond d'une banlieue grise ou dans un pré d'herbe verte, une même ombre rôdait immanquablement sur les lieux d'un crime : celle de la mort. Forte de ses dix années d'expérience dans la police, Althea avait appris à l'identifier et à dominer le malaise qu'elle suscitait. Elle avait besoin d'avoir la tête claire pour conduire son enquête avec calme et rigueur.

En arrivant à proximité du Tick-Tock, elle vit que des barrières avaient été placées pour arrêter la circulation. L'activité habituelle régnait autour du corps qui gisait toujours sur le trottoir. Le photographe de la police venait de prendre un dernier cliché et commençait à remballer son matériel.

Trois voitures de patrouille, noires et blanches, bloquaient la rue, avec gyrophares tournants et radios crachotantes. Comme toujours, un attroupement s'était formé et les curieux s'agglutinaient devant les barrières pour tenter d'avoir un aperçu du cadavre. La mort attirait toujours les spectateurs. Rien de tel que de se frotter à elle pour sentir la vie couler un peu plus fort dans ses veines.

Frissonnant dans la nuit d'automne, Althea drapa une étole de soie verte autour de ses épaules et descendit de sa Mustang. Elle montra son insigne au policier chargé de contenir la foule et se glissa sous la barrière. Avec un soupir de soulagement, elle reconnut Sweeney, un vieux de la vieille qui arborait l'uniforme de la police de Denver depuis presque trente ans. Il s'avança à sa rencontre.

— C'est une sale affaire, inspecteur.

Il sortit un mouchoir de sa poche et se moucha bruyamment.

— Comment est-ce arrivé, Sweeney ?

— Des coups de feu ont été tirés d'une voiture en marche. La victime était en train de discuter devant le bar. D'après les témoins, le véhicule arrivait par le haut de la rue. Le trottoir a été arrosé de balles, puis la voiture a accéléré de nouveau. Ils ne se sont pas arrêtés, évidemment.

Althea hocha la tête. L'odeur du sang flottait encore dans l'air même si elle commençait à s'atténuer.

— Il y a eu des blessés ?

— Non. Juste quelques éclats de verre pour les consommateurs qui se trouvaient près de la porte. Les meurtriers savaient ce qu'ils faisaient, apparemment.

Sourcils froncés, Sweeney contempla l'homme gisant sur le trottoir. Il secoua la tête.

— Il n'avait aucune chance d'en réchapper. Je suis désolé, inspecteur.

— Pas tant que moi.

Althea alla s'accroupir un instant près de la victime. De son vivant, déjà, Billings n'occupait pas beaucoup de place. Mais mort, étalé sur les pavés tachés de sang, il paraissait encore un peu plus maigre, un peu plus triste, un peu plus laid.

Wild Bill Billings... Proxénète à ses heures, un peu truand sur les bords. Et indicateur de police à plein temps.

Son indic.

— Et le médecin légiste ?

— Il est déjà passé, déclara Sweeney. Il ne nous reste plus qu'à expédier l'ami Bill à la morgue.

— Alors, faites ce que vous avez à faire, murmura Althea en prenant congé de Billings d'un ultime regard. Vous avez la liste des témoins ?

— Ouais. Sans intérêt, pour la plupart. La voiture était bleue pour les uns, noire pour les autres. L'un des piliers de bistrot a entrevu un chariot en flammes surgi tout droit de l'enfer. Et tout à l'avenant.

Sweeney conclut ce compte rendu plutôt désolant par une série de jurons musclés. Althea qui en avait entendu d'autres ne se formalisa pas de ses écarts de langage.

— On fera avec ce qu'on a, murmura-t-elle en tournant la tête.

Scrutant la foule du regard, elle ne détecta rien d'inhabituel : les éternels poivrots rivés au bar, une bande d'adolescents en quête de sensations fortes, quelques SDF figés dans une attitude hébétée et...

Althea ressentit une vibration étrange, comme un picotement qui se propageait sur toute la surface de sa peau. L'homme sur lequel s'était arrêté son regard n'avait pas les yeux ronds comme la plupart de ses voisins. Il ne paraissait ni révulsé ni excité par la scène sanglante qui venait de se produire. Debout près du comptoir, les bras croisés sur la poitrine, il attendait la suite des événements sans montrer d'anxiété particulière. Althea nota le bomber en cuir ouvert sur une chemise en jean, la médaille d'argent sur sa poitrine. Il était grand, sans être dégingandé, plutôt athlétique, manifestement à l'aise dans son corps. Dans la lumière jaunâtre du bar, elle ne put distinguer si ses cheveux étaient blond foncé ou châtain clair. Mais ils étaient abondants, légèrement ondulés, plutôt plus longs que la moyenne.

Un fin cigare fiché entre les lèvres, il regardait autour de lui avec une expression indéchiffrable. Malgré l'absence de lumière, on le devinait hâlé. Ses traits étaient nets, hardis, anguleux. Les yeux légèrement enfoncés, le nez long et assez mince. Sa bouche dégageait une impression d'ironie, comme s'il se moquait silencieusement du monde.

D'instinct, Althea reconnut un pro, même s'il lui était difficile de le situer exactement. Elle voulut sonder ses traits avec plus d'attention lorsque le regard de l'homme rencontra le sien. L'impact lui fit l'effet d'un coup de poing dans le ventre.

Elle tourna la tête vers son compagnon.

— Et ce type là-bas, Sweeney ?

— Lequel ?

Sweeney regarda dans la direction qu'elle lui indiquait et le vieux policier eut un discret sourire.

— Ah, celui-là. C'est le témoin principal. La victime était en pleine discussion avec lui juste avant de se faire descendre.

Du coin de l'œil, Althea nota que l'équipe du coroner procédait à l'enlèvement du corps.

— De tous les témoins, c'est le seul à présenter un récit à peu près cohérent, précisa Sweeney.

Il sortit un carnet de sa poche, se mouilla l'index et le feuilleta en fronçant les sourcils.

— Voyons… Il a pu identifier le véhicule. Il s'agirait d'après lui d'une Buick noire, modèle 91, immatriculée dans le Colorado. Il n'a pas eu le temps de relever le numéro des plaques car la scène s'est déroulée trop vite et le témoin était très occupé, selon ses propres dires, « à essayer de sauver sa peau ». Le véhicule, d'autre part, roulait tous feux éteints. Il dit qu'au son, l'arme du crime pourrait être un AK-47.

— Tiens, tiens. Ce monsieur a de l'oreille, on dirait, commenta Althea en se tournant vers le témoin. Je vais peut-être…

Elle s'interrompit en voyant son supérieur hiérarchique pénétrer dans le bar. Boyd se dirigea en droite ligne vers l'homme au cigare, secoua la tête puis afficha un grand sourire. Les deux hommes se donnèrent l'accolade et se tapèrent longuement dans le dos.

Althea observa ces démonstrations d'amitié avec une curiosité qu'elle se promit de satisfaire à la première occasion. Puis elle se tourna vers Sweeney.

— Bon, changement de programme… J'abandonne notre témoin principal aux mains du commissaire pour le moment. Finissons-en ici, Sweeney. La nuit promet d'être longue.

Colt n'avait pas quitté la jeune femme des yeux depuis le moment où il avait vu la portière de la Mustang s'ouvrir, révélant une paire de jambes sculpturales. Inutile de préciser qu'il avait apprécié le spectacle. Sa façon de se mouvoir, surtout, lui avait plu. La superbe rousse se déplaçait avec une grâce qui n'avait rien d'ostentatoire. Il y avait chez elle une souplesse, une économie dans le geste qui constituaient un régal pour les yeux.

La demoiselle avait une plastique à laquelle on ne pouvait rester insensible. Elle n'était pas grande, pourtant. De taille moyenne, mais proportionnée à la perfection, elle dégageait une vitalité étonnante. L'éclat solaire de sa chevelure offrait un contraste frappant avec la pâleur de sa carnation, la grande finesse de ses traits.

Malgré la fraîcheur de la nuit, Colt se surprit à caresser quelques pensées particulièrement brûlantes. Ce qui n'était pas la pire façon de tuer le temps en attendant qu'on l'autorise enfin à poursuivre son chemin. La patience n'avait jamais été son fort et se trouver là, au point mort, avec un informateur définitivement réduit au silence n'arrangeait pas spécialement ses affaires.

Colt ne fut pas surpris de voir la jeune femme brandir une carte professionnelle pour franchir le cordon de sécurité. Au premier coup d'œil, à voir son allure, il avait pensé à une avocate ou à une journaliste. Il alluma un cigare et comprit qu'il s'était trompé lorsqu'elle entra en discussion avec Sweeney.

Flic. Cette fille était flic jusqu'au bout des ongles. Cela se voyait rien qu'à la façon dont elle observait la scène.

Environ trente ans. Un mètre soixante-cinq à peu près, et un physique à damner un saint. Colt siffla mentalement entre ses dents. Si tous les flics avaient un gabarit comme celle-ci, il voulait bien être soumis à des arrestations régulières.

Le spectacle du corps criblé de balles de l'indic ne lui inspirait, en revanche, aucune émotion particulière. Colt ne voyait qu'une chose : Billings avait été réduit au silence avant de pouvoir lui fournir les tuyaux promis. Mais Colt Nightshade n'était pas homme à se laisser arrêter par un cadavre. Il contournerait l'obstacle et trouverait un autre moyen pour arriver à ses fins.

Comme il réfléchissait à des pistes possibles, il sentit soudain le regard de la femme peser sur lui. Il tira sur son cigare et tourna les yeux vers elle en rejetant sa fumée. Sa première réaction fut épidermique, intensément sexuelle et plutôt inhabituelle. La seconde ne fut pas seulement inhabituelle mais sans précédent : il eut l'impression qu'un vide sidéral se creusait soudain en lui, laissant son esprit lisse et immobile comme un miroir. Il vacilla. Comme aimantée à son tour, elle fit un pas dans sa direction.

Il était dans un tel état de distraction que Boyd put s'approcher de lui, sans qu'il sente sa présence dans son dos.

— Colt ! Vieille fripouille !

Prêt à bondir, Colt pivota sur lui-même. Un large sourire éclaira ses traits lorsqu'il reconnut l'homme qui se tenait devant lui.

— Fletch !

Colt n'avait jamais eu peur d'être démonstratif avec ses vrais amis. Sans une hésitation, il serra Boyd dans ses bras. Puis, les mains en appui sur ses épaules, il recula d'un pas, curieux de découvrir les transformations qui s'étaient opérées depuis dix ans qu'ils ne s'étaient pas revus. Mais le temps n'avait pas opéré de ravages sur Boyd Fletcher. Au contraire.

— Toujours aussi beau gosse, l'ami.

— Et toi, tu as toujours ton allure de baroudeur. Bon sang ! Je suis content de te voir, tu sais. Ça fait longtemps que tu es arrivé à Denver ?

— Il y a deux jours. Je voulais d'abord régler un truc ou deux avant de me manifester.

Boyd jeta un regard au cadavre que l'on chargeait dans le véhicule du coroner.

— Et Billings faisait partie des « trucs » que tu avais à régler ici ?

— On peut dire ça comme ça, oui. Merci d'avoir réagi aussi rapidement à mon coup de fil, Boyd. J'apprécie que tu sois venu à la rescousse.

— Tu aurais fait la même chose à ma place, répondit Boyd en saluant sa collègue rousse d'un signe rapide de la main. Mais à qui s'adressait ton appel, Colt ? A l'ami ? Au flic ?

Colt jeta son cigare et l'écrasa d'un coup de talon.

— Disons que ça tombe bien que tu sois l'un et l'autre.

— C'est toi qui as tué ce type ?

La question avait été posée avec une telle décontraction que Colt ne put s'empêcher de sourire.

— Non.

Boyd hocha la tête.

— Tu as l'intention de me raconter ton histoire ?

— De bout en bout.

— Parfait. Tu m'attends une seconde dans la voiture ? J'arrive tout de suite.

— *Commissaire* Fletcher ! Eh bien… Mes félicitations.

Colt secoua la tête en riant. Les pieds calés sur le bureau de Boyd, il se sentait en grande forme malgré l'heure tardive et la qualité innommable du café tiré du distributeur.

— Et toi, Colt ? Je croyais que tu étais rangé des voitures et que tu élevais sagement des chevaux et du bétail dans le Wyoming ?

— Je suis éleveur, oui. A mes heures.

— Et tes études de droit ?

Il rit doucement.

— Mon diplôme doit traîner dans un tiroir quelconque.

— Tu as démissionné de l'armée de l'air, alors ?

Colt haussa les épaules.

— Disons que je pilote toujours mais que je ne porte plus l'uniforme. Et cette pizza ? Quand pouvons-nous compter la voir arriver ici, à ton avis ?

— Juste le temps qu'il faudra pour qu'elle refroidisse et devienne immangeable, répondit Boyd en se renversant contre son dossier.

Colt contempla son ami avec affection. On le sentait à l'aise dans son bureau, comme il était à l'aise dans la rue, à l'aise dans la vie. Malgré la longue coupure, il retrouvait sa complicité avec Boyd intacte, comme s'ils s'étaient quittés dix minutes — et non pas dix ans — plus tôt.

— Et le gars qui a tiré ? Tu n'as rien vu ?

Colt eut un petit rire.

— Tu me prends pour qui, Fletch ? Superman ? C'est déjà pas mal que j'aie réussi à identifier le véhicule avant de plonger au sol. Cela dit, je reconnais que mon témoignage n'apporte pas grand-chose. Ils devaient opérer à bord d'une voiture volée.

— Je suppose que nous allons le savoir bientôt : l'inspecteur Grayson a diffusé le signalement du véhicule. En attendant, si tu m'expliquais ce que tu fabriquais dans une rue noire de Denver, à causer avec un indic ?

— Billings avait pris contact avec moi dans l'après-midi. J'avais…

Colt s'interrompit lorsque la jeune femme rousse — toujours en robe du soir — fit irruption dans le bureau. Elle n'avait pas pris la peine de frapper et brandissait un carton plat.

— Hé, là-bas. C'est pour vous, la pizza ?

Posant le carton sur le bureau de Boyd, elle tendit la main, paume ouverte.

— Tu me dois dix dollars, Fletcher. Et je te conseille de régler ta dette sans traîner.

Avec un léger sourire, Boyd fit les présentations.

— Althea Grayson. Colt Nightshade. Colt est un vieil ami, précisa-t-il en tirant un billet de son portefeuille.

Althea rangea les dix dollars dans son sac avant de le gratifier d'un signe de tête.

— Enchantée, monsieur Nightshade.

— Et moi donc, mademoiselle Grayson.

— *Inspecteur* Grayson, rectifia-t-elle.

Soulevant le couvercle du carton à pizza, elle examina le contenu d'un œil critique et finit par choisir sa part.

— Vous étiez présent sur les lieux du crime, je crois ? observa-t-elle d'un ton désinvolte en plongeant son regard mordoré dans le sien.

— C'est exact.

Reposant les pieds au sol, il se pencha sur le carton pour se servir à son tour. Au passage, il capta une bouffée du parfum d'Althea. Un bouquet de fragrances fleuries, autrement plus affriolant que l'odeur de chorizo et de fromage fondu qui se dégageait de la pizza refroidie.

La jeune femme revint à la charge.

— Vous pourriez m'expliquer, monsieur Nightshade, en quel honneur vous vous êtes fait tirer dessus en compagnie de mon indic ?

Colt fronça les sourcils.

— *Votre* indic ?

— Exactement. *Mon* indic…

Althea examina Colt Nightshade de près tout en se tapotant les lèvres avec une serviette. Si ses cheveux hésitaient entre le blond et le châtain, ses yeux, eux, semblaient être à mi-chemin entre le bleu et le vert. Et le regard qu'il posait sur elle en cet instant était plus froid que le vent d'automne qui s'acharnait sur la fenêtre.

— Billings m'a confié qu'il avait essayé de joindre son contact dans la police depuis ce matin, observa-t-il sèchement. En vain.

— J'étais occupée sur le terrain.

Colt gratifia sa robe de soirée d'un regard appuyé.

— Sur le terrain ? C'est ce que je vois, en effet, acquiesça-t-il avec une ironie non dissimulée.

— L'inspecteur Grayson travaille sur une affaire de drogue assez compliquée en ce moment, trancha Boyd. Et maintenant, les enfants, si nous repartions du début ?

— OK pour moi.

Althea reposa sa part de pizza à moitié entamée et retira son étole. Colt dut serrer les mâchoires pour ne pas rester bouche bée et la langue pendante, comme un parfait demeuré. Lorsqu'elle se détourna pour poser son châle, il eut l'occasion de découvrir son dos dénudé jusqu'en dessous de la taille. Un dos droit, mince et souple, au pouvoir singulièrement érotique.

Reprenant sa pizza, Althea alla se percher sur un coin du bureau de Boyd. Colt encaissa le choc. Elle était parfaitement consciente de l'impact qu'elle avait sur les hommes, en plus. Il le voyait dans ses yeux — à cette lueur à peine perceptible de satisfaction et de défi qui s'allumait dans son regard. Pour Colt, rien d'étonnant. Il avait toujours été persuadé que les femmes connaissaient — et exploitaient — leur propre pouvoir de séduction à la perfection. Mais Althea Grayson disposait pour cela d'un arsenal particulièrement bien fourni.

— Que faisiez-vous ce soir avec Wild Bill, monsieur Nightshade ?

— Nous parlions, répondit Colt, laconique.

Il aurait pu être plus explicite mais il était trop occupé à essayer de deviner quel type de relation son ami Boyd entretenait avec la belle inspectrice rousse. Il avait beau les observer, cependant, impossible de percevoir le moindre soupçon d'attirance entre eux. Etonnant.

— Et de quoi parliez-vous donc, Bill et vous ?

Elle continuait à l'interroger d'une voix patiente et douce, comme si elle avait affaire à un attardé mental.

— La victime était l'informateur de Thea, lui rappela Boyd. Si elle veut s'occuper de l'affaire…

— C'est le cas.

— … Je lui confie le dossier.

Pour se donner un temps de répit supplémentaire, Colt prit une seconde part de pizza. Il savait qu'il n'avait pas le choix mais il n'en renâclait pas moins devant l'épreuve : s'il y avait une chose qu'il détestait depuis toujours, c'était bien d'avoir à demander de l'aide.

— Il m'a fallu deux jours pour mettre la main sur Billings, précisa-t-il.

L'opération lui avait également coûté deux cents dollars, avec toutes les pattes qu'il avait fallu graisser au passage. Mais il n'était pas homme à faire des comptes avant d'être allé jusqu'au bout de la tâche qu'il s'était fixée.

— Lorsque Billings s'est présenté au rendez-vous, il paraissait très nerveux, poursuivit-il en se levant pour arpenter le bureau. Il était réticent et a fait remarquer à plusieurs reprises qu'il aurait préféré passer par l'intermédiaire de son contact dans la police.

Il observa Althea et comprit qu'elle luttait contre l'épuisement. Les signes, cela dit, étaient à peine perceptibles : une infime lourdeur des paupières, la ligne légèrement voûtée d'une épaule, une ombre impalpable sous ses yeux mordorés au regard intelligent.

— Je suis désolé que vous ayez perdu votre informateur, inspecteur. Mais je crois que votre présence auprès de lui ce soir n'aurait rien changé.

Althea soupira.

— C'est possible. Nous n'aurons jamais la réponse définitive à cette question, alors à quoi bon la poser ?

Elle redressa la taille. Comme si elle essayait de se redonner du courage. Et revint aussitôt à la charge :

— Et quel genre de tuyaux espériez-vous obtenir de Bill ?

— Il y avait une fille qui travaillait pour lui, dans le temps. Elle se faisait appeler Jade. Ce nom vous dit quelque chose ?

Althea réfléchit un instant puis hocha la tête.

— Oui, je vois. Petite. Blonde. Un visage de poupée. De temps en temps, je la croisais au poste, lorsqu'elle se faisait arrêter pour racolage sur la voie publique. Il faudra que je vérifie mais il me semble que ça fait quatre ou cinq semaines, maintenant, qu'on ne la voit plus sur le trottoir.

Colt alla tirer un second café au distributeur.

— Et pour cause. Il y a un peu plus d'un mois, Billings lui a trouvé un job d'actrice.

Il porta le breuvage à ses lèvres et fit la grimace.

— Evidemment, il ne s'agit pas d'un rôle de star à Hollywood. Jade tourne pour des compagnies parallèles spécialisées dans le porno. Les cassettes sont destinées à une clientèle privée. Des gens qui ont les moyens de s'acheter ce genre de choses. Des amateurs fortunés.

Avec un haussement d'épaules, Colt reprit sa chaise.

— Tant qu'il s'agit d'adultes consentants, il n'y a rien

à redire. Même si, personnellement, je préfère vivre ma sexualité directement plutôt que par écran interposé.

— Vos préférences sexuelles ne sont pas vraiment à l'ordre du jour, monsieur Nightshade, intervint Althea de sa voix suave.

— Oh, je vous en prie, inspecteur. Ne m'appelez pas « monsieur ». Puisque nous abordons un sujet aussi chaud, vous et moi, laissons tomber les formes.

Il se renversa contre son dossier et l'observa entre ses paupières mi-closes. Pour des raisons qu'il préférait ne pas prendre le temps d'explorer, il ne pouvait s'empêcher de la provoquer. Mais sans grand résultat jusqu'à présent. Comme Althea restait de marbre, il reprit plus sérieusement :

— Pour en revenir à Jade, donc, il semble qu'elle n'ait pas poursuivi très longtemps sa nouvelle carrière. Quelque chose lui a fortement déplu dans son boulot et elle a décidé de prendre le large sans demander son reste. Je ne sais pas si elle fait partie de ces prostituées au grand cœur comme on en rencontre dans les romans. Mais une chose paraît certaine : cette fille a une conscience. Elle s'est arrangée pour faire parvenir une lettre à un couple, M. et Mme Cook… Frank et Marleen, précisa-t-il à l'intention de Boyd.

— Marleen ? s'exclama ce dernier.

— Eh oui ! Là encore, il s'agit de vieux amis, inspecteur. Il y a une éternité, Mme Cook et moi avons eu une relation de nature assez… intime. Mais comme cette jeune femme a la tête sur les épaules, elle a pris la sage résolution d'épouser mon ami Frank, de s'installer à Albuquerque et de lui faire deux beaux enfants.

Dans un léger froufrou de soie, Althea croisa les jambes. Sur la poitrine de Colt, reposait une médaille de saint Christophe, patron des voyageurs. *M. Nightshade éprouverait-il le besoin d'une protection spirituelle ?* se demanda-t-elle, mi-amusée, mi-intriguée.

Elle lui jeta un regard lourd d'ironie.

— Je ne doute pas que vous ayez eu une vie sentimentale riche, monsieur Nightshade. Mais ces touchants souvenirs ont-ils un rapport, même lointain, avec le sujet qui nous préoccupe ?

— Rassurez-vous, inspecteur, vous allez bientôt comprendre où je veux en venir.

Nightshade sortit un cigare de sa poche et tapota son blouson à la recherche d'un briquet. Althea nota qu'il avait de belles mains, avec des doigts étonnamment longs et élégants.

— Il y a environ un mois, la fille aînée de Marleen, Elisabeth… Tu te souviens de Liz, Fletch ?

Boyd secoua la tête.

— La dernière fois que je l'ai vue, elle portait des couches-culottes et se déplaçait à quatre pattes. Quel âge a-t-elle, maintenant ? Douze ans ?

Colt approcha la flamme de son cigare et aspira profondément la fumée.

— Tout juste treize. Mais on lui donnerait facilement trois ou quatre années de plus. Et c'est une beauté, comme sa mère. Mais pour son malheur, elle a également hérité du caractère impossible de Marleen. Il y a quelque temps, un conflit l'a opposée à ses parents. Un problème banal et sans importance, comme il en survient dans n'importe quelle famille. Mais Liz a pris la mouche. Elle a jeté quelques affaires dans un sac à dos…

— … et s'est sauvée de la maison, conclut Althea.

La mentalité des enfants fugueurs, elle la connaissait bien. Trop bien, même.

— Liz a fugué, en effet, acquiesça Nightshade. Inutile de préciser que Frank et Marleen vivent un enfer. Ils ont averti la police, bien sûr, mais vos collègues d'Albuquerque n'ont pas été fichus de retrouver la trace de la gamine. En désespoir de cause, les Cook ont fini par m'appeler, il y a dix jours.

— Pourquoi vous, spécialement ? s'étonna Althea.

— Je vous l'ai déjà dit. Nous sommes amis.

— Ah oui ? Vous êtes le genre d'ami qui ne recule devant aucun sacrifice. C'est une habitude chez vous de planter là toutes vos occupations du moment pour sillonner le pays, pourchasser des proxénètes introuvables et vous faire canarder devant des bars louches ? C'est chouette de vous avoir comme camarade, monsieur Nightshade.

Colt songea qu'elle était décidément très douée pour le sarcasme. Une arme de plus à ajouter à son arsenal.

— Disons, inspecteur, qu'il m'arrive de rendre service aux gens.

— Vous êtes détective privé ?

Il contempla songeusement le bout rougeoyant de son cigare.

— Cela m'arrive parfois. Toujours est-il que je me suis mis à la recherche de Liz en posant quelques questions ici et là. J'ai fini par trouver une trace qui m'a mené vers le Nord. Et c'est là que Frank et Marleen ont reçu ce courrier de la dénommée Jade.

Coinçant le cigare entre ses dents, il sortit une feuille de papier à lettre pliée en quatre de la poche de sa chemise.

— Tenez, lisez-la vous-même. Cela nous fera gagner du temps.

Il tendit à Boyd la feuille de papier mauve parfumée, parsemée de petites fleurs. Althea alla se placer derrière son supérieur hiérarchique et, la main posée sur son épaule, se pencha pour déchiffrer la missive en même temps que lui.

Intrigué de les voir si proches, Colt continuait à les observer avec attention. Mais le geste, pour intime qu'il fût, était curieusement dépourvu de sensualité. Il dénotait plutôt une grande confiance réciproque qu'une attirance quelconque.

Althea lisait en même temps que Boyd, fronçant les sourcils à mesure qu'elle progressait dans sa lecture :

« Chers monsieur et madame Cook,

« J'ai rencontré votre fille Liz à Denver. C'est une gamine vraiment super. Je sais qu'elle regrette maintenant d'avoir quitté la maison et qu'elle reviendrait volontiers si elle le pouvait. Je pensais l'aider moi-même mais j'ai été obligée de quitter la ville en quatrième vitesse. Il faut que vous sachiez que Liz est en danger. Je serais bien allée voir la police mais je ne suis pas très rassurée. Et de toute façon, ils refuseraient d'écouter une fille comme moi.

« Liz n'est pas faite pour le métier mais ils refusent de la laisser partir. Elle est jeune et très jolie et je pense que leurs films leur rapportent un joli paquet de pognon. Moi, le tapin, je connais. Ça fait cinq ans que je pratique. Mais les trucs qu'ils nous demandent de faire devant une caméra, c'est l'horreur. Je crois même qu'ils ont tué l'une des filles qui tournaient avec moi. C'est pour ça que je me suis sauvée quand l'occasion s'est présentée. Liz a réussi à me faire passer votre adresse et elle m'a demandé de vous écrire pour vous dire qu'elle regrette de s'être disputée avec vous. Il faudrait que vous vous arrangiez pour la sortir de là très vite, avant qu'il ne lui arrive un gros pépin.

« Jade. »

« P-S : Ils ont un grand chalet dans les montagnes où ils tournent leurs films. Pour d'autres scènes, ça se passe dans un appartement, sur la Seconde Avenue. »

Un silence de plomb tomba dans le bureau. La main de Boyd trembla lorsqu'il posa la lettre sur sa table de travail. Althea songea qu'il avait lui-même une fille de six ans. Elle vit ses poings se crisper lorsqu'il tourna les yeux vers son ami d'enfance.

— Pourquoi avoir attendu deux jours pour venir m'en parler ?

— J'ai l'habitude de bosser seul.

Colt tira une dernière bouffée de son cigare et soupira en l'écrasant dans le cendrier.

— Désolé, Boyd. Je serais venu te trouver de toute manière. Mais je voulais d'abord rassembler quelques éléments. J'avais obtenu le nom du proxénète de Jade et je pensais d'abord lui tirer les vers du nez.

— Bill est mort maintenant, commenta Althea d'une voix neutre, le regard rivé sur la fenêtre.

Colt examina son profil détourné. Ce n'était pas seulement de la colère et de la révolte qui émanaient d'elle. Elle était clairement abattue par la disparition brutale de son indic.

— Sa brève rencontre avec moi a marqué la fin de sa carrière, en effet. La nouvelle que j'étais à sa recherche a dû se répandre. Et ils ont découvert d'une façon ou d'une autre qu'il avait accepté de me parler. Ce qui me conduit à penser que les ordures auxquelles nous avons affaire ont un solide réseau d'informateurs. Et que ces gens tuent à peu près aussi facilement qu'ils respirent.

— C'est à la police de prendre cette affaire en main, Colt, fit remarquer Boyd calmement.

Il hocha la tête.

— Je ne dis pas le contraire. Mais c'est aussi une histoire qui me concerne dans la mesure où j'ai juré à Frank et à Marleen que je leur ramènerais leur fille. Je vais continuer à chercher, Fletch. Aucune loi ne l'interdit. Je représente les Cook, en l'occurrence. On dira que je suis leur avocat si on nous questionne de trop près.

Althea l'examina avec un regain d'intérêt.

— C'est donc ça votre vraie profession ? Vous êtes un homme de loi ?

— A mes heures, rétorqua Colt, laconique, avant de reporter son attention sur Boyd. Mon but n'est pas de vous mettre des bâtons dans les roues. C'est une collaboration que je propose, au contraire. Tout ce que je veux, c'est que cette gamine puisse rentrer chez elle. Je suis prêt à coopérer à cent pour cent. A condition que ce soit réciproque, bien sûr.

Un imperceptible sourire se dessina sur les lèvres de Colt. Comme s'il se moquait vaguement de lui-même.

— Ce n'est pas mon truc de travailler en équipe, Boyd. En temps normal, je préférerais crever la bouche ouverte plutôt que de demander de l'aide. Mais aujourd'hui, je suis prêt à faire exception. Donne-moi l'un de tes hommes. Ton meilleur élément. A deux, nous progresserons plus vite. Et tirons Liz de là avant qu'il ne soit trop tard.

— Colt..., dit Boyd d'un air ennuyé. Tu sais que c'est totalement contraire au règlement, ce que tu me demandes là ?

Il se massa la racine du nez et hésita un long moment. Puis, avec un haussement d'épaules, il désigna Althea.

— Tu veux mon meilleur élément ? Le voilà. Et maintenant, débrouillez-vous tous les deux.

2

Tant qu'à être obligé de traîner un équipier, autant en avoir un qui soit roulé comme une déesse grecque, se disait Colt, philosophe. De toute façon, il n'avait pas tant l'intention de travailler *avec* Althea que *grâce* à elle. L'autorité que lui conférait sa fonction pouvait être sacrément commode dans une enquête. Elle lui servirait de laissez-passer. Et pour le reste, il se débrouillerait seul, comme d'habitude.

Cela dit, il tiendrait parole puisqu'il s'était engagé à coopérer. Il communiquerait à sa partenaire toutes les informations qu'il parviendrait à glaner. Mais il doutait qu'elle soit capable de tirer un quelconque parti des éléments qu'il lui apporterait.

Des flics, il en avait déjà vu à l'œuvre. Par dizaines, même. Mais ceux dont il respectait les compétences se comptaient sur les doigts de la main. Boyd, évidemment, faisait partie du nombre. Mais qu'attendre de sa jolie inspectrice rousse ? Guère plus qu'un plaisir visuel ainsi que l'aide ponctuelle que lui vaudrait son insigne.

Quoique… Avec son côté caustique, elle devait être redoutable dans les interrogatoires. Et ce n'était peut-être pas la moindre de ses qualités. Boyd, après tout, l'avait désignée comme son meilleur élément.

Colt regarda l'horloge au tableau de bord de son 4x4 et

fit la grimace. La matinée était déjà un peu trop avancée à son goût. Mais il se sentait reposé et prêt à mettre les bouchées doubles après avoir dormi comme une souche pendant six heures d'affilée. Il ne s'était pas fait prier lorsque Boyd lui avait proposé de quitter son hôtel et de s'installer chez lui pendant la durée de son séjour à Denver. Colt avait un faible pour les familles. Enfin... celles des autres, en tout cas. Et il avait été curieux de découvrir quel genre de femme Boyd avait épousée.

Il s'en était toujours voulu d'avoir manqué le mariage de son ami. Même s'il n'était pas friand de ce genre de cérémonies, il aurait fait le déplacement sans hésiter. Mais à l'époque, il avait été retenu à Beyrouth, pris dans une chasse aux terroristes particulièrement trépidante.

Sa rencontre avec Cilla, la veille au soir, l'avait conforté dans ses regrets d'avoir laissé passer toutes ces années sans avoir repris le contact. Il avait été enchanté par la femme de son ami. Loin de s'offusquer de voir son mari arriver à 2 heures du matin avec un parfait inconnu, elle l'avait accueilli sans sourciller. En l'installant dans la chambre d'amis, elle l'avait prévenu que ses trois terreurs le tireraient sûrement de son sommeil dès 7 heures du matin mais qu'il pouvait toujours essayer de survivre au vacarme en enfouissant la tête sous l'oreiller.

Il avait suivi le conseil de Cilla et, les couvertures tirées jusqu'aux oreilles, avait réussi à résister aux cris, aux chocs sourds et autres cavalcades matinales. Et maintenant, après un petit déjeuner pantagruélique et trois tasses d'un excellent café préparé par la cuisinière des Fletcher, il se sentait prêt à soulever des montagnes.

Compte tenu des engagements pris envers Boyd la veille, Colt décida de faire d'abord un saut au commissariat. Une fois qu'Althea et lui auraient établi un plan de campagne, ils poursuivraient probablement chacun de leur côté.

Colt pénétra dans les locaux de police et examina les lieux avec curiosité. Son vieil ami Boyd avait le navire bien en main, de toute évidence. Malgré le tourbillon d'activité qui régnait, une indiscutable impression d'ordre se dégageait de l'ensemble.

Le sergent à l'accueil avait été prévenu de sa visite et il lui tendit un badge visiteur avant même qu'il ait à expliquer quoi que ce soit. Colt passa à côté de la salle des gardes à vue, emprunta un couloir étroit et compta trois portes avant de trouver le bureau d'Althea. Il frappa un coup bref avant d'entrer. Elle était là. Son instinct le lui assura avant même qu'il ne pose les yeux sur elle. Il la sentait, comme un loup sent sa compagne.

Ou sa proie.

Exit, bien sûr, la robe longue, les soies précieuses et les talons vertigineux. Mais même de bon matin, en tenue dite de travail, elle tenait plus de la figure de mode que du flic. Althea Grayson exerçait un métier encore considéré comme très masculin. Mais elle ne reniait pas pour autant son appartenance à son propre sexe. Au contraire. Elle portait une broche et des boucles d'oreilles et son extraordinaire chevelure rousse était relevée, soulignant encore l'ovale délicat de son visage.

Etonnante, cette femme, songea Colt. Même si ses vêtements et sa coiffure étaient la décence même, il se dégageait d'elle une sensualité brûlante, à la limite de la provocation. Eût-il écouté ses instincts les plus primitifs qu'il s'en serait léché les babines.

— Asseyez-vous, Nightshade, suggéra-t-elle d'un ton neutre en lui désignant l'unique chaise restante.

Il la retourna pour l'enfourcher. Un ordre impeccable

régnait dans le bureau minuscule. Les tiroirs étaient tous soigneusement fermés, les dossiers alignés, les crayons dangereusement effilés rangés en ordre de taille. Une plante trônait sur la table de travail, là où d'habitude se dressaient les classiques portraits encadrés des conjoints, parents ou autre progéniture. Seul un tableau abstrait sur la cloison du fond apportait une touche personnelle à cet espace plutôt austère. Colt examina la toile avec curiosité. Les couleurs claquaient, s'affrontaient, se faisaient la guerre plus qu'elles ne se fondaient et s'harmonisaient.

Fasciné, il laissa son regard s'attarder sur le tableau. Et songea que ces traits heurtés et ces couleurs belliqueuses parlaient de l'occupante des lieux mieux que les mots n'auraient su le faire.

— Alors, demanda-t-il en croisant les bras sur le dossier de la chaise. Vous avez des pistes, pour la voiture ?

— Je n'ai pas eu besoin de chercher bien loin. Une plainte a été déposée à son sujet. Elle aurait été volée vers 23 heures, hier soir. Ses propriétaires dînaient dans un restaurant du centre-ville. Lorsqu'ils sont sortis, leur Buick avait disparu. M. et Mme Wilmer sont dentistes l'un et l'autre et célébraient leur cinquième anniversaire de mariage. A priori, ils ne paraissent pas être mêlés à une organisation criminelle quelconque.

— Je ne crois pas que leur honnêteté soit en cause, en effet, acquiesça Colt. Je m'attendais d'ailleurs à ce type de scénario. Je suppose que la voiture n'a pas été retrouvée ?

— Pas encore, non. J'ai ici le casier judiciaire de Jade, si cela vous intéresse.

Althea sélectionna un dossier dont elle lui lut quelques extraits à voix haute.

— Janice Willowby. Age : vingt-deux ans. Quelques amendes pour racolage sur la voie publique. Une inculpation pour possession de drogue. Rien de bien méchant : elle s'est fait prendre avec deux ou trois joints dans son sac alors qu'elle avait seize ans. Elle est passée par le parcours classique : prostitution dès l'âge de quinze ans, placement en famille d'accueil, foyers. Puis à vingt ans, elle s'est retrouvée de nouveau à la rue. Et elle a repris le tapin, faute de mieux.

Le visage sombre, Colt hocha la tête. Le schéma-type d'une vie gâchée d'avance…

— Jade a-t-elle encore de la famille ? Il se peut qu'elle ait tenté de rentrer chez elle. Si elle a des racines quelque part.

— Elle a une mère à Kansas City. Ou, plus précisément, une mère qui se trouvait à Kansas City il y a dix-huit mois. J'étais justement en train de vérifier l'adresse.

— Vous n'avez pas perdu votre temps, Grayson.

Althea lui jeta un regard en coin.

— Tout le monde ne peut pas se payer le luxe de commençer sa journée de travail à 10 heures du matin, dit-elle d'une voix suave.

— Je suis en meilleure forme le soir, inspecteur.

Il prit un cigare et voulut le porter à ses lèvres. Mais Althea secoua la tête.

— Nenni, l'ami. Pas de ça dans mon bureau.

Sans insister, Colt glissa de nouveau le cigare dans sa poche.

— A qui Billings se confiait-il à part vous ?

— A personne, pour autant que je sache.

En prononçant ces mots, Althea ressentit un léger pincement au cœur. Car elle savait que Bill avait confiance en elle. Pleinement confiance, même. Et qu'il était mort sans qu'elle ait rien pu faire pour le protéger.

— Entre Bill et moi, c'était l'arrangement classique, précisa-t-elle d'une voix détachée. Je lui donnais de l'argent, il me fournissait des informations. Point final.

— Quel genre d'informations ?

— Ses tuyaux étaient assez variés, en fait. Il trempait dans toutes sortes de combines. Un brin de proxénétisme, petits trafics, petites arnaques. Jamais rien de bien sérieux. Mais il connaissait beaucoup de monde et il avait l'art de se faire oublier. Les gens avaient tendance à le tenir pour quantité négligeable. Au point qu'on oubliait sa présence. Mais Wild Bill était un observateur redoutable. Et il avait l'oreille fine.

La voix d'Althea s'étrangla et elle dut s'interrompre un instant pour regarder sa tristesse en face. La disparition de Wild Bill laissait comme un vide. Ainsi qu'un arrière-goût de chagrin, autant le reconnaître. A l'évidence, elle avait fini par s'attacher à ce petit homme si peu gâté par la vie qui avait su se créer une existence à sa façon.

Se ressaisissant, elle poursuivit d'un ton plus ferme :

— Oui, Bill était rusé. Il s'est toujours arrangé pour faire son petit trafic sans attirer l'attention, en restant à l'abri des représailles. Jusqu'à hier, du moins.

Nightshade se frotta le crâne.

— Je n'ai pas caché que j'étais à sa recherche et que j'espérais obtenir certains tuyaux de lui. Mais j'étais loin de me douter que je mettrais ses jours en danger en demandant ouvertement après lui.

— Je ne vous tiens pas pour responsable de la mort de Bill.

Il lui jeta un regard sceptique.

— Vous me dites ça par politesse ? Ou vous le pensez sincèrement ?

— La politesse n'a jamais été mon fort, Nightshade. Non, les gens comme Bill, aussi malins soient-ils, ont toujours une espérance de vie limitée. S'il avait réussi à me joindre, il m'aurait sans doute donné rendez-vous au même endroit qu'à vous. Et il se serait sans doute fait descendre de la même façon.

Althea avait passé une bonne partie de la nuit à réfléchir à la question. Et après analyse objective de la situation, elle avait fini par parvenir à ces conclusions.

— Je ne peux pas dire que j'apprécie votre style, Nightshade. Mais je ne vous ferai pas porter le chapeau, en l'occurrence. Même si j'ai été tentée hier soir de vous jeter quelques âcres reproches à la figure.

Colt nota qu'elle se tenait parfaitement immobile derrière son bureau. Elle parlait calmement, sans faire de gestes, sans tics ni grimaces, sans pianoter ou taper du pied. Comme du tableau accroché derrière elle, il se dégageait de cette femme une impression de passion immobile, d'intensité sans mouvement.

— Et quel est, au juste, mon « style », inspecteur ?

— Vous ? Vous êtes un rebelle, un outsider. Vous jouez le jeu sans respecter les règles et vous ne reconnaissez d'autres lois que celles que vous vous fixez vous-même.

Elle lui avait répondu sans s'énerver, d'une voix égale, presque douce. Ses yeux qui à aucun moment n'avaient fui les siens étaient froids et insondables comme les eaux dormantes d'un lac sous la brume. Colt se demanda comment ébranler cette façade si étrangement impassible.

— C'est tout ? s'enquit-il, vaguement irrité.

— Non. Vous vous lancez dans pas mal d'aventures mais vous n'allez pas systématiquement au bout de ce que vous entreprenez. Peut-être que vous vous lassez facilement ou que votre énergie s'épuise trop vite. Dans un cas comme dans l'autre, cela donne à penser que vous n'êtes pas quelqu'un de très fiable.

Charmante analyse. Contrarié mais bien décidé à n'en rien laisser paraître, Colt la gratifia d'un sourire amusé.

— Vous avez eu le temps d'étudier mon CV par le menu depuis hier soir ?

— J'ai pris quelques renseignements sur vous. Cela m'a surprise de découvrir que vous aviez connu Boyd dans une boîte à bachot réservée aux fils de bonne famille, observa-t-elle avec l'ombre d'un sourire. Vous n'avez pas le look-type du fils à papa.

— Mes parents pensaient que je sortirais de cette école dûment dressé et policé. Ils ont déchanté, les pauvres, précisa-t-il avec une grimace contrite.

— Harvard n'a pas réussi non plus à dompter le rebelle qui est en vous. Vous êtes allé jusqu'au bout de vos études de droit mais vous n'avez pas fait grand-chose de votre diplôme. Quant à votre carrière militaire, elle relève en partie du secret d'Etat. Mais j'ai pu malgré tout me faire une idée assez précise de votre parcours.

Althea se pencha sur une boîte d'amandes enrobées de chocolat, posée sur son bureau, et en sélectionna une avec soin.

— J'aime bien savoir avec qui je travaille, précisa-t-elle aimablement.

— Cela tombe bien, moi aussi. Briefez-moi sur Althea Grayson, OK ?

Elle secoua la tête.

— Pas question. C'est moi, le flic, ici. Pas vous. Vous avez une photo récente d'Elisabeth Cook ?

— Oui, j'en ai une, acquiesça-t-il en se gardant bien de la sortir de son portefeuille.

Rien ne l'obligeait à accepter ce genre d'attitude de la part de cet iceberg ambulant sous prétexte qu'elle portait un badge de flic.

— Vous savez, inspecteur, que la rigidité, ça se soigne ? Coincée comme vous l'êtes, vous n'avez jamais songé à entamer une psycho ?

Le téléphone l'interrompit. Ce qui valait mieux pour lui, à en juger par la lueur inquiétante qui étincelait dans le regard d'Althea. Colt jubilait. Au moins avait-il trouvé le moyen de la faire réagir.

— Allô ?

Le combiné coincé sous le menton, Althea griffonna quelques notes.

— Parfait. Prévenez le département médico-légal. J'arrive.

Elle glissa son carnet dans son sac à main en peau de serpent et repoussa sa chaise.

— Nous avons trouvé la voiture, annonça-t-elle. Puisque Boyd souhaite une collaboration, je suppose que vous pouvez m'accompagner. Mais comme simple observateur, c'est clair ?

— Très clair, inspecteur.

Il la suivit hors du bureau puis se hâta de la rattraper pour ajuster son pas au sien. De dos, la sensuelle Althea offrait un spectacle particulièrement torride. Et il préférait éviter ce genre de distraction pour le moment.

— Vu l'heure tardive, je n'ai pas eu le temps de bavarder avec Boyd autant que je l'aurais voulu hier soir. Mais j'ai été frappé de voir que vous aviez des relations très… libres avec votre commissaire.

Althea s'immobilisa net et lui jeta un regard incisif.

— Un problème, inspecteur ? s'enquit-il comme elle continuait à l'examiner en silence.

— De deux choses l'une, Nightshade : soit vous essayez délibérément de nous insulter, Boyd et moi, soit vous avez été maladroit dans votre formulation.

Il haussa les sourcils.

— Optez pour la seconde solution, OK ?

Les traits d'Althea se détendirent et elle reprit sa progression.

— J'aime mieux ça. Boyd et moi avons fait équipe ensemble pendant sept ans. Au cours de ces années, j'ai eu l'occasion de lui confier ma vie sans hésiter et vice versa. Croyez-moi, si vous voulez, mais ça crée des liens.

— Mais Boyd, *lui*, est passé commissaire…

Althea sortit ses clés et ouvrit la portière de sa Mustang.

— En effet, oui. Je suis désolée pour vous, mais le siège avant est coincé en position avancée. Je n'ai pas encore eu le temps de le faire réparer. Le trajet risque de ne pas être très confortable.

Colt fit la moue. Il n'avait rien contre les voitures de sport, bien au contraire. Mais pour se caser dans celle-ci, il allait être obligé de se replier comme un accordéon, le menton calé sur les genoux.

— Et ça ne vous pose pas de problème que votre ancien coéquipier soit monté en grade ?

D'un mouvement plein de grâce, Althea se glissa au volant. Un sourire se dessina sur ses lèvres lorsqu'elle le vit se contorsionner pour prendre place à son tour.

— Non, cela ne me pose pas de problème, Nightshade. Question suivante : suis-je ambitieuse ? Réponse : oui. Est-ce que cela m'ennuie de recevoir des ordres d'un flic que je respecte et dont j'ai toujours admiré le travail ?

Non. Ai-je moi-même l'espoir de devenir commissaire dans les cinq années à venir ? Résolument.

Elle enfila une paire de lunettes de soleil réfléchissantes.

— Voilà. Satisfait ? Et maintenant, attachez votre ceinture.

Démarrant en trombe, elle prit la rampe de sortie du parking à une vitesse impressionnante. Comme la Mustang filait le long de l'avenue, Colt se résigna à admirer sa façon de conduire. Il n'avait pas le choix, de toute façon. C'était elle qui tenait le volant et sa vie reposait entre ses mains.

— Ainsi, vous êtes amis, Boyd et vous ?

Elle soupira.

— Vous avez tiré cette brillante conclusion tout seul, Nightshade ?

— Oh, je voulais juste m'assurer que vous n'aviez pas une dent contre *tous* les hommes de mon âge avec un physique attirant.

En réponse à son regard interrogateur, il poursuivit avec l'ombre d'un sourire :

— Dans un sens, ça me fait plutôt plaisir que je sois le seul être au monde que vous détestiez aussi cordialement. Ça me donne au moins un statut à part à vos yeux.

Althea réagit avec un sourire qui aurait presque pu passer pour amical. Colt en eut des frissons partout.

— N'exagérons rien, Nightshade. Je n'ai pas vraiment une dent contre vous. Je me méfie des amateurs, c'est tout. Mais nous avons le même but, en l'occurrence. Et les amis de Boyd sont mes amis. Je pense que nous pouvons essayer de nous supporter pacifiquement.

— Cela me paraît être la meilleure politique à suivre, en effet. Nous avons Boyd et une enquête en commun.

Et peut-être, en cherchant bien, pourrons-nous trouver quelques traits d'union supplémentaires ?

Il monta le volume de la radio et hocha la tête en signe d'approbation lorsqu'il entendit la voix chaude d'une chanteuse de blues.

— Voilà déjà un point commun de plus. Que pensez-vous de la nourriture mexicaine ?

— J'aime le chili con carne qui arrache et les margaritas très frais.

— A la bonne heure ! Nous progressons à grands pas, Grayson.

Colt tenta de changer de position et jura lorsque ses genoux heurtèrent le tableau de bord.

— Je vous préviens : la prochaine fois que nous avons de la route à faire ensemble, nous prenons mon 4x4.

— Cela me paraît négociable.

Althea baissa le volume de la musique lorsque la radio de la police se mit à crachoter :

— A toutes les unités qui se trouvent à proximité de Sheridan et Jewel, 511 en cours.

Althea jura lorsque l'appel à l'aide fut renouvelé avec insistance.

— Il y a une urgence tout près d'ici, expliqua-t-elle à Colt. Des coups de feu ont été tirés. Il faut que j'intervienne, vous comprenez ?

— Faites ce que vous avez à faire, inspecteur.

— Ici, l'unité 6, annonça-t-elle. Je suis sur place. Je vous tiens au courant.

Les pneus de la Mustang crissèrent lorsqu'elle s'immobilisa juste derrière la voiture de patrouille noire et blanche qui stationnait déjà sur place. Elle ouvrit sa portière.

— Ne bougez pas d'ici, ordonna-t-elle à Colt en dégainant son arme.

Sans attendre sa réponse, elle courut jusqu'à l'entrée du modeste immeuble de cinq étages. Au moment précis où elle passa la porte, Althea entendit tirer au-dessus d'elle. Apparemment les coups de feu provenaient du premier ou du second. Le dos plaqué contre la paroi, elle traversa le hall désert sans encombre et commença à gravir l'escalier. Des cris s'élevèrent. Ou des pleurs, plus exactement. Ceux d'un tout petit enfant malade de terreur. Quelque chose se figea en elle. Mais son esprit restait calme et la main qui tenait le Luger 9 mm ne tremblait pas. Au premier étage, une porte s'entrouvrit sur sa gauche. Tombant accroupie, elle braqua son revolver sur l'embrasure et découvrit une vieille dame au visage décomposé par la peur.

— Police, dit Althea. Bouclez-vous chez vous et ne sortez que lorsqu'on vous en donnera la permission.

La dame âgée ne se le fit pas dire deux fois. La porte se referma et Althea entendit le claquement d'un verrou repoussé avec précipitation. Elle se remit à courir. Ce fut au deuxième étage seulement qu'elle trouva ses deux collègues en uniforme. L'un gisait à terre, la chemise maculée de sang. L'autre se tenait penché — ou plutôt recroquevillé — sur son compagnon.

Le flic encore valide paraissait tellement tétanisé qu'Althea dut poser la main sur son épaule pour attirer son attention.

— Que se passe-t-il, ici ?

— Il... il a tiré sur Jim. Le type était comme fou.

Il est sorti en courant de l'appartement et il a fait feu tout de suite. On n'a même pas eu le temps de réagir.

Le policier était blanc comme un linge. Presque aussi pâle que son collègue atteint au ventre. Elle n'aurait su dire lequel des deux tremblait le plus violemment.

— Votre nom ?

— Harrison. Don Harrison, marmonna l'agent en maintenant son mouchoir trempé de sang sur le flanc de son coéquipier.

— Inspecteur Grayson, dit-elle. Expliquez-moi la situation et faites vite.

Harrison haletait, au bord de la crise de panique.

— Une querelle domestique, inspecteur. On a entendu tirer dans l'appartement. Un homme de race blanche a agressé la femme du 203. Il a ouvert le feu sur nous, puis il s'est engouffré dans la cage d'escalier pour se diriger vers les étages supérieurs. Il serrait contre lui une petite fille de moins de deux ans. On n'a rien pu faire, il se servait de l'enfant comme d'un bouclier.

Au moment où Harrison terminait son récit, une femme sortit en titubant de l'appartement 203. Elle avait une main crispée sur la taille et du sang coulait entre ses doigts.

— Il a pris mon bébé. Oh, mon Dieu, s'il vous plaît, balbutia-t-elle en tombant à genoux. Charlie a perdu la tête. Sauvez mon enfant, je vous en prie.

Althea jura en entendant du bruit derrière elle dans l'escalier. Colt, bien sûr. Elle aurait dû se douter qu'il ne se contenterait pas de l'attendre patiemment.

— Agent Harrison ! Vous allez descendre immédiatement téléphoner de votre voiture pour demander des renforts. Précisez qu'un agent et un civil ont été blessés. Et qu'il y a prise d'otage. Quelle arme portait l'agresseur ?

— Ça ressemblait à un colt 45.

— Bon. Je monte voir ce que je peux faire. Descendez informer le central puis revenez ici ventre à terre et tâchez de me couvrir. Quant à vous, Colt, rendez-vous utile puisque vous êtes là de toute façon. Faites ce que vous pouvez pour soulager les blessés.

Redoutant ce qu'elle allait trouver, Althea se précipita dans l'escalier. Elle entendait de nouveau les pleurs de la petite fille, des hurlements terrifiés dont l'écho résonnait dans l'étroite cage d'escalier. Une porte claqua alors qu'elle atteignait le dernier étage. *L'accès au toit!* se dit-elle, horrifiée. L'homme — le dénommé Charlie — se réfugiait sur le sommet en terrasse de l'immeuble. Prenant appui d'une main sur le battant, elle tourna doucement la poignée, poussa la porte du pied et eut le réflexe de se baisser.

Il tira aussitôt, sans sommation. La balle siffla, ricochant à une dizaine de centimètres à sa droite. Althea se redressa et lui fit face.

— Police! lança-t-elle. Lâchez votre arme!

Le tireur fou se tenait à l'extrême bord du toit. C'était un homme massif, de haute taille. Il avait les joues cramoisies, le regard étrangement fixe des drogués et le canon de son 45 était braqué sur elle. Rien de tout cela n'inquiétait beaucoup Althea. Maîtriser un aliéné, même armé, était dans ses cordes. Ce qui lui posait un réel problème, en revanche, c'était la petite fille que l'homme tenait par un bras, suspendue au-dessus du vide. Le type même de paramètre susceptible de déstabiliser le flic le mieux entraîné…

— Faites un pas de plus et je la lâche, cria l'homme.

Il était manifestement dans un état d'exaltation maniaque. Inutile d'espérer aboutir à une forme de compromis quelconque. L'homme était inaccessible à la raison.

— Je vais le faire, de toute façon. Je la laisserai tomber comme une pierre, exulta-t-il, les yeux exorbités, en secouant l'enfant avec un rire dément.

Une minuscule chaussure rose se détacha d'un pied de la petite fille et chuta de la hauteur de cinq étages.

— Si vous faites ça, vous le regretterez toute votre vie, Charlie, déclara Althea d'une voix ferme en progressant dans sa direction, centimètre après centimètre.

Son 9 mm braqué sur la poitrine du possédé, elle tenta de nouer une sorte de dialogue avec lui.

— Ramenez-la au moins contre vous. Vous ne pouvez pas la laisser pendre au-dessus du vide comme ça.

Les yeux fous, l'homme se mit à rire, la bouche déformée en un rictus amer, les lèvres retroussées.

— La morveuse ? Je vais la laisser dégringoler jusqu'en bas, voilà ce que je vais faire ! Et c'est pas moi que ça va gêner. Vous voyez pas qu'elle est comme sa mère ? Ça passe son temps à se plaindre, à crier, à pleurnicher. Elles pensaient qu'elles avaient réussi à larguer Charlie, hein ? Mais j'ai fini par les retrouver, les deux garces. Et la Linda, elle regrette de m'avoir trahi, maintenant. Mais elle comprendra sa douleur quand elle verra sa môme réduite en purée.

Althea luttait contre la panique. L'écho étouffé de souvenirs haïs se répercutait dans son esprit : la peur, les pleurs, les hurlements. Elle rejeta ses réminiscences avec horreur, comme elle aurait écrasé un cafard sous le talon de sa chaussure.

— Attention, Charlie. Si vous faites du mal à cette enfant, c'en est fini pour vous.

Les yeux du dément étincelèrent de rage.

— *Fini?* Comment ça, fini ? hurla-t-il en agitant la petite fille comme un vulgaire sac de linge sale. Ne dites jamais « fini » devant moi ! enchaîna-t-il avec une rage soudain décuplée.

Le cœur d'Althea cessa de battre. L'enfant, elle, ne hurlait plus. Seuls des sanglots muets la secouaient encore. Ses grands yeux bleus étaient devenus fixes, comme voilés.

— C'était le truc à Linda, ça. Fini, fini, fini, chantonna-t-il d'une voix suraiguë. « C'est fini, Charlie », qu'elle gueulait tout le temps. Tout ça à cause de la môme. Elle n'a plus jamais été la même, Linda, une fois qu'elle a pondu la gamine. Mais c'est moi qui décide si c'est fini ou pas. *Moi et personne d'autre.*

Au loin, elle perçut le hurlement des sirènes de police. Les nerfs tendus à se rompre, Althea perçut une présence dans son dos. Mais elle ne prit pas le risque de tourner la tête. Elle devait absolument garder l'attention du dément fixée sur elle.

— Si vous rendez l'enfant, vous aurez votre chance, Charlie. Car vous voulez vous en sortir, n'est-ce pas ? Allez, donnez-moi cette enfant. Vous n'avez pas besoin d'elle.

Il ricana haineusement.

— Vous me prenez pour un idiot ? Vous êtes une garce, vous aussi. Comme les deux autres.

— Je ne vous prends pas pour un idiot, Charlie.

Du coin de l'œil, elle capta un mouvement léger sur sa gauche. Elle réprima un juron. Ce n'était pas Harrison mais Colt qui était monté à la rescousse. Telle une ombre, il progressait vers Charlie qui, les yeux rivés sur elle, ne voyait rien venir.

— Je suis convaincu que vous n'êtes pas stupide, au

contraire. Je sais que vous êtes un homme raisonnable et que jamais, vous ne feriez de mal à un enfant.

— Je vais la tuer ! brailla Charlie. Et je vous buterai aussi. Vous et Linda. Et toutes les autres. C'est moi et personne d'autre qui décide si c'est fini ou non !

Tout se passa très vite, alors, comme dans ces séquences de rêve où les événements se succèdent sans qu'on puisse en suivre le déroulement exact. Colt se rua en avant et attrapa l'enfant par la taille. Une arme étincelait dans sa main mais il n'eut pas l'occasion de s'en servir. La petite fille serrée contre lui, il se détourna pour faire bouclier de son corps.

Comme au ralenti, Althea vit le revolver de Charlie dessiner un arc de cercle pour se pointer sur Colt et l'enfant. Elle tira sans hésiter, dans un réflexe élémentaire de protection. Charlie poussa un cri et tomba en arrière, basculant par-dessus le rebord du toit.

Ce fut lui qui chuta au sol comme une pierre.

Althea ne s'autorisa même pas un soupir. Elle rengaina son arme et courut vers Colt. L'enfant était toujours sous le choc.

— Comment va-t-elle ?

— Un peu secouée mais intacte. En tout cas, physiquement.

D'un geste si naturel qu'on aurait juré qu'il avait fait ça toute sa vie, il fit glisser la fillette sur sa hanche et posa un baiser sur sa tempe.

— Tout va bien, maintenant, ma puce. Personne ne te fera plus de mal.

— Maman, hoqueta alors la fillette en enfouissant le visage contre l'épaule de Colt. Maman…

— Tu vas la voir tout de suite, ta maman, murmura-t-il en la berçant contre lui.

Tout en parlant à voix basse à l'enfant, Colt caressait ses courtes boucles blondes.

— Beau travail, inspecteur, commenta-t-il avec l'ombre d'un sourire.

Pendant une fraction de seconde, Althea s'autorisa à fermer les yeux.

— On ne peut pas dire que j'aie accompli des exploits, Nightshade.

Elle jeta un bref coup d'œil derrière elle. Déjà, des flics en uniforme se pressaient dans l'escalier.

— Vous avez réussi à gagner du temps en le faisant parler. Puis vous lui avez tiré dans les jambes pour protéger la petite. Qu'il soit tombé du toit est regrettable mais vous n'y pouviez pas grand-chose.

Colt se remémora l'éclat bien particulier qu'il avait surpris dans les yeux d'Althea lorsqu'elle s'était élancée dans l'escalier. Un éclat qui ne s'était toujours pas estompé complètement, d'ailleurs. Ce n'était pas la première fois qu'il voyait une expression comme celle-là. Et il n'avait qu'un seul terme pour la désigner : le « masque du guerrier ».

— Sortons d'ici, dit-elle.

— Vos désirs sont des ordres, cher coéquipier.

— Juste une chose, Nightshade, ajouta-t-elle avant de franchir la porte.

Il sourit, convaincu qu'elle allait le remercier.

— Oui ?

— Vous avez un permis pour cette arme ?

Interdit, il s'immobilisa net. Et éclata d'un grand rire. La petite fille releva la tête, renifla et lui sourit faiblement à travers ses larmes.

Elle avait tué.

Althea avait pour principe de ne pas laisser ses pensées s'attarder sur ce type « d'incident ». Elle avait déjà tué avant et elle tuerait sans doute encore. Mais elle s'interdisait de réfléchir trop longuement à cet aspect de sa profession. Elle se savait en danger, sinon. En danger de le vivre comme une obsession. Ou de se mettre à boire. Ou pire encore, en danger d'y prendre plaisir.

Elle rédigea donc son rapport et songea à autre chose. Ou elle essaya, du moins.

Après avoir passé quelques coups de fil, Althea apporta personnellement un exemplaire de son compte rendu à Boyd. Comme elle le posait sur son bureau sans mot dire, il la retint en lui posant la main sur le bras.

— Le flic — Jim Barkley — est toujours en salle d'opération. La femme, elle, va bien. Elle s'en sortira.

— Dieu merci pour la gamine. Comment va-t-elle, au fait ?

— En attendant le rétablissement de sa mère, elle devrait séjourner quelque temps chez une tante, à Colorado Springs. Le dénommé Charlie était son père. Il avait des antécédents. Coups et blessures, toxicomanie. Il y a un an environ, sa compagne, Linda, a craqué. Elle s'est enfuie de chez eux et s'est réfugiée dans un foyer pour femmes battues. Cela faisait trois mois qu'elle avait emménagé dans son nouvel appartement. Elle avait trouvé un job, un équilibre.

— Jusqu'à ce que Charlie la retrouve.

— Jusqu'à ce que Charlie la retrouve, en effet.

Althea détourna les yeux.

— C'est au moins quelque chose qui ne risque pas de se reproduire.

Elle allait quitter la pièce lorsque Boyd se leva.

Il contourna le bureau et ferma la porte. L'habituel vacarme qui s'élevait en provenance du local de garde à vue s'atténua.

— Ça va aller, Thea ?

Elle haussa les épaules.

— Pourquoi ça n'irait pas ? Cela m'étonnerait que la police des polices me cherche des noises sur ce coup-là. On peut difficilement parler de bavure, en l'occurrence.

— La question n'est pas là. Ça ne te ferait peut-être pas de mal de prendre quelques jours de congé.

— Cela ne me ferait pas de mal, mais pas vraiment de bien non plus.

A Boyd, elle pouvait dire certaines choses qu'elle n'aurait jamais confiées à personne d'autre.

— Ce n'est pas moi qui ai arraché la petite des bras de son père. C'est Colt. Et normalement, il n'avait pas à être là.

— Il y était. C'est l'essentiel, non ?

Boyd lui posa une main amicale sur l'épaule.

— Oh, oh, je crois que j'identifie les symptômes : tu nous fais le complexe du superflic, Thea. Je le vois venir d'ici : zigzaguer entre les balles, rédiger des rapports au kilomètre, surprendre des assassins dans les impasses obscures, vendre des tickets pour le bal annuel de la police, débarrasser le monde de tous les méchants et sauver les chatons coincés au sommet des peupliers.

Althea sourit faiblement.

— Arrête ton char, Fletcher. Je suis fermement décidée à abandonner les chats à leur sort.

— Tu viens dîner à la maison, ce soir ?

Elle laissa sa main reposer sur la poignée.

— Ça dépend. Qu'est-ce qu'il y a à manger ?

— Je ne sais pas encore. Maria est de congé.

— Tu veux dire que c'est Cilla qui fait la cuisine ?

La main sur le cœur, Althea gratifia son ex-coéquipier d'un regard peiné.

— Et moi qui croyais que nous étions amis, Boyd Fletcher.

— Bon, OK. Nous nous ferons livrer par un traiteur. Ça te va ?

— Parfait. Tu peux compter sur moi.

En regagnant le local de garde à vue, elle repéra Colt. Il avait les pieds sur un bureau et un téléphone collé à l'oreille. Elle le rejoignit et se percha sur un coin de la table en attendant la fin de la communication.

— Ça y est ? demanda-t-il. Finies les corvées de paperasserie ?

— Nightshade, je suppose qu'il est inutile de vous faire remarquer que ce bureau, ce téléphone et cette chaise sont normalement inaccessibles à toute personne étrangère au service ?

Il lui sourit aimablement.

— C'est tout à fait inutile, en effet. Mais continuez. Vous êtes à croquer lorsque vous invoquez la Loi et le Règlement.

— Vos compliments me coupent le souffle, maugréa-t-elle en repoussant ses pieds bottés du bureau. Les gars du service médico-légal sont en train d'examiner la voiture volée. Je ne pense pas que ça servirait à grand-chose de nous précipiter là-bas pour les regarder faire. Ils vont se débrouiller tout seuls comme des grands.

— Vous avez d'autres projets ?

— Faire un tour au Tick-Tock, pour commencer. Passer dans deux ou trois autres bars où Bill avait ses habitudes. Tenter de faire parler quelques personnes qui le connaissaient.

Il se leva.

— OK. Je suis votre homme.

— Mon homme ? Ne parlez pas de malheur, Nightshade.

Comme elle se dirigeait vers le garage, il la retint par le bras.

— Stop. N'oubliez pas notre arrangement. On prend *ma* voiture, cette fois.

Avec un léger haussement d'épaules, Althea revint sur ses pas. Ils sortirent du commissariat côte à côte. Le 4x4 de Colt était garé juste devant la porte, en stationnement interdit. Colt arracha son P.-V. du pare-brise et le fourra dans sa poche.

— Je suppose que ce n'est pas la peine de vous demander de me le faire sauter ?

— Vous perdriez votre temps, en effet.

— Alors je ne le gaspillerai pas. Boyd s'en chargera.

Elle ne put s'empêcher de sourire.

— Vous vous y êtes pris de façon magistrale, tout à l'heure, avec la petite fille. Sans vous, elle aurait sans doute fini cinq étages plus bas en lieu et place de son père.

Il lui coûtait d'admettre que Colt avait fait un excellent boulot. Mais elle n'avait jamais été femme à nier l'évidence.

— Sans *nous* cette petite ne serait plus en vie à l'heure qu'il est. D'aucuns appelleraient ça un travail d'équipe.

— D'aucuns, oui.

Elle fixa sa ceinture d'un mouvement sec.

— Ne soyez pas si dure avec vous-même, Thea, lui reprocha-t-il doucement en passant une vitesse. Où en étions-nous, déjà, avant cette petite parenthèse ? Ah oui, vous aviez commencé à me parler de vous.

— Je ne crois pas, non.

— Très bien. Alors je parlerai de vous à votre place.

Vous êtes quelqu'un qui aime l'organisation, la structure. Enfin, aimer, je ne suis pas sûr, mais en tout cas, vous vous raccrochez à l'ordre et à la loi.

Elle fit la moue.

— Voilà qui est brillant, Nightshade ! Comment avez-vous deviné que quelqu'un qui a choisi le métier de flic apprécie la loi et l'ordre ?

— Stop. Ne m'interrompez plus, femme sarcastique ! Je me sens inspiré, ce soir. Vous êtes âgée de vingt-sept ? Vingt-huit ans ?

— Trente-deux. Votre inspiration vous abandonne déjà.

— Elle va revenir, rétorqua Colt en jetant un coup d'œil sur son annulaire. Vous n'êtes pas mariée.

— Vous vous surpassez, Nightshade.

— Vous avez une nette tendance à l'ironie et un goût marqué pour les beaux vêtements et les parfums de luxe. Le vôtre est une merveille, entre parenthèses. De l'espèce qui séduit l'esprit d'un homme avant même que son corps n'entre en jeu.

Elle secoua la tête.

— Vous devriez vous lancer dans la rédaction publicitaire. Il n'est pas trop tard pour une reconversion.

— Je sais que je ne vous apprends rien si je vous dis que vous dégagez un sex-appeal du feu de Dieu. Certaines femmes choisiraient de l'exploiter. D'autres, de le dissimuler. Vous ne faites clairement ni l'un ni l'autre, donc j'imagine que vous laissez aux hommes le soin de se débrouiller avec. Ce qui à mon avis est de loin la solution la plus sage.

Du coin de l'œil, Colt guetta sa réaction. Mais si Althea avait des commentaires à faire sur cette dernière affirmation, elle choisit de les garder pour elle.

— Vous ne gaspillez ni votre temps ni votre énergie, poursuivit-il. Si bien que vous n'êtes jamais à court ni de l'unni de l'autre. Vous avez une forme d'intelligence précieuse pour un flic : vous jaugez rapidement les problèmes et vous réagissez en conséquence. Et j'imagine que vous manipulez les hommes avec autant de facilité que vous maniez votre 9 mm.

— Voilà une analyse intéressante, Nightshade.

— Vous êtes restée impassible lorsque vous avez descendu ce type, aujourd'hui, poursuivit Colt en se garant devant le Tick-Tock. Vous étiez mal, très mal avec ça, mais vous avez fait ce que vous aviez à faire sans sourciller. Et s'il faut opérer à deux sur un cas qui risque de mal tourner, j'aime autant être associé avec quelqu'un qui peut affronter n'importe quelle situation sans broncher.

Althea estima qu'elle en avait assez entendu.

— Ainsi j'ai passé tous les tests avec succès ? Je suis flattée, vraiment flattée. Vous penserez à me remettre mon diplôme avec une lettre de félicitations, Nightshade ?

Les nerfs à fleur de peau, elle descendit de voiture et fit claquer sa portière. Colt ferma le 4x4 et la rattrapa en deux enjambées.

— Enfin un mouvement d'humeur ! commenta-t-il avec un large sourire en passant un bras autour de ses épaules. Je suis rassuré de constater qu'il y a tout de même un peu de feu qui couve sous la glace.

Althea se dégagea avec brusquerie.

— Méfiez-vous, Nightshade. Si je laissais libre cours au « feu » qui bouillonne en moi, ce ne serait pas rassurant du tout, croyez-moi.

Ils passèrent les deux heures qui suivirent à écumer les bars louches, les salles de jeux et autres tripots du quartier. Sans grand résultat. Jusqu'au moment où ils pénétrèrent dans un établissement des plus sinistres dont l'enseigne indiquait « Clancy ».

Dans la salle enfumée, quelques alcooliques étaient déjà à pied d'œuvre, indifférents au soleil qui brillait encore au-dehors. D'une radio placée derrière le bar, s'élevait une chanson triste, où il était question d'amours trahies et de bouteilles vides. La plupart des consommateurs étaient isolés à leur table et buvaient ferme dans leur coin, le regard fixe, sans se préoccuper de ce qui se passait alentour.

Les verres étaient sales, le whisky d'allure douteuse. Mais le prix des consommations était peu élevé et l'atmosphère propice aux ébriétés solitaires. Althea s'approcha du comptoir et commanda une limonade dans laquelle elle était fermement décidée à ne jamais tremper les lèvres. Colt, lui, opta pour une bière à la pression.

— J'espère que votre vaccination anti-tétanique est à jour ? lui murmura-t-elle à l'oreille.

Elle sortit un billet de vingt dollars et le posa sur le bar.

— Wild Bill faisait partie de votre clientèle, je crois ?

Elle recouvrit le billet de sa main au moment où le barman allait l'empocher.

Sourcils froncés, l'homme posa alternativement le regard sur elle et sur la coupure de banque. Il avait le blanc des yeux injecté de sang, les joues violacées par la couperose. Apparemment, il devait consommer autant de verres qu'il en servait.

— Wild Bill Billings, répéta Althea patiemment.

— Ouais, ben quoi ?

— C'était un ami à moi.

— Alors faut croire que vous vous retrouvez avec un ami en moins, ma jolie.

Althea se mit à jouer ostensiblement avec le billet.

— Il m'est arrivé de venir ici avec lui. Vous vous en souvenez peut-être ?

Le barman eut un rictus mauvais.

— J'ai une mémoire qui vaut ce qu'elle vaut, mais les flics, je ne les oublie jamais.

— Parfait. Donc vous avez sans doute deviné que Bill et moi, nous avions un petit arrangement.

— J'ai surtout deviné que c'est grâce à votre petit arrangement, comme vous dites, qu'il a fini étalé sur le trottoir avec quelques pruneaux dans le buffet.

— Erreur. Ce n'était pas avec moi qu'il était en tractation lorsqu'il s'est fait descendre. Moi, tout ce que je sais, c'est que je n'apprécie pas qu'on touche à mes amis. Le type qui a fait ça à Bill, j'ai l'intention de le coffrer. Et pour ça, je suis prête à payer.

Althea avança le billet dans sa direction.

— Je suis même disposée à offrir beaucoup plus que ça, ajouta-t-elle en regardant l'homme droit dans les yeux.

— Je suis au courant de rien, marmonna-t-il, sans se priver pour autant d'empocher prestement les vingt dollars.

— Mais vous voyez passer du monde ici. Vous connaissez peut-être quelqu'un… qui connaît quelqu'un… qui… Enfin, vous voyez ce que je veux dire.

Le barman haussa les épaules. Il allait se détourner lorsqu'elle posa la main sur son bras.

— Ces vingt dollars valent bien une ou deux minutes de plus de votre temps, vous ne pensez pas ? Il y avait une jeune femme qui travaillait pour Bill. Une dénommée

Jade. Elle a disparu depuis un mois. Mais elle n'était pas la seule, je crois.

— Mouais... Généralement, il avait deux filles sur le trottoir, à tout casser. Le gros business, ce n'était pas son truc, à Bill.

— Et l'autre prostituée ? Vous la connaissez ?

Il prit un chiffon sale dans l'évier et frotta diligemment le comptoir crasseux.

— Y en avait une qu'avait les cheveux noirs. Meena, je crois qu'elle s'appelait. Il lui arrivait de faire le tapin par ici. Mais ça fait un moment que je ne l'ai pas vue, cette fille.

— Passez-moi un coup de fil si jamais elle se manifeste, suggéra Althea en sortant sa carte de visite. Ah oui, autre question : vous n'auriez pas entendu parler d'une équipe de tournage de films porno, par hasard ? Des vidéos d'amateur mettant en scène des filles très jeunes ?

Le barman secoua la tête d'un air d'incompréhension totale. Mais Althea avait eu le temps de capter l'éclair de reconnaissance dans ses yeux. Il savait pertinemment à quoi elle faisait allusion. Et il était clair aussi qu'il ne lâcherait pas un mot sur la question.

— Jamais vu des gens du cinéma par ici, moi. Regardez mes clients, vous croyez qu'ils ont une tête de metteur en scène, peut-être ? D'ailleurs, je vous en ai assez dit pour vingt dollars. Laissez-moi travailler maintenant.

— Très bien. Je vous remercie pour votre coopération.

Althea sortit du bar sans insister et Colt suivit le mouvement.

— On va attendre ici quelques instants. J'aimerais bien voir ce qu'il va faire maintenant, glissa-t-elle à son compagnon.

Ils firent mine de bavarder un moment sur le trottoir. A travers la vitre sale, ils virent le barman décrocher son téléphone.

— C'est étonnant, non ? Ce besoin soudain de passer un coup de fil ?

Colt sourit.

— J'aime votre style, inspecteur.

— Je ne sais pas si vous l'aimerez toujours une fois que nous aurons passé six heures d'affilée sans bouger dans une voiture glacée. Nous avons une surveillance ce soir, Nightshade. J'ai l'intention de revenir ici et de voir un peu ce qui se passe.

Colt haussa les épaules.

— Aux dernières nouvelles, nous étions invités à dîner chez les Fletcher. Mais si je suis ici, c'est dans un seul but : retrouver Liz. Faisons le guet devant ce bar charmant, si vous estimez que cela nous rapprochera d'elle d'une façon ou d'une autre…

3

Ce ne fut pas le froid qui posa problème à Colt. Avec des sous-vêtements polaires et une veste en mouton, il était parfaitement équipé pour supporter la fraîcheur mordante d'une nuit d'automne dans le Colorado. Mais, en revanche, l'inactivité le rendait à moitié fou.

Alors qu'Althea, au contraire, semblait s'épanouir d'heure en heure !

Confortablement installée dans le siège passager, elle enchaînait les mots croisés à la lumière de la boîte à gants. Et paraissait prendre le plus grand plaisir à cette occupation. Tout en écoutant la radio d'une oreille, Colt rongeait son frein en songeant à la soirée qu'ils avaient manquée. A cette heure, ils auraient dû se trouver avec Boyd et Cilla devant un bon feu de cheminée. A savourer un ou deux verres d'un excellent whisky. Un repas chaud. Un cigare…

Qui sait même si Althea ne se serait pas montrée plus accessible dans un contexte de soirée informelle entre amis ? Songer à une Althea moins lointaine n'était pas sans présenter certains dangers, cela dit. Colt avait conscience de s'engager sur un terrain plutôt glissant. Mais comme son imagination productive l'aidait à tuer le temps, il la laissa dériver.

Dans la réalité du moment, Althea était flic à cent

pour cent. Et aussi inaccessible que la lune pâle qui se levait au-dessus des toits. Mais dans ses rêves éveillés, alimentés par les blues nostalgiques que la radio diffusait en sourdine, Althea Grayson ne se réfugiait ni derrière ses mots croisés ni derrière son statut d'inspecteur. Dans ses fantaisies, elle était plus femme que femme, sexy comme les dessous en dentelle noire dont il l'imaginait vêtue, brûlante comme le feu qu'il se représentait allumé dans l'âtre, douce comme les fourrures blanches sur lesquelles il se voyait tomber lentement avec elle.

Sa bouche avait un goût de miel et de fruit. Et son odeur tiède, féminine, fondante s'entremêlait aux notes fleuries de son parfum si tentateur. Les yeux clos, Colt prit une profonde inspiration comme pour se remplir de ses fragrances puissamment aphrodisiaques.

Ecartant la soie noire, il découvrit la peau d'albâtre, plus douce qu'un pétale de rose. Souple, lisse et sans défaut. Fluide et pure comme une eau claire. Avec un gémissement de plaisir, elle le prit en elle en chuchotant des mots d'invite à son oreille…

— Encore un peu de café ?

Il tressaillit.

— Hein ?

Brutalement ramené à la froide réalité du moment, il vit qu'Althea tenait une Thermos à la main.

— Je vous proposais un café, Nightshade.

Althea réprima un soupir. D'abord intriguée par son expression hagarde, elle avait reconnu très vite les signes. Identifier le désir dans le regard des hommes était devenu très tôt pour elle un réflexe.

— Vous étiez ailleurs, on dirait ? lança-t-elle d'une voix vibrante d'ironie.

— On peut dire ça comme ça, oui.

Colt prit le gobelet en plastique qu'elle lui tendait et but le café tiède d'un trait. Il ne put s'empêcher de sourire de la situation absurde dans laquelle il se trouvait.

— Eh oui ! Très dépaysant, le petit voyage imaginaire que je viens de faire, commenta-t-il en lui jetant un regard en coin.

— Tâchez quand même de ne pas trop vous éloigner de la réalité, Nightshade. Nous sommes ici pour observer... Tenez, en voilà encore un, justement.

Althea prit son appareil photo sur ses genoux et photographia l'homme qui venait d'entrer dans le bar. C'était le second client seulement en l'espace d'une heure.

— On ne peut pas dire que le commerce soit florissant, commenta Colt en étouffant un bâillement.

Elle reposa l'appareil photo.

— Vu l'ambiance qui règne dans ce trou à rats, ce n'est pas étonnant que personne n'y mette les pieds. Cela m'étonnerait que nos cinéastes viennent se divertir dans un endroit pareil, d'ailleurs.

— Alors en quel honneur sommes-nous assis depuis deux heures dans une voiture glacée à surveiller l'entrée d'un bar que personne ne fréquente ?

— Parce que c'est mon boulot, riposta Althea en sortant une tablette de chocolat de son sac. Et parce que j'attends autre chose.

Colt tressaillit.

— Autre chose ! Comment ça, autre chose ? Vous pourriez peut-être prendre la peine de me fournir quelques explications, inspecteur.

— Non.

Elle glissa un carré de chocolat noir entre ses lèvres et se pencha de nouveau sur ses mots croisés.

— Bon, cette fois, ça suffit !

A bout de patience, Colt lui arracha la revue des mains.

— Si c'est à ce petit jeu que vous comptez jouer, Grayson, je vais vous indiquer quelles sont *mes* règles : j'ai tendance à m'énerver lorsqu'on me fait marcher. Et je m'énerve tout spécialement lorsqu'on se fiche de ma figure alors que je m'ennuie comme un rat mort à faire le planton devant un rade pourri où il ne semble pas devoir se passer grand-chose. Ça me rend mauvais, vous comprenez ? Carrément méchant, même.

— Désolée, susurra-t-elle d'une voix douce qui présentait un contraste frappant avec l'éclat furieux de son regard. C'est à peine si j'arrive à parler, avec la boule de terreur qui m'obstrue la gorge.

— Vous voulez que je vous fasse peur ?

Colt réagit de façon fulgurante. Eût-elle voulu lui échapper qu'Althea n'aurait rien pu faire. Elle veilla donc à ne lui opposer aucune résistance lorsqu'il la saisit par les épaules et la plaqua contre son dossier.

— J'ai très envie de vous coller la frousse de votre vie, Thea. Ça mettrait un peu d'animation dans cette voiture.

— Calmez votre enthousiasme, Nightshade, OK ? Si vous avez fini votre numéro, jetez plutôt un coup d'œil par la vitre. Ce que j'attends depuis tout à l'heure s'apprête à entrer chez Clancy.

— Quoi ?

Il tourna la tête. Althea n'attendait que cette occasion pour lui prendre le pouce et le tordre violemment jusqu'à ce qu'il jure à voix haute.

— C'est Meena, l'autre fille qui travaillait pour Bill, expliqua-t-elle, impassible, en reprenant son appareil pour photographier la prostituée. J'ai trouvé sa photo tout à l'heure dans nos fichiers. La demoiselle a déjà fait plusieurs stages au poste. Pour racolage sur la voie publique, escroquerie, possession et vente de substances illicites, et j'en passe.

— Elle a tâté un peu de tout, notre amie Meena.

— *Votre* amie Meena, Nightshade. Comme vous aimez bien jouer les gros machos, vous ne devriez pas avoir trop de mal à me ramener cette fille. Et si vos charmes devaient rester sans effet, voici de quoi stimuler ses appétits.

Althea ouvrit son sac et en sortit une enveloppe avec des billets.

— Vous voulez que j'entre dans ce rade et que je me présente comme un client ?

— C'est exactement ce que j'attends de vous.

— Pourquoi pas ?

Il avait déjà eu l'occasion de relever des défis autrement plus musclés que celui-là. Mais il repoussa l'enveloppe avec les billets.

— J'ai de l'argent. Je me débrouillerai.

Althea le regarda traverser la rue et pousser la porte vitrée du bar. Ce ne fut que lorsqu'il eut disparu de sa vue qu'elle se renversa contre le dossier et ferma les yeux en poussant un grand ouf.

Décidément, ce Colt Nightshade était un individu redoutable.

Mortellement dangereux même.

Elle n'avait pas seulement ressenti de la colère lorsqu'il s'était jeté sur elle comme un joueur de rugby plaquant son adversaire. Les émois par lesquels elle était passée avaient été des plus confus, des plus tordus. Des plus complexes, aussi.

Le plus alarmant, c'est qu'elle avait été la proie d'une excitation physique intense qui s'était déclenchée sans prévenir, avec une force peu commune. Le tout assorti d'une peur presque primitive, assaisonné d'une pointe — juste une pointe — de rage meurtrière.

Cocktail détonant s'il en est…

Althea prit une profonde inspiration pour remettre de l'ordre dans ses pensées fiévreuses. Cela ne lui ressemblait pas de réagir comme elle venait de le faire. Normalement, elle gardait le contrôle d'elle-même lorsqu'un homme prenait ce genre d'initiatives.

Car les initiatives, c'était *elle* qui les prenait, dans ce domaine. Tel était le Premier Principe Elémentaire d'Althea Grayson. Et si Colt pensait pouvoir passer outre à cette règle, il était parti pour une grosse déception.

Se construire comme elle s'était construite ne s'était pas fait sans effort. Elle avait dû lutter pas à pas pour définir ses buts et se tenir à une ligne de conduite stable. Et il n'y avait eu ni parents ni famille pour la soutenir. Issue du chaos, elle avait bataillé sans relâche pour le laisser derrière elle une fois pour toutes. Mais pour cela, elle avait eu besoin de se fixer des règles. Ce qui ne voulait pas dire nécessairement qu'elle s'était figée dans un autoritarisme rigide. Elle gardait une marge de flexibilité, bien sûr. Mais sur certains points, il lui était tout simplement impossible de tolérer le moindre écart.

Althea ouvrit les yeux et soupira. C'était la nature même de l'enquête qui la ramenait aux zones de fragilité de son propre passé. Une fille d'à peine treize ans, retenue par des inconnus et vraisemblablement violée, maltraitée.

Elle frissonna. Encore un schéma qui ne lui était que trop familier.

Et puis, comme par hasard, il y avait eu la petite

fille, ce matin. Livrée sans défense à la folie meurtrière du père…

Althea secoua la tête, rangea sa revue de mots croisés dans son sac et se força à penser de façon positive. Son seul vrai problème, en l'occurrence, était la fatigue. Le coup de filet qui lui avait permis d'arrêter tout un réseau de trafiquants de drogue cette semaine avait exigé une stratégie lourde et compliquée. Elle avait escompté se reposer ce week-end. Et voilà que cette nouvelle affaire lui tombait sur le coin de la figure. Alors qu'elle n'avait même pas eu une soirée pour souffler. Ce qu'il lui fallait, au fond, c'était des vacances.

Tout simplement des vacances…

Althea sourit en imaginant des étendues de sable blanc, une mer translucide, quelques cocotiers agités par la brise. Et un hôtel de luxe en arrière-plan, avec jacuzzi, bains de boue et autres commodités délicieuses.

Parfait. Voilà ce qu'elle allait s'offrir dès que l'enquête serait bouclée et qu'elle aurait renvoyé Colt Nightshade à son cabinet d'avocat. Ou à Dieu sait quelle mystérieuse occupation qui correspondait à son activité principale.

Quelle que puisse être sa profession, en tout cas, l'ami Colt savait s'y prendre avec les femmes. Althea dut s'incliner devant sa prestation : dix minutes à peine s'étaient écoulées et il ressortait déjà avec la dénommée Meena.

— Ah, tu veux faire ça à trois, avec ta femme ? commenta la prostituée lorsqu'ils arrivèrent près de la voiture. Tu sais que ça va te coûter beaucoup plus cher, ça, mon trésor ?

— Aucun problème.

Colt tendit galamment la main à Meena pour l'aider à s'installer sur la banquette arrière.

— Un type comme toi n'aura aucun mal à satisfaire deux femmes, susurra la fille.

Elle avait un visage ovale, assez fin, et aurait pu être jolie si elle n'avait pas été maquillée de façon aussi outrancière.

— Désolée, mais mon collègue n'aura pas l'occasion de démontrer ses talents aujourd'hui, observa Althea en brandissant son insigne.

Meena jura avec force et foudroya Colt du regard. Puis elle se croisa les bras sur la poitrine.

— Vous n'avez rien de mieux à faire, vous les flics, que de nous persécuter ?

— Si vous répondez à nos questions, Meena, nous ne vous emmènerons pas au poste. Fais un petit tour, Colt, tu veux bien ? demanda Althea, tutoyant son « coéquipier » par réflexe.

Il démarra obligeamment et elle se retourna vers Meena.

— Wild Bill était un ami à moi.

— Ouais, c'est ça. Si vous croyez que je vais gober ce genre d'histoire.

— Il me rendait quelques petits services, à l'occasion. Et vice versa.

Sur le point de lui rire au nez, Meena plissa soudain les yeux d'un air entendu.

— Mmm… Je vois. Vous ne seriez pas la femme flic à qui il filait de temps en temps des tuyaux, par hasard ?

Manifestement rassurée, la fille se laissa aller contre son dossier.

— Bill disait que vous étiez réglo. Et que vous lui glissiez toujours un ou deux billets sans vous faire prier.

Notant le sourire gourmand qui venait d'apparaître sur les lèvres de la fille, Althea haussa les sourcils.

— Bill aurait peut-être dû vous préciser que je le payais seulement lorsqu'il avait une information valable à m'offrir. Vous connaissez Jade, je suppose ?

— Ben ouais, évidemment. Mais elle a quitté Denver. Et si vous voulez savoir où elle est passée, vous perdez votre temps. Elle ne m'a pas laissé d'adresse.

Meena tira un paquet de cigarettes de son sac en vinyle rouge et en planta une entre ses lèvres pulpeuses, d'un rouge cerise soutenu. Lorsque Colt alluma son briquet et approcha la flamme, elle posa sa main sur la sienne et le gratifia d'un regard langoureux.

— Merci, chéri.

— Et elle ? Son visage vous dit quelque chose ?

Colt tira la photo d'Elisabeth Cook de son sac et alluma le plafonnier. Meena examina rapidement le cliché et secoua la tête.

— Non.

Sur le point de rendre la photographie, elle se ravisa soudain et contempla de nouveau les traits de Liz à travers la fumée de sa cigarette.

— Tout compte fait, ce visage me dit quelque chose… Mais je ne me souviens pas où je l'ai vue, cette gamine.

— Avec Bill ?

— Ah non, sûrement pas. Bill n'aurait jamais mis des mineures sur le trottoir. Ce n'était pas son genre.

— Et ce serait le genre à qui de faire bosser des mineures ?

Meena tourna les yeux vers Colt.

— Y a bien Georgie qui a quelques jeunettes dans son écurie. Mais carrément des gamines de douze, treize ans ? Non, je ne vois pas.

— Dites-moi, Meena : Bill ne vous aurait pas trouvé un job dans le cinéma, récemment ? intervint Althea.

— C'est possible.

— La réponse est soit oui soit non, riposta Althea en récupérant la photo. Attention, Meena. Si vous gaspillez mon temps, je ne gaspillerai pas mon argent.

— Ouais, ben, moi ça ne me dérange pas si un type s'amuse à me filmer pendant que je bosse. Ils m'ont filé du fric en plus pour le faire, je ne vois pas pourquoi j'aurais dit non.

— Vous pouvez me donner le nom de ces gens ?

Meena pouffa.

— Qu'est-ce que vous vous imaginez ? Que nous avons échangé nos cartes de visite ?

— En tout cas, vous pouvez me fournir une description. Combien ils étaient, à quoi ils ressemblaient, où ça s'est passé.

Le regard de Meena se fit calculateur tandis qu'elle rejetait sa fumée dans leur direction.

— Je pourrais, oui… si vous me donniez de quoi me motiver un peu…

— Votre motivation, c'est que si vous parlez, vous échappez à une nuit en garde à vue en compagnie d'un gros Suédois d'un mètre quatre-vingt-dix surnommé l'Orang-outang, rétorqua Althea aimablement.

— Vous n'avez pas le droit. Je n'ai strictement rien fait.

— Avec un casier comme le vôtre, vous n'avez aucune chance de convaincre qui que ce soit de votre innocence, Meena. Vous savez bien que le juge vous rirait au nez.

— *Relax*, Thea, protesta Colt d'une voix traînante. Ne sois pas si dure avec elle. Elle fait tout ce qu'elle peut pour nous aider. Pas vrai, Meena ?

La prostituée se passa la langue sur les lèvres.

— Ben oui.

— Elle essaye de me mener en bateau, oui ! Je veux des réponses claires, un point c'est tout.

Althea constata non sans amusement que Colt et elle étaient tombés tout à fait spontanément dans la classique stratégie du « bon flic, mauvais flic ».

— Les réponses, elle va nous les donner, dit Colt d'un ton rassurant. Laisse-lui simplement le temps de respirer.

Meena fit la moue.

— Il y avait le gars qui filmait, un autre assis dans un coin qui dirigeait les opérations. Celui-là, je ne pouvais pas le voir, de là où j'étais. Le troisième, c'était mon partenaire. Le type qui « jouait » avec moi, quoi. Le cameraman était noir et chauve. Très grand, bâti comme un lutteur. Et pas causant, avec ça. Il n'a pas ouvert la bouche une seule fois en une heure.

Althea sortit son carnet et commença à griffonner des notes.

— Ils s'appelaient par leur prénom, tous les trois ?

Meena réfléchit un instant puis secoua la tête.

— Non. C'est marrant quand j'y pense mais ils ne se sont même pas adressé la parole, en fait. Il n'y avait que l'acteur, mon partenaire qui causait. Mais c'était rien que des trucs cochons qu'il disait pour la caméra. Y a des gens que ça excite, les obscénités. C'était un type pas très grand, plutôt menu même. Sauf là où je pense, bien sûr, pouffa la prostituée. Mais pour le reste, il était maigre, la quarantaine, avec une queue-de-cheval.

— Il faudra que je vous demande de collaborer avec le portraitiste de la police pour élaborer un portrait-robot.

— Ah non, merci bien ! J'ai eu ma dose de flics pour le mois.

— Nous ne sommes pas obligés de le faire au commissariat. Et si vous nous donnez une description précise qui pourra nous aider à mettre la main sur ces gens, vous toucherez cent dollars.

Le visage de Meena s'éclaira.

— Bon, ben dans ce cas, y a moyen de s'arranger.

Althea tapota sur son carnet avec la pointe de son crayon.

— Vous avez tourné où ?

— Tourné ? Ah, le film, vous voulez dire ? Dans un appartement de la Seconde Avenue. Très classe. Il y avait une vraie baignoire à remous dans la salle de bains. Et les murs étaient carrelés de miroirs.

Meena se pencha pour caresser l'épaule de Colt.

— C'était très... stimulant, chuchota-t-elle en le regardant dans les yeux.

— Vous avez l'adresse ? demanda Althea.

— Je ne me souviens plus exactement. Mais c'était un immeuble blanc, pas très haut, avec de grandes terrasses.

Colt lui jeta un regard encourageant.

— Je suis sûr que vous reconnaîtriez les lieux si nous passions devant. Pas vrai, Meena ?

— Ouais, essayez toujours. On verra bien.

Meena, qui semblait avoir un faible pour Colt, se montra très coopérative. Quelques minutes plus tard, elle désigna l'immeuble à travers sa vitre.

— Voilà, c'est ici. Vous voyez, c'est l'appartement au dernier étage avec les grandes baies vitrées et le balcon en arrondi. C'est là-dedans que ça s'est passé. Il était vraiment top, leur duplex. Toutes les moquettes étaient blanches. Et fallait voir la chambre à coucher ! Avec des rideaux en velours rouge et un immense lit rond. Et les robinets de la salle de bains étaient en or. Je ne vous dis pas comme c'était beau ! J'y serais bien retourné, moi, si j'avais pu.

— Ils ne vous ont fait venir qu'une seule fois ? s'étonna Colt.

— Ben oui. Ils ont dit à Billy que je ne correspondais pas au profil. Et vous ne devinerez jamais pourquoi ! s'exclama-t-elle en allumant une énième cigarette. Parce qu'ils m'ont trouvée trop vieille, ces gugusses. Vous imaginez un peu ? Je venais juste de fêter mes vingt-deux ans. Ça m'a dégoûtée quand Bill m'a annoncé ça... Ah ouais, tiens, à propos...

Soudain inspirée, Meena posa la main sur l'épaule de Colt.

— La gamine, vous savez ? Celle que vous m'avez montrée en photo. C'est là que je l'ai vue ! J'avais fini et j'étais déjà redescendue quand je me suis rendu compte que j'avais oublié mes clopes là-haut. Quand je suis allée les récupérer, elle était assise dans la cuisine. Sur la photo, elle n'est pas maquillée, alors que là elle en avait une couche ! C'est pour ça que je ne l'ai pas reconnue tout de suite.

— Elle vous a dit quelque chose ? demanda Colt d'une voix tendue. A-t-elle tenté de communiquer avec vous d'une façon ou d'une autre ?

— Ben non. Elle était assise là, sans rien faire, avec une drôle d'expression. A mon avis, ils avaient dû la droguer, cette petite. Elle n'avait pas l'air dans son état normal.

Notant qu'un muscle tressautait à l'angle de la mâchoire de Colt, Althea posa sa main sur la sienne. Ses doigts étaient froids et rigides sous les siens. A son grand étonnement, il eut un léger mouvement du poignet et ils se retrouvèrent paume contre paume, à se tenir la main.

— J'aurais besoin d'un numéro de téléphone où vous

joindre, déclara-t-elle en fouillant son sac de sa main libre pour en tirer la somme promise à Meena.

Cette dernière compta ses billets avec une satisfaction manifeste et ne montra aucune réticence à donner ses coordonnées.

— Bill avait raison. Vous êtes réglo. Hé, ça vous dérangerait de me déposer au Tick-Tock ? Je crois que je vais boire un canon ou deux à la mémoire de ce bon vieux Bill.

— Nous ne pouvons rien faire sans mandat de perquisition, répéta Althea pour la troisième fois lorsqu'ils descendirent de l'ascenseur, au dernier étage de l'immeuble que leur avait indiqué Meena.

— On n'a pas besoin d'une permission signée par un juge pour aller frapper à leur porte, que je sache.

Portant la main à sa poche pour vérifier la présence de son arme, Althea soupira.

— Tu crois qu'ils vont nous inviter à boire le café, peut-être ? Accorde-moi quelques heures et je t'obtiens...

Colt fit volte-face. Lorsqu'elle vit son expression, Althea demeura un instant bouche bée. Toute la journée il était resté d'un calme olympien, même avec Charlie et la fillette. Elle s'était attendue à tout sauf à voir ses nerfs lâcher maintenant.

— Entendons-nous bien, inspecteur. Si Liz est bouclée dans cet appartement, il est hors de question que j'attende ne serait-ce qu'une *minute* de plus pour que tu obtiennes ton bout de papier. Et je peux t'assurer que si je la trouve, je la sors d'ici, direct. Mandat ou pas mandat.

— Ecoute, Colt, je comprends parfaitement.

— Tu ne comprends rien du tout, oui !

Elle ouvrit la bouche et la referma juste à temps. Aussi incroyable que cela puisse paraître, elle avait été à deux doigts de hurler à ce quasi-inconnu que nul n'était mieux placé qu'elle pour *comprendre*, au contraire.

— Très bien. Allons frapper à leur porte, déclara-t-elle sèchement en joignant le geste à la parole.

Personne ne répondit.

— Ils ont peut-être l'oreille dure, maugréa Colt en tambourinant du poing contre le battant.

Mais là encore, sans résultat. Il entra alors en action avec une rapidité telle qu'Althea n'eut même pas le temps d'émettre une protestation.

Elle dégaina son arme.

— Bien, Nightshade, bien… C'est subtil, ça, comme méthode. Et comment vais-je justifier dans mon rapport le fait que tu aies défoncé cette porte ?

Colt sortit à son tour un revolver de sa botte.

— J'ai été un peu impulsif, on dirait. Mais le résultat est là.

— Colt, non, stop !

Mais une fois de plus, elle gaspillait sa salive : il était déjà à l'intérieur. Maudissant Boyd et ses amis d'enfance jusqu'au dernier, Althea lui emboîta le pas et le couvrit par automatisme. Elle sut que l'appartement était vide avant même que Colt ne trouve l'interrupteur : il ne restait rien hormis la moquette et les rideaux aux fenêtres.

— Ils ont plié bagage, les ordures, marmonna Colt comme pour lui-même en s'engouffrant dans la chambre.

Althea replaça son arme dans son holster.

— Notre ami le barman du Clancy a bien fait passer la consigne, on dirait. Et les oiseaux n'ont pas traîné pour s'envoler du nid. Avec un peu de chance, nous retrouverons leur piste grâce au contrat de location. Et nous pouvons toujours essayer d'interroger les voisins. On en apprendra peut-être un peu plus sur cette fine équipe.

Mais plus Althea examinait les lieux, moins elle se sentait optimiste. Ils avaient affaire à des pros. Et ces gens-là avaient clairement pris toutes les dispositions nécessaires pour effacer leurs traces. Ils avaient opéré un repli net et sans bavure. Et n'avaient rien laissé derrière eux qui eût pu constituer un indice.

Par acquit de conscience, elle alla jeter un coup d'œil dans la salle de bains. La pièce était telle que Meena l'avait décrite. Althea nota avec une pointe d'amusement que les robinets en forme de cygne étaient en cuivre et non en or.

— Franchement, ce n'est pas malin d'être entré ici par effraction, Nightshade. Il aurait fallu venir avec des techniciens de l'identification criminelle, geler les lieux, procéder aux relevés d'empreintes et tout le bataclan. C'est scientifique, une enquête judiciaire, merde !

— J'ai fait l'idiot, c'est vrai. Mais imagine que Liz se soit trouvée ici, derrière cette porte, dit Colt juste derrière elle. Pouvait-on se permettre d'attendre ?

Althea contempla leurs deux reflets dans les miroirs qui réfléchissaient leurs silhouettes à l'infini. Son indignation retomba d'un coup lorsqu'elle vit la rage impuissante qui se reflétait sur les traits de Colt.

— Nous la retrouverons et nous la ramènerons chez elle. Je te le promets, Colt. Nous mettrons tout ce qu'il faut en œuvre.

— Nous la trouverons, oui. Mais *quand* ? Et dans quel état ?

Colt dut faire un effort sur lui-même pour ne pas

arracher les rideaux rouges et tordre les robinets en cuivre. Casser quelque chose aurait soulagé, au moins momentanément, la colère démesurée qui grondait en lui.

— Chaque jour qui passe ne fait qu'ajouter à son cauchemar, bon sang ! Et elle aura une vie entière à vivre avec ce stock de souvenirs dégradants. Comment veux-tu qu'après cela, cette gamine puisse mener une existence normale ?

— Les enfants sont plus solides que la plupart des gens ne le pensent. Ils ont une extraordinaire faculté pour renouer avec la vie, Colt. Liz surmontera ce trauma si on lui donne la possibilité de reprendre ses activités normales, comme n'importe quel enfant de son âge. Et ce sera plus facile pour elle, car elle a une famille aimante pour la soutenir.

— Plus facile que quoi ?

Plus facile que lorsqu'on n'a personne sur qui compter à part soi-même. Gardant cette pensée pour elle, Althea lui toucha la joue.

— Plus facile, c'est tout. Ne laisse pas l'angoisse prendre le dessus, Colt. Tu vas te mettre à faire n'importe quoi sinon.

Il inclina la tête.

— Tu as raison. Désolé.

Lorsqu'elle voulut retirer sa main, il la retint par le poignet et la ramena vers lui.

— Tu sais quoi ? Tu viens de te comporter de façon quasi humaine, là.

— Ah vraiment ?

Leurs corps se touchaient presque. Les signaux d'alerte d'Althea virèrent au rouge. Mais elle n'avait jamais été de celles qui reculent devant une épreuve. Elle fit donc face, sans reculer d'un millimètre.

— Parce que, d'habitude, je me comporte comment ? Comme un monstre ?

— D'habitude, tu es simplement parfaite.

Colt comprit — trop tard — qu'il allait céder à la tentation. Depuis le premier instant, il avait eu envie de plonger les mains dans sa chevelure. Il soupira en sentant ses cheveux soyeux crisser sous ses doigts.

— C'est presque effrayant, chuchota-t-il. Tout est fascinant chez toi : ta chevelure, ton visage, ton corps, ta peau, ton intelligence. Qu'est-ce qu'un homme peut faire devant tant de merveilles ? Hurler éperdument à la lune ? Tomber foudroyé à tes pieds ?

Althea dut rejeter la tête en arrière pour maintenir son regard à hauteur du sien. Même si son cœur battait un peu plus vite, elle pouvait faire abstraction du phénomène. Qu'une légère attirance se fasse sentir ne lui paraissait pas alarmant en soi. Cela s'était déjà produit et elle se savait capable de contenir ces accès de faiblesse momentanés. Plus inquiétants, en revanche, étaient le trouble, la confusion, cette impression déconcertante de flotter dans un No Man's Land de pure sensation.

A surveiller, conclut-elle.

— Je ne crois pas que tu sois du genre à pratiquer l'une ou l'autre de ces deux attitudes, Nightshade.

Elle accompagna cette remarque réfrigérante d'un sourire glacial propre à décourager n'importe quel individu mâle pourvu d'un minimum de raison. Mais Colt ne se laissa pas impressionner, en l'occurrence. Un éclair brilla dans ses yeux bleu-vert.

— Tu as raison. Hurler à la lune n'a jamais été ma tasse de thé. Quant à tomber à tes pieds… le contexte ne s'y prête pas vraiment. Mais on pourrait essayer autre chose.

Il articula lentement mais se mut avec la rapidité et la souplesse d'un fauve. Ses lèvres s'emparèrent des siennes avant qu'elle ait pu anticiper la manœuvre.

Si elle s'était débattue — si elle avait émis la plus petite protestation, même — il aurait tout arrêté, quitte même à s'excuser platement.

Mais Althea ne fit pas un geste pour se défendre. Une passivité dont elle fut la première à s'étonner. Elle avait la ferme intention de le rejeter, bien sûr. Et même énergiquement. Mais une étrange apathie s'était emparée d'elle, la poussant à différer le moment de passer à l'action. Se défendre n'était pas vraiment un problème. Elle connaissait diverses méthodes — défensives ou offensives — pour mettre un terme à ce genre de situation. Mais aucune tactique, bizarrement, ne s'imposait à son esprit.

Peut-être fut-ce par curiosité qu'elle le laissa faire dans un premier temps ? Parce qu'elle expérimentait des sensations qui demandaient à être explorées plus avant ? Parce que la bouche de Colt était exigeante, que ses bras autour d'elle semblaient éloigner le reste du monde, parce que les volutes de plaisir qui tourbillonnaient en elle exerçaient des effets délétères sur ses fonctions mentales ?

Elle le repousserait, bien sûr. C'était une certitude. Mais en attendant…

Les baisers d'Althea étaient exactement tels que Colt les avait pressentis. Et Dieu sait qu'il les avait pressentis souvent. Il but à ses lèvres un nectar si sauvage, si flamboyant qu'il perdit rapidement la tête. Foudroyé, il l'était bel et bien, même s'il avait plus urgent à faire que de tomber à ses pieds pour le moment.

Lorsque les lèvres d'Althea s'ouvrirent sous les siennes, il investit sa bouche et ne songea plus qu'à se perdre dans ses profondeurs électriques. Elle était si mince, si souple, si menue qu'il en avait des frissons. Il n'aurait pu imaginer plus grande perfection. Si Althea n'avait pas été conçue, il l'aurait fantasmée et dessinée exactement telle qu'elle était.

L'abandon avec lequel elle noua les bras autour de son cou n'était pas fait pour briser son élan. Il sentait ses mains aller et venir dans son dos, entendait les petits bruits félins qui vibraient dans sa gorge. Colt vit un éclair passer devant ses yeux. Le sang se précipitait dans ses veines et lui rugissait aux oreilles avec la force d'un torrent.

Murmurant son nom, il la plaqua contre la cloison aux miroirs et couvrit son corps du sien. Il voulait la toucher partout, la prendre avec sa bouche, ses mains, la dévorer tout entière. Déjà, il s'attaquait à ses vêtements, défaisait des boutons, s'escrimait sur une fermeture Eclair.

Il la voulait, là, tout de suite, sans attendre. C'était plus qu'une envie : un besoin primitif, élémentaire, aveuglant. Il lui fallait Althea comme un homme ivre de fatigue aspire à la délivrance du sommeil. Arrachant sa bouche de la sienne, il posa les lèvres dans son cou, goûta la saveur somptueuse de sa chair.

Dans un semi-délire, elle se tendit vers lui comme un arc, gémissant lorsque sa bouche dévorante entra en contact avec sa peau. Si elle n'avait pas été adossée contre la cloison, elle aurait glissé au sol. C'était là, par terre, dans cette salle de bains, qu'ils s'uniraient l'un à l'autre. Sur les carreaux, avec des douzaines et des douzaines de miroirs reflétant leurs ébats.

Ici et maintenant.

Comme un voleur se glisse dans une maison obscure, une image de Meena vint s'insinuer dans son esprit. Elle songea à Liz, aux scènes sordides qui s'étaient déroulées dans ce même décor.

Dans un sursaut d'horreur à l'idée de ce qui avait failli être, Althea se rejeta en arrière. Elle, femme et flic, avait été à deux doigts de se rouler par terre avec un quasi-inconnu sur les lieux même où elle était censée exercer ses compétences professionnelles ?

— Stop ! protesta-t-elle d'une voix encore enrouée par l'excitation. Je ne plaisante pas, Colt. Arrête-toi. Maintenant.

— Quoi ?

Comme un plongeur refaisant surface après une longue traversée, il secoua la tête et vacilla presque. Bon sang, c'était à peine s'il tenait encore sur ses jambes ! Colt dut prendre appui d'une main contre la cloison. Il ne pouvait la regarder sans prendre le vertige. La fièvre qui luisait encore dans ses yeux les faisait paraître d'or liquide. Ses lèvres étaient très rouges, humides et gonflées — l'image même de la tentation. Comme un appel. Un cri de volupté.

Il lui toucha la joue avec une délicatesse infinie, comme il aurait effleuré le pétale à peine défroissé d'un coquelicot.

— Tu es tellement belle, chuchota-t-il. D'une beauté inaccessible et fragile, comme une fleur exotique sous une cloche de verre. Pour cueillir cette fleur, il n'y a pas d'autre solution que de briser le contenant.

Fermant un instant les yeux, elle secoua la tête.

— Colt, non, arrête. C'est de la folie ce que nous faisons là.

— Ce n'est pas très raisonnable, j'en conviens. Mais qu'est-ce que c'est bon…

— Nous sommes en pleine enquête criminelle, Nightshade. Et cet appartement va être mis sous scellés. On ne peut pas faire n'importe quoi n'importe où !

Avec un léger sourire, il lui prit la main et porta ses doigts à ses lèvres pour les mordiller un à un. Même si leurs investigations tournaient court pour le moment, ils n'étaient pas obligés de stopper toute activité pour autant.

— Alors allons ailleurs, proposa-t-il, pragmatique, en aspirant son pouce entre ses lèvres, le regard plongé dans le sien.

Luttant contre une nouvelle montée de désir, Althea recula hâtivement d'un pas et entreprit de rajuster ses vêtements. Mais ses mains tremblaient tellement qu'elle dut s'y prendre à deux fois pour reboutonner son chemisier.

— Nous allons partir, oui. Chacun de notre côté.

Colt comprit qu'il n'y avait qu'un endroit sûr où placer ses mains, en l'occurrence : dans ses poches. Althea avait raison : ce n'était pas le moment — vraiment pas le moment.

Ravalant sa frustration, il se résigna à maintenir le cap qu'il s'était fixé. Une fois que Liz serait hors de danger, il serait temps de penser à lui. Et à elle.

— OK, soyons clairs : tu aimerais que nous fassions comme si rien ne s'était passé ?

Althea jura tout bas en s'escrimant sur sa veste froissée. Elle lui jeta un regard noir.

— Enfouir la tête sous le sable n'a jamais été ma

politique, Nightshade. Entre nous, cela devait sans doute arriver. Mais maintenant que notre curiosité est satisfaite, nous pouvons considérer que cet épisode est clos et définitivement clos.

— Désolé, mais je ne suis pas d'accord. Je ne peux parler que pour moi, bien sûr. Mais ce genre de... vibrations, ça n'arrive pas tous les jours. Quant à ma curiosité, elle commence tout juste à s'éveiller.

Elle lui jeta un regard hautain.

— Tu as raison, Colt. Tu ne peux parler que pour toi-même.

Althea réussit à atteindre le salon avant qu'il la rattrape.

— Je ne crois pas que la fuite te mène bien loin, dans ce cas précis, Thea.

La voix de Colt était mortellement calme. Serrant les lèvres, elle secoua la tête sans répondre.

— Sois franche avec moi, OK ? insista-t-il en la forçant à soutenir son regard. Nous sommes adultes l'un et l'autre.

— Très bien, comme tu voudras. Si j'avais eu envie d'une liaison brève et torride, je n'aurais certainement pas manqué de te faire signe. Mais il se trouve que j'ai d'autres priorités en ce moment.

— Tu fonctionnes avec des listes, c'est ça ? En cochant des cases sur un emploi du temps ?

— Je ne considère pas ce genre d'accusation comme une insulte, répondit-elle d'une voix suave. J'ai toujours pensé qu'il était utile de s'organiser dans la vie et c'est un choix que j'assume pleinement.

— Tu compartimentes tout.

Elle haussa les épaules.

— Si tu veux appeler ça comme ça, libre à toi. Mais pour l'instant, je ne vois qu'une chose que nous ayons à faire ensemble, Colt Nightshade : tirer cette gamine de l'enfer. Crois-moi si tu veux, mais je suis tout aussi déterminée que toi. Je n'aurai de cesse que lorsqu'elle sera de retour dans sa famille, à se quereller avec son petit frère ou à s'inquiéter des résultats de son dernier contrôle de maths. Quant aux ordures qui lui ont fait ça, je ne les lâcherai pas. Ma motivation est aussi forte que la tienne même si c'est sans doute difficile à comprendre.

Il soutint son regard sans ciller.

— Je peux comprendre beaucoup de choses, Althea. Il suffit de m'expliquer.

— Je suis flic. C'est déjà une motivation en soi, non ?

— Oui, mais ce n'est pas la seule.

Pendant qu'elle parlait, il avait vu une froide passion se refléter sur son visage. Une passion aussi forte quoique très différente de celle qu'elle avait exprimée dans ses bras.

— Je suis fatiguée, Colt, murmura-t-elle.

Lui aussi. Il massa sa nuque douloureuse où s'étaient accumulées les tensions de la journée. Ils étaient épuisés et à bout. Ce n'était ni le lieu ni le moment. Il avait besoin d'avoir l'esprit clair s'il voulait espérer comprendre quelque chose à l'énigme que représentait Althea Grayson…

— Ecoute : je me serais excusé si j'avais eu un geste déplacé, tout à l'heure. Mais je refuse d'admettre qu'il y ait eu quoi que ce soit de « déplacé » dans ce qui vient de se passer entre nous. Je suis ici pour récupérer Liz et je m'investirai à cent pour cent dans cette recherche. Mais ensuite… Après avoir goûté une première bouchée de toi, Thea, je sais que je mettrai une détermination analogue à t'obtenir tout entière.

— Je ne suis pas le plat du jour, consommable à

volonté, Nightshade, rétorqua-t-elle d'une voix lasse. Tu n'obtiendras que ce que j'accepterai de te donner.

Colt eut un sourire beaucoup trop désarmant à son goût.

— C'est tout ce que je demande. Viens, maintenant. Je te raccompagne chez toi.

4

Armé d'une tasse de café noir bien serré, Colt assistait en spectateur médusé au furieux tourbillon matinal qu'il fallait bien nommer « petit déjeuner chez les Fletcher ». Une agitation qui, semblait-il, faisait partie du quotidien de la famille. En quelques jours, il avait appris qu'envoyer trois enfants à l'école le matin n'avait rien d'une sinécure. Et que le trio d'adultes qui orchestrait ce grand chambardement matinal formait les héros discrets d'une bataille sans gloire et sans médaille, chaque jour réitérée.

— Ah, berk ! Non ! Elles vont me faire vomir, ces céréales ! gémit Bryant.

Il remplit sa cuillère de la masse spongieuse et, sourcils froncés, la laissa retomber dans son bol de lait avec un grand splatch qui éclaboussa une bonne partie de la table.

— Regarde ça, maman ! Je peux pas avaler cette bouillasse ! Elles ont un goût de carton mouillé.

— Tu as choisi ce paquet à cause du sifflet gratuit à l'intérieur, lui rappela patiemment Cilla tout en tartinant des sandwichs pour sa progéniture. Et tu m'avais promis que, quoi qu'il arrive, tu les avalerais jusqu'à la dernière.

— Tu n'as qu'à rajouter une banane pour faire passer

le goût, suggéra Boyd, très occupé de son côté à tresser les cheveux fous de sa fille Allison.

— Aïe ! Papa, fais attention ! Tu m'arraches la tête !

— Désolé. Je t'en rachèterai une autre à la première occasion, c'est promis… Alors ? Cette capitale du Danemark ?

— Euh… Helsinki ? Non, Copenhague ! grommela la petite fille. Je déteste les contrôles de géographie.

Tout en soumettant ses cheveux aux mains de son père, Allison pratiquait des pliés de jambe en vue de son prochain cours de danse.

— Pourquoi il faut apprendre tous ces trucs par cœur ? bougonna-t-elle. Ça sert à rien.

— La connaissance, c'est sacré, ma fille.

La langue coincée entre les dents, Boyd se débattait avec l'élastique.

— Oui, ben moi, j'ai oublié le nom sacré de la capitale de la Hongrie.

— Facile. C'est… euh…

Colt réprima un sourire en voyant son ami se frotter le crâne. La connaissance sacrée n'était manifestement pas au rendez-vous ce matin.

— Tu le savais encore hier soir, Allison, éluda Boyd avec une parfaite mauvaise foi. Ça te reviendra pendant le contrôle.

— Pfft ! Hé, maman ! Y a Bryant qui refile ses céréales à Bongo ! claironna Allison avec le sourire triomphant du délateur confirmé que tout enfant de sept ans cache au fond de lui.

Cilla se tourna juste à temps pour voir son fils tenter de nourrir le chien à la cuiller.

— Bryant Fletcher !

— Mais regarde, maman. Même Bongo n'en veut pas. Elles sont trop dégueu, j'te dis !

— Bryant, par pitié, surveille ton vocabulaire ! dit Cilla d'une voix lasse.

Mais il fallait se rendre à l'évidence : le gros chien bâtard qui mangeait absolument n'importe quoi, n'importe où et buvait l'eau des flaques, avait résolument tourné le dos aux céréales Rocket Crunchies.

Avec un soupir démonstratif, Cilla alla porter le bol dans l'évier.

— Bon. Dépêche-toi de manger ta banane et va préparer tes affaires.

— M'man ! cria Keenan, le plus jeune des trois, en déboulant dans la salle à manger pieds nus avec une basket sale à la main. Je trouve plus mon autre chaussure. Quelqu'un l'a volée.

— Appelle la police, commenta Cilla, philosophe, en déposant son dernier sandwich dans un cartable.

Se détournant de ses fourneaux, la cuisinière s'essuya les mains sur son tablier.

— Je m'en occupe, *señora*.

— Maria, vous êtes une bénédiction.

— C'est des méchants qui l'ont prise, Maria, chuchota Keenan d'un air grave. Ils sont venus cette nuit et ils l'ont embarquée. Mais ça fait rien, parce que mon papa, il va les arrêter.

— Ton papa, il retrouve tous les voleurs du monde entier, acquiesça Maria avec le plus grand sérieux en prenant la main du bambin dans la sienne. Mais on va déjà monter tous les deux et chercher des indices, d'accord ?

Exit Maria et Keenan. Mais le calme qui retomba

après leur départ fut de courte durée. Cilla jeta un coup d'œil par la fenêtre et poussa une exclamation.

— Oh, mince ! Il a l'air de pleuvoir à verse. Il leur faudrait des parapluies. Tu sais si nous en avons encore, Boyd ?

— Excellente question, ma chérie.

Boyd finit d'attacher les cheveux de sa fille et la laissa à ses pas de danse pour se servir une tasse de café bien méritée pendant que Cilla se lançait dans des recherches frénétiques.

— A mon avis, quelqu'un a dû aussi voler les parapluies, suggéra Boyd gravement. Il s'agit probablement de la même bande qui a dérobé la chaussure de Keenan. J'ai déjà affecté une équipe sur cette enquête.

— Ah, on peut compter sur toi en temps de crise, Fletch ! grommela Cilla en passant nerveusement la main dans ses courtes boucles brunes.

Elle courut dans le petit hall et poussa une exclamation de triomphe.

— Les voici ! Ils étaient tout simplement accrochés au porte-manteau.

Elle attrapa les trois cartables et rassembla ses deux aînés.

— Vos blousons, vite ! Oh, misère ! Le car de ramassage passe dans moins de cinq minutes et Keenan est encore en haut avec Maria.

Cilla se retourna et trébucha sur le chien. Les enfants se ruèrent dans le couloir pour récupérer leurs affaires, mais ce fut le moment que choisit Bongo pour se jeter dans la mêlée en aboyant pitoyablement.

— Bongo déteste les adieux, précisa Boyd en interceptant le chien.

Maria entra sur ces entrefaites en poussant un Keenan dûment chaussé devant elle.

— La chaussure était dans le placard, finalement.

Cilla retrouva le sourire.

— C'est les méchants qui ont dû la cacher là. Ils sont diaboliques.

Elle arma son plus jeune fils d'un petit sac à dos contenant un pique-nique.

— Et maintenant : bisous ! Ah oui, Allison : la capitale de la Hongrie, ça devrait être Budapest, si mes souvenirs sont bons.

— Merci, m'man !

La famille procéda alors à un échange généralisé de bises d'adieu auquel le chien Bongo participa activement. Puis Cilla leva la main.

— Attention, s'il y en a un qui oublie son parapluie à l'école, il sera exécuté sur-le-champ. Et maintenant, filez !

Les enfants détalèrent en riant. La porte d'entrée claqua. Cilla ferma les yeux.

— Encore un début de matinée paisible chez les Fletcher. Colt, que puis-je t'offrir ? Du bacon ? Des œufs ? Un litre de whisky ?

Colt alla s'asseoir en riant à la place laissée libre par Bryant.

— J'accepte volontiers les deux premiers. Quant au whisky, je veux bien que tu le mettes de côté pour ce soir. Très colorée, cette petite mise en scène, en tout cas ! Vous assurez ce spectacle tous les matins ?

— Pratiquement. Avec des représentations à rallonge pendant les week-ends !

Elle passa encore une fois la main dans ses cheveux et jeta un coup d'œil à la pendule.

— Je serais bien restée à traîner autour d'une tasse

de café avec vous mais il faut que je monte me préparer. J'ai une réunion dans une heure. Colt, si jamais tu as un creux dans ton emploi du temps, n'hésite pas à venir me voir à la station de radio. Je te ferai visiter.

— Très volontiers.

— Faut-il que je vous rapporte quelque chose pour le repas de ce soir, Maria ?

— Non, merci, *señora,* déclina la cuisinière en jetant les tranches de bacon dans la poêle. J'ai tout ce qu'il me faut.

Cilla vint poser la main sur l'épaule de son mari.

— Je devrais être de retour vers 18 heures. J'ai cru comprendre qu'une partie de poker monstre se préparait ici, ce soir, Fletch ?

— C'est une rumeur qui court, en effet.

Boyd attira sa femme sur ses genoux et l'embrassa tendrement.

— Mmm… Tu sais que tu es délicieuse à croquer, O'Roarke ? Quel est ce goût suave sur tes lèvres, ô femme de ma vie ?

— De la confiture de fraises ! Tu m'invites toujours à déjeuner à midi ?

— Notre repas en amoureux ? Mais bien évidemment.

Cilla gratifia son homme d'un dernier baiser et quitta la cuisine d'un pas dansant. Ils l'entendirent grimper l'escalier quatre à quatre. Colt et Boyd échangèrent un regard.

— Tu sais que tu es verni, Boyd Fletcher ?

— Mmm ?

— Tu as une femme merveilleuse et trois enfants formidables. Et tout ça, du premier coup.

— Je reconnais que j'ai de la chance. Dès l'instant

où j'ai rencontré Cilla, j'ai compris que ce serait elle et pas une autre. C'est étonnant, non ?

Boyd but une gorgée de café et son expression se fit songeuse.

— Enfin... note que j'ai dû user de pas mal de persuasion pour la convaincre, elle, qu'il était inutile d'espérer poursuivre sa vie sans moi !

— Apparemment, tu as réussi à te faire entendre, vieux renard.

Boyd eut un sourire qui laissa Colt rêveur. Difficile de ne pas ressentir une pointe d'envie lorsque votre ami d'enfance vous parlait mariage et vie de famille avec un tel éclat dans le regard.

— Quand tu as rencontré Cilla, tu étais déjà le coéquipier de Thea, au fait ?

— Tout à fait. On assurait tous les trois un service de nuit, à l'époque. Thea est la première femme avec qui j'aie jamais fait équipe. Au début, j'étais vaguement sceptique. Mais ça a été un vrai régal de travailler en duo avec elle. Thea est un flic hors pair.

Colt fronça les sourcils. « Un vrai régal » ? Voilà qui pouvait s'interpréter de toutes sortes de manières.

— Tu n'es pas obligé de me répondre, Fletch, mais il n'y a jamais rien eu de... euh... personnel entre Thea et toi, avant que tu rencontres Cilla ?

— Il se passe quantités de choses personnelles avec un équipier. C'est inévitable.

— Oui, bien sûr, mais...

Avec un sourire serein, Boyd se resservit en café.

— Mais il n'y a jamais eu d'attirance entre nous, si c'est là où tu veux en venir.

Colt haussa les épaules en se demandant pourquoi la réponse de son ami le soulageait à ce point.

— Désolé d'avoir été indiscret, mon vieux. Mais avoue que, quand on voit Thea, c'est difficile de ne pas se poser la question.

— Tu as du mal à comprendre pourquoi je n'ai jamais tenté ma chance, c'est ça ? Comment j'ai pu rester de marbre devant une femme avec un tel physique, une telle intelligence. Et un tel… hum… comment appeler ça ?

Avec un léger sourire, Boyd se tut pendant que Maria leur servait leur petit déjeuner en silence.

— Merci, Maria. Où en étions-nous, déjà ? Oui, Thea. Comment ai-je pu rester indifférent à… disons une *présence physique* telle que la sienne ? C'est assez simple, Colt. Je ne te dis pas que l'idée ne m'a pas traversé l'esprit. Et il est possible que Thea se soit posé la même question de son côté. Mais tu vois, le déclic ne s'est pas produit. Et si ça a fonctionné d'emblée sur le plan professionnel et amical, nous n'avons jamais été amenés à nous aventurer sur d'autres voies.

Boyd prit sa fourchette, s'attaqua à ses œufs brouillés et lui jeta un regard en coin.

— Et toi ? Tu en es où, question « déclic » ?

Colt joua distraitement avec la tranche de bacon sur son assiette.

— Avec Thea ? Pour l'instant, je ne peux pas encore dire si ça fonctionne entre nous sur le plan amical et professionnel. Mais nous avons déjà fait un pas ou deux pour explorer « les autres voies ».

Boyd ne parut pas surpris outre mesure.

— Il y a des femmes que l'on a dans la peau et des femmes que l'on a constamment dans la tête. Lorsqu'on les a à la fois dans la peau et en tête, ça déménage !

— Mmm… Et si tu m'en disais un peu plus sur Althea ?

— C'est un excellent flic et une personne en qui tu

peux avoir toute confiance. Elle a ses problèmes, bien sûr, comme tout le monde. Mais elle les gère plutôt bien. Si tu veux des détails, en revanche, il faudra t'adresser directement à l'intéressée… Et je te rassure tout de suite : Thea recevrait la même réponse si elle m'interrogeait à ton sujet, compléta Boyd avec un léger sourire.

— Parce qu'elle t'a demandé des trucs sur moi ?

— Non.

Boyd dissimula un sourire en portant sa tasse à ses lèvres.

— Et si tu me racontais plutôt où tu en es de tes recherches ?

Ravalant sa frustration, Colt lui fit un bref compte rendu de la journée de la veille.

— Nous avons réussi à obtenir l'adresse du « studio » où ils tournaient, sur la Seconde Avenue. Mais quand nous sommes arrivés, ces crapules avaient déjà plié bagage.

Colt se retint de frapper la table du poing. Le fait qu'ils aient manqué les geôliers de Liz de quelques heures à peine continuait à lui saper sérieusement le moral.

— Après le petit déjeuner, j'irai interroger le gérant de l'immeuble. Comme il vit sur place, il pourra peut-être me fournir quelques renseignements valables sur notre bande de joyeux cinéastes.

Boyd hocha la tête.

— Cela me paraît être la procédure logique à suivre, en effet. Si je peux t'être utile en quoi que ce soit, Colt…

— Je te ferai signe en cas de besoin. Ce qui m'inquiète, c'est qu'il y a déjà deux semaines que cette gamine est entre leurs pattes, Fletch. Et je n'ose imaginer dans quel état nous allons la récupérer.

— Tu te préoccuperas de cela une fois que tu l'auras retrouvée. Dans ce métier, on règle les problèmes au fur et à mesure, Colt. C'est la seule manière d'y arriver sans se noyer.

— J'ai l'impression d'entendre ton amie, l'inspecteur Grayson. La belle Althea me fait faux bond jusqu'en début d'après-midi, au fait. Elle passe la matinée au tribunal.

Boyd hocha la tête.

— Ah oui, c'est vrai. Le procès Marsten. Vol à main armée avec violence. Tu veux que je te délègue un agent en uniforme pour t'assister, ce matin ?

— Ça va aller, merci. Je suis encore capable de tenir une demi-journée seul, sans un membre des forces de l'ordre pour me tenir la main.

Travailler en solo avait ses avantages… Colt s'en rendit compte ce matin-là. Il n'avait pas à se demander s'il n'empiétait pas sur le territoire de son partenaire. Ni à délibérer pour définir une stratégie. Et dans le cas particulier d'Althea, son absence lui laissait l'esprit libre, le dispensant d'avoir à combattre ses bas instincts à tout bout de champ !

Il commença par interroger Nieman, le gérant. C'était un homme chauve, fluet, de petite taille, qui semblait avoir une haute idée de sa propre fonction. Vêtu d'un costume trois-pièces, il baignait dans une odeur soutenue d'eau de toilette au vétiver.

— J'ai déjà fait ma déclaration à l'autre officier de police qui est passé ce matin, déclara-t-il par l'entrebâillement de la porte, sans prendre la peine de retirer la chaîne de sécurité.

— Eh bien, maintenant, c'est à mes questions qu'il faudra répondre, déclara Colt calmement, sans juger utile de le détromper au sujet de son appartenance présumée à la police judiciaire de Denver. Souhaitez-vous que nous poursuivions le dialogue ainsi, monsieur Nieman ? Je peux rester dans le hall et crier mes questions si vous préférez ne pas me laisser entrer.

La mine morose, Nieman se résigna à lui ouvrir sa porte.

— Ça va encore durer longtemps, cette histoire ? Déjà que vos collègues sont venus tambouriner à ma porte à l'aube ! Et depuis, il ne se passe pas une minute sans que le téléphone ne se mette à sonner. Rien que des locataires curieux de savoir pourquoi la police a mis le duplex sous scellés. Avez-vous la moindre idée du temps que cela va me prendre avant que les effets de toute cette publicité négative soient dissipés ?

— C'est un métier difficile que le vôtre, monsieur Nieman, commenta Colt gravement en examinant les lieux.

L'appartement de fonction n'était pas aussi grand et luxueux que celui du dernier étage mais le gérant bénéficiait d'un confort plus qu'appréciable. Nieman avait opté pour un ameublement rococo à la française. Colt songea que sa mère aurait été aux anges en découvrant pareil décor.

— Ah, ça, vous ne croyez pas si bien dire ! Vous ne pouvez pas savoir comme j'en vois de toutes les couleurs, par moments, opina Nieman en lui désignant un fauteuil aux accoudoirs artistiquement sculptés. Les locataires sont souvent pires que des enfants. Ils ont constamment besoin d'être guidés, recadrés, remis à leur place. Cela fait dix ans que j'exerce ce métier, monsieur. Et vous n'imaginez pas le nombre d'anecdotes savoureuses que j'aurais à raconter !

Craignant le pire, Colt se hâta de l'interrompre.

— Et si vous me parliez plutôt des locataires du duplex ?

— Je ne peux malheureusement pas vous en dire grand-chose, admit Nieman. Comme je l'ai expliqué ce matin à votre collègue, M. Davis n'est resté ici que quatre mois.

— Vous ne faites pas visiter vos appartements avant de les louer ?

— En règle générale, si, bien sûr. Mais il se trouve que ce locataire avait de bonnes références. Et il m'avait fait parvenir un chèque certifié par la poste. Nous avons également signé le contrat de location par ce biais.

— C'est habituel pour vous, de procéder de cette façon ?

Nieman tira sur son nœud de cravate.

— Non, certainement pas. Mais il se trouve que j'ai eu M. Davis — le locataire — au téléphone. Ce monsieur m'a expliqué qu'il était un très bon ami de M. et Mme Ellison, le couple qui occupait l'appartement avant lui. D'excellents locataires, les Ellison. Distingués, élégants, un goût parfait. Ils ont quitté Denver pour Boston et comme M. Davis avait été régulièrement convié chez eux pour assister à des dîners et des réceptions, il connaissait déjà le duplex. Il n'était donc pas nécessaire qu'il le visite avant de signer son contrat de location. Et étant donné qu'il était pressé de s'installer et que ses références étaient excellentes…

— Vous les avez vérifiées ?

Nieman pinça les lèvres.

— Mais naturellement, quelle question ! Je prends mes responsabilités très au sérieux.

— Quel métier exerçait ce Davis ?

— Ingénieur. Lorsque j'ai appelé son employeur, il s'est montré très élogieux à son sujet.

— Savez-vous pour quelle société il travaillait ?

— Une petite seconde, s'il vous plaît... J'ai son dossier là, sous la main.

Nieman prit une chemise cartonnée sur la table basse.

— Ah, voici : Fox Engineering. Naturellement, je me suis également mis en contact avec son ancien propriétaire. C'est une tradition chez nous, gérants d'immeuble. On m'a assuré que M. Davis était le locataire idéal : ordonné, discret, responsable. Et qu'il payait toujours son loyer à temps. Ce qui s'est effectivement confirmé.

— Mais en quatre mois, vous n'avez pas eu une seule fois l'occasion d'échanger quelques mots avec ce M. Davis ? s'étonna Colt.

Nieman haussa les épaules avec fatalisme.

— L'immeuble est grand. Et ce qu'on voit surtout, dans un métier comme le mien, ce sont les enquiquineurs et les fauteurs de trouble, si vous me pardonnez l'expression. Alors que M. Davis, lui, ne s'est jamais fait remarquer.

Pour ne pas s'être fait remarquer, il ne s'est pas fait remarquer, en effet, songea Colt avec une ironie grinçante tandis qu'il continuait patiemment à frapper aux portes. Sur tous les locataires qu'il avait réussi à interroger, trois seulement avaient eu l'occasion de croiser le mystérieux M. Davis. Et chacun des trois avait brossé de lui un portrait différent.

Il était déjà midi passé, il avait vu des dizaines de personnes, s'était heurté à autant de portes closes et n'avait pas encore obtenu un seul témoignage digne d'intérêt. D'humeur noire, il frappa au 305. Pendant quelques secondes, il se sentit observé par le judas, puis la chaîne cliqueta, le verrou fut repoussé. Enfin, il vit apparaître une femme d'une soixantaine d'années avec une masse de boucles d'un orange soutenu. Dans le visage ridé, des yeux très bleus brillaient d'un éclat encore singulièrement vif. Elle portait un T-shirt vaste comme une tente couvrant ce que Colt estima devoir correspondre à au moins cent cinquante kilos de chair vive. Le double menton était marqué, avec un troisième en formation.

— Mmm… vous n'avez ni le sourire faux cul ni la mine obséquieuse du démarcheur qui fait du porte-à-porte, déclara la dame en l'examinant avec une curiosité non dissimulée.

Si Colt avait eu un chapeau, il l'aurait soulevé sur-le-champ.

— Je n'ai effectivement rien à vous vendre, madame. La police a ouvert une enquête. Et j'aimerais vous poser quelques questions concernant un de vos colocataires.

— Mmm… Vous n'êtes pas flic, pourtant. Sinon vous m'auriez déjà montré votre insigne.

La locataire du 305 semblait être autrement plus futée que le pompeux Nieman.

— Non, madame. Je ne suis pas de la police. J'enquête à titre privé.

— Ah, un détective ! Un « privé », comme mon ami Sam Spade. Vous savez quoi ? Je ne connais pas d'homme plus attirant au monde que Humphrey Bogart. Si j'avais été Mary Astor, je n'aurais pas hésité une seconde.

Il fallut quelques secondes à Colt pour comprendre que la dame était cinéphile et qu'elle faisait allusion au *Faucon Maltais*.

— Et moi j'ai un faible marqué pour Lauren Bacall. Ils ne sont pas beaux, tous les deux avec Bogart, dans *Le Grand Sommeil* ? répliqua-t-il du tac au tac.

La volumineuse occupante du 305 en rit de délice.

— Oh, ne m'en parlez pas. J'ai vu le film quinze fois. Mais nous n'allons pas prendre racine dans ce couloir. Entrez donc.

Colt fit deux pas dans l'appartement, puis dut entamer un véritable parcours du combattant pour ne renverser ni meuble, ni chat au passage. De sa vie, il n'avait vu un espace aussi chargé. Le salon était un véritable entassement d'authentiques antiquités mêlées à des rebuts de marchés aux puces. Une demi-douzaine de chats de races, d'aspect et de couleurs variés se prélassaient dans des recoins divers, manifestement fort satisfaits des conditions de vie qui leur étaient proposées.

— Je suis un peu collectionneuse sur les bords, précisa son hôtesse avec un délicieux sourire en s'effondrant dans une causeuse Louis XV.

Comme elle occupait largement les trois quarts du petit canapé, Colt estima plus judicieux de s'installer dans un fauteuil en tapisserie représentant des soldats de l'Empire en pleine bataille.

— Esther Mavis, se présenta la volumineuse cinéphile.

— Colt Nightshade. Enchanté.

Philosophe, Colt toléra les manœuvres d'approche d'un sacré de Birmanie qui vint se rouler en ronronnant sur ses genoux. Il réussit même à rester de marbre lorsqu'un abyssin s'aventura sur son épaule et lui renifla tendrement l'oreille.

— Alors, monsieur Nightshade ? Sur quoi enquêtons-nous, au juste ?

— Nous nous intéressons à votre ancien voisin du dessus.

— Ah, le monsieur du dernier étage ? Celui qui a déménagé hier ?

Esther Mavis porta pensivement la main à ses mentons.

— J'ai vu deux ou trois types costauds hier qui chargeaient un camion.

D'autres locataires lui avaient rapporté le même témoignage. Mais personne n'avait noté si la raison sociale de l'entreprise de déménagement figurait sur le véhicule.

— Pourriez-vous me dire de quel genre de camion il s'agissait, madame Mavis ?

Elle haussa ses épaules massives.

— *Mademoiselle* Mavis, rectifia-t-elle. Le camion ne présentait pas de caractéristiques particulières, pour autant que je me souvienne. Mais les déménageurs, eux, avaient un comportement inhabituel.

— C'est-à-dire ?

— Ils couraient presque. Les gens qui sont payés à l'heure ont tendance à se déplacer bien plus posément que ça, d'habitude. En tout cas, ils ont sorti quelques belles pièces. J'ai un petit faible pour les meubles, comme vous pouvez le constater.

— Et M. Davis ? Vous est-il arrivé de le rencontrer ?

— Il est possible que je l'aie croisé mais je ne connais pas les noms des gens de l'immeuble. Mes chats et moi, nous nous suffisons à nous-mêmes. Qu'a-t-il donc fait de répréhensible, mon ancien colocataire ?

— C'est ce que nous sommes en train d'essayer de découvrir.

Esther Mavis sourit.

— Vous êtes comme mon ami Bogart, vous, n'est-ce

pas ? Belle tête de baroudeur, un petit air cynique et un goût marqué pour le secret. Il est parti pour de bon, alors, ce Davis ?

— Tout porte à le penser, oui.

Elle observa quelques secondes de silence pensif.

— Dans ce cas, je ne vais pas pouvoir lui remettre son paquet.

— Son paquet ?

— Il est arrivé hier, porté par messager spécial. Apparemment, on l'aura déposé devant chez moi par erreur. Mavis, Davis... ça se ressemble. Et les gens ne sont pas très attentifs aux détails, de nos jours, commenta Esther en secouant la tête. Ils font tout n'importe comment et à la va-vite.

— C'est une triste caractéristique de notre temps, en effet, opina Colt gravement en soulevant avec précaution le chat qui dormait sur ses genoux. De quel genre de paquet s'agit-il, mademoiselle Mavis ?

— Oh, un paquet du genre paquet.

Grognant et soufflant bruyamment, Mlle Mavis s'extirpa de sa causeuse.

— Je l'avais posé dans ma chambre en attendant de le lui porter aujourd'hui. Je pouvais difficilement me douter que ce monsieur partirait en catastrophe.

Elle traversa le séjour surchargé avec une dignité qui ne manquait pas de grâce, comme un énorme navire fendant les flots. Quelques secondes plus tard, elle revint avec le colis.

— J'aimerais l'emporter avec moi, déclara Colt en se levant. Si cela vous pose le moindre problème, je vous propose d'appeler le commissaire Fletcher, du département de police de Denver.

— Bah... Je vous fais confiance. Mais quand vous

aurez terminé votre enquête, n'hésitez pas à faire un saut ici pour me raconter toute l'histoire. Si vous avez quelques minutes à perdre, bien sûr.

Colt s'inclina avec un sourire.

— Mademoiselle Mavis, je m'y engage.

Ce n'était pas sa façon habituelle de procéder.

Colt n'aurait su dire pourquoi il fit une exception à ses propres règles. Pourquoi il ne se sentit pas autorisé à ouvrir le paquet là, tout de suite, dans sa voiture. Pourquoi il le fourra dans sa boîte à gants et prit le chemin du tribunal de grande instance.

Il arriva juste à temps pour voir Althea répondre aux questions de l'avocat. Elle était vêtue d'un tailleur couleur brique qui aurait sans doute paru terne sur n'importe quelle autre femme. Mais avec ses cheveux relevés et le simple rang de perles à son cou, elle apparaissait comme un concentré de féminité, de classe et d'assurance.

Colt prit place au fond de la salle et la regarda procéder. Froidement et sans jamais élever la voix, elle démonta point par point les arguments de la défense.

Aux yeux de tous, y compris ceux du jury, elle devait apparaître comme un modèle de maîtrise et de professionnalisme. Personne, assurément, n'aurait pu l'imaginer s'embrasant entre les bras d'un homme.

Entre ses bras à lui. Colt Nightshade.

Qui se serait représenté cette femme si nette, si composée, se tordant de désir sous ses caresses, la tête renversée, le corps agité de soubresauts ?

Mais une chose était certaine : il n'avait pas l'intention d'oublier cet aspect caché d'Althea Grayson. Ni de renoncer à s'aventurer plus loin sur ces « autres voies ».

En l'observant avec une attention plus soutenue, Colt nota certains détails qui lui avaient d'abord échappé. Des petits détails. Des petites choses. Et toutes lui parlaient de la femme qu'il avait tenue la veille dans ses bras.

Althea était fatiguée. Il le voyait à ses yeux. Dans sa voix, il perçut comme une pointe d'impatience contenue lorsqu'on la pria de redonner des informations qu'elle avait déjà fournies. Elle changea de position, croisa les jambes. Il comprit qu'elle était non pas anxieuse mais pressée d'en finir.

Lorsque le marteau du juge frappa la table, une crispation à peine perceptible altéra la calme impassibilité de ses traits. Cela ne dura qu'une fraction de seconde et pourtant Colt perçut son changement d'expression. Comme si un courant subtil le reliait à cette femme et lui permettait de capter ses émotions, même les plus discrètes.

Althea allait s'esquiver lorsque Jack Holmsby la retint par le bras.

— Comme d'habitude, vous avez été admirable de justesse et de précision, Thea. Mes compliments.

— Merci. Je pense que vous n'aurez plus aucun mal à établir la culpabilité de l'accusé.

Elle voulut passer son chemin mais il lui barra la route.

— Ecoutez, Thea, ce serait dommage de rester sur une mauvaise impression, vous ne pensez pas ? Pourquoi ne nous retrouverions-nous pas demain pour un dîner en tête à tête ?

Althea demeura un instant interdite. Elle n'était pas tant sidérée qu'épuisée par l'aplomb dont le procureur faisait preuve.

— Jack… Est-ce que le mot « non » a un sens pour vous ?

Il se contenta de rire en lui serrant le bras de façon gentiment suggestive. L'espace d'un instant, elle s'imagina le ceinturant pour le plaquer au sol, là, au milieu de la salle d'audience. Le simple fait de se représenter cet homme à terre et enfin réduit au silence lui procura une bouffée de satisfaction tout à fait grisante.

— Allez, Althea, ne boudez pas comme ça ! Donnez-moi au moins une chance de me faire pardonner.

— Vous faire pardonner ? Tout ce qui vous intéresse, c'est de me fourrer dans votre lit. Et pour ça, Jack, vous pouvez toujours courir. Maintenant lâchez-moi ou je porte plainte pour harcèlement.

— Eh bien, eh bien. Inutile de vous…

— Inspecteur ? demanda alors la voix doucement traînante de Colt derrière elle. Je peux vous parler un moment ?

— Nightshade…

Furieuse qu'il ait assisté à cet échange humiliant avec Jack, elle salua le procureur d'un signe de la tête.

— Désolée d'avoir à interrompre cette charmante conversation, Holmsby, mais j'ai du travail qui m'attend.

Elle quitta la salle au pas de charge, consciente — trop consciente — de la présence de Colt à son côté.

— Si tu as une information valable à me communiquer, dis-moi ce que tu as à dire et qu'on en finisse. Je ne suis pas très copine avec les hommes de loi en ce moment.

— Rassure-toi, ma belle. Avec toi, je suis plus homme que de loi.

— Très drôle.

— Je n'ai même pas droit à un sourire ?

— Au cas où tu ne l'aurais pas remarqué, je ne suis pas d'humeur, Nightshade.

Il lui prit le bras et s'irrita de la sentir se crisper à son contact.

— Ma voiture est garée juste devant, déclara-t-il en la lâchant. Tu veux qu'on roule un peu tout en faisant le point ?

— Comme tu voudras. Je suis venue à pied du commissariat. Tu peux me raccompagner.

Colt s'inclina avec une moue ironique.

— Je suis très honoré que Madame veuille bien m'accorder ce privilège.

Il trouva une nouvelle contravention coincée sous son essuie-glace. Jurant tout bas, il la fourra dans sa poche.

— Encore une, ça n'arrête pas. Désolé d'avoir interrompu ton croustillant tête-à-tête avec le procureur, au fait. Ça avait l'air très *hot*, votre petite conversation.

— Nightshade, tu peux aller te faire…

— Ça va, n'en dis pas plus. Tu pourrais me donner des idées.

Il se pencha pour ouvrir la boîte à gants.

— Tiens.

— C'est quoi ? s'enquit-elle, sourcils froncés.

— De l'aspirine. Pour ton mal de tête.

— Ma tête va parfaitement bien, merci.

Ce n'était pas à proprement parler un mensonge. La douleur lancinante qui lui broyait le crâne n'avait rien de comparable avec une innocente céphalée.

— Tu préfères t'afficher en martyre plutôt que de soulager tes maux ? Ce n'est pas une attitude très rationnelle pour quelqu'un qui se veut si posée, si raisonnable.

— Fiche-moi la paix et conduis, Nightshade.

Fermant résolument les yeux, Althea réussit — ô bénédiction inespérée — à obtenir le silence.

Avec la fatigue accumulée suivie d'une nuit entière d'insomnie tenace, elle avait atteint le degré de tolérance zéro. Il lui était insupportable de voir, d'entendre, de sentir. De penser même. Au fil des années, elle avait pourtant appris à tenir avec un temps de sommeil limité à deux ou trois heures par nuit. Mais la veille au soir, au lieu de s'endormir comme un bébé après une journée éreintante, elle avait senti le sommeil lui échapper. Et elle avait eu beau courir derrière, il ne s'était pas laissé rattraper, même aux petites heures du matin.

Althea était trop fière pour désigner ouvertement le coupable et le placer face à ses responsabilités. Car l'origine de tous ses maux était assis juste à côté d'elle.

Et affichait, lui, une forme olympique !

Sitôt la tête posée sur l'oreiller, elle avait laissé Colt Nightshade envahir ses pensées. S'était reproché de le faire. Avait revécu la scène impossible dans l'appartement du dernier étage. S'était fait de nouveau la morale. Avait essayé un bain chaud, la lecture de Spinoza, le yoga et même un grog bien tassé.

Rien n'y avait fait.

En désespoir de cause, elle avait fini par s'extirper de son lit pour assister, épuisée, au lever du jour. Si bien qu'elle avait déjà huit heures de travail derrière elle. Et qu'elle se voyait partie pour en assurer encore huit de plus. Avec Colt sur le dos, pour arranger le tout…

Anéantie par cette perspective, Althea ouvrit les yeux lorsqu'il se gara le long du trottoir, devant un bar-épicerie.

— On avait dit le commissariat, Nightshade, protesta-t-elle aigrement.

— J'ai un truc à acheter, marmonna-t-il.

Et il sortit en faisant claquer sa portière.

Génial, songea Althea en refermant les yeux. Il ne lui était même pas venu à l'esprit de lui demander si elle avait besoin de quelque chose. Comme d'une scie pour se trancher la tête, par exemple.

En l'entendant revenir, elle s'étonna de reconnaître le rythme de son pas, le claquement caractéristique de ses santiags. Pour se protéger — ou par simple obstination — elle garda les yeux fermés.

— Tiens, dit-il en lui pressant quelque chose dans la main. Voilà du thé. Pour faire passer l'aspirine.

Elle souleva les paupières tant bien que mal et le vit déboucher le tube.

— Cesse de te martyriser, Thea, et prends-moi ces cachets, bien gentiment. Puis tu mangeras ce sandwich. Je suis sûr que tu n'as rien dans le ventre depuis ce matin. Je n'ai jamais vu personne se nourrir comme tu le fais de bonbons, de chocolats et autres cochonneries de la même eau.

— Le sucre, c'est de l'énergie à l'état pur, commenta-t-elle. J'aurais préféré que tu me prennes des petits cakes.

— Tu as besoin de protéines, repartit Colt, imperturbable.

— Et qui te dit qu'il n'y a pas de protéines dans les cakes ?

Mais elle n'en avala pas moins les comprimés qu'il lui tendait. Dès la première gorgée, le thé lui fit un bien fou. Althea le but jusqu'à la dernière goutte puis craqua également pour le pain et le fromage. Si elle avait souffert d'insomnie, elle ne pouvait s'en prendre qu'à elle-même, après tout. Colt ne saurait être tenu pour responsable des émotions qu'il suscitait en elle. C'était à elle d'assumer ses propres sentiments et réactions.

— Je pense que les types du labo ont dû finir les relevés d'empreintes dans le duplex à l'heure qu'il est, observa-t-elle d'un ton plus aimable.

— Exact. Je suis passé tout à l'heure et j'ai vu qu'ils étaient déjà repartis.

Contrariée, elle marmonna, la bouche pleine.

— J'aurais préféré que tu t'abstiennes d'aller là-bas sans moi.

— Comme on ne peut pas satisfaire les attentes de tout le monde dans la vie, je fais ce que j'estime avoir à faire. Point barre. J'ai pu interroger le gérant, donc. Une vraie fouine, ce type. Mais il n'a jamais vu le locataire du duplex.

Pendant qu'elle finissait son sandwich, Colt lui fit le récit de ses aventures de la matinée.

— Je savais déjà pour Davis, dit-elle. J'ai arraché Nieman de son lit, tôt ce matin. J'ai contrôlé les références du pseudo Davis par téléphone. Comme par hasard, le « numéro demandé n'est pas attribué ». Il n'y a pas de Fox Engineering à l'adresse indiquée ni où que ce soit ailleurs à Denver. Quant à M. et Mme Ellison, les précédents locataires, ils n'ont jamais entendu parler de l'ami Davis.

Colt lui jeta un regard en coin tout en pianotant sur le volant.

— Tu n'es pas restée inactive, toi non plus, ce matin. Et tu me reproches d'avoir fait quelques petites recherches, de mon côté ?

Althea se surprit à sourire. Son mal de tête s'éloignait déjà.

— Moi, j'ai un badge de flic. Pas toi.

— Mmm... Ce n'est pas *ton* insigne mais *mes* connaissances de parfait cinéphile qui m'ont ouvert la porte de l'appartement de Mlle Mavis, ce matin.

— Oh, oh. Et devrais-je être jalouse de ce privilège ?

— Mais pas qu'un peu, ma chérie !

Bassement satisfait d'avoir réussi à la précéder d'une longueur, Colt sortit le paquet de la boîte à gants.

— C'est un messager qui l'a livré à la femme aux chats par erreur.

— La femme aux chats ?

— Ah, c'est indescriptible. Il aurait fallu que tu sois là pour voir l'appartement. Hé, là, pas touche, ma belle. Ce colis, c'est mon butin de guerre. Mais je suis prêt à partager.

Althea eut un mouvement d'humeur, aussitôt calmé lorsqu'elle vit que le paquet était encore scellé.

— Tu m'as attendue pour l'ouvrir ?

Elle sentit un drôle de frémissement dans sa poitrine lorsque Colt chercha son regard.

— J'ai pensé que ce serait plus fair-play si on découvrait son contenu ensemble.

— Tu as bien pensé, Nightshade. Jetons un œil.

Colt se pencha pour sortir un couteau de sa botte. Comme il fendait la bande adhésive d'un coup de lame, Althea plissa les yeux.

— Je n'ai pas l'impression que ce petit joujou soit aux dimensions autorisées, l'ami.

— Exact. Vous avez l'œil, inspecteur, acquiesça Colt calmement en replaçant le couteau où il l'avait pris.

Du paquet, il sortit une cassette vidéo et une lettre rédigée dans un style pour le moins télégraphique :

« Voici la version finale. Chutes de neige importantes prévues pour ce week-end. Les provisions fournies sont OK. La prochaine fois, prévoyez de la bière et des cassettes vierges. Les routes pourraient être bloquées. »

Tenant la feuille de papier par un coin, Althea prit un sac en plastique spécial qui servait à sceller les indices.

— Cette lettre nous fournira peut-être quelques empreintes digitales intéressantes. C'est vraiment un coup de chance que ce paquet n'ait pas été livré à son destinataire. Je crois que nous tenons enfin le bon bout, Colt. Ça va commencer à bouger, je le sens.

Il lui posa la cassette sur les genoux et passa une vitesse.

— Que dirais-tu d'une séance de cinéma, chère collègue ?

Althea hocha la tête.

— Je crois que ce petit bijou d'art et d'essai exige une projection privée. J'ai un magnétoscope chez moi.

Elle avait également un canapé confortable avec de gros coussins de toutes les formes et de toutes les tailles. Un parquet à larges lattes rustiques avec quelques tapis dont les motifs étaient inspirés de l'artisanat des indiens Navajo. Logiquement, les reproductions art déco au mur auraient dû jurer avec les éléments plus « western » du décor. Et pourtant, ce n'était pas le cas. Même l'amas invraisemblable de plantes assemblées sur une table roulante rococo et les deux poissons rouges nageant dans un aquarium en forme de baignoire s'intégraient étonnamment bien à l'ensemble.

— C'est original, chez toi, commenta Colt, vaguement déconcerté.

— Ce n'est pas très design, mais pour le temps que je passe à la maison, ça me va très bien comme ça.

Elle se dirigea en droite ligne vers le poste de télévision, ôtant ses escarpins à mi-parcours sans même marquer une halte. Une gestuelle si parlante que Colt en apprit plus sur la personnalité d'Althea en la regardant évoluer chez elle que s'il avait potassé une douzaine d'études psychologiques approfondies à son sujet.

Avec son efficacité habituelle, elle alluma à la fois le poste TV et le magnétoscope. Le « film » commença directement — sans présentation, sans bande-annonce et sans générique. Dès les premières images, ils se trouvèrent en plein cœur de l'action.

Colt se considérait comme quelqu'un de relativement expérimenté sur le plan sexuel, mais la crudité de la scène qui se déroulait devant ses yeux suscita malgré tout un léger malaise. Il jeta un regard en coin à Althea et, vaguement embarrassé, se fourra les mains dans les poches. Ils avaient beau être des adultes passablement aguerris l'un et l'autre, il ne savait trop quelle contenance adopter en présence de la jeune femme.

— On peut dire que c'est direct et sans entrée en matière, commenta-t-il en haussant les sourcils. Il n'y a pas de scénario ou quoi ?

Althea, elle, appréhendait la situation avec son habituel détachement clinique. Les yeux rivés sur l'écran, elle haussa les épaules.

— C'est du porno hard. Pur et dur. La cassette est d'excellente qualité, par ailleurs. Quant au cameraman, il connaît son boulot. Je pense que c'est un professionnel, à en juger par sa manière de filmer. Rien à dire non plus au niveau du son. Techniquement, leur truc est au point.

Lorsque la caméra prit du champ, elle fronça les sourcils.

— La scène n'a pas été filmée dans le duplex, de toute évidence.

— Exact, acquiesça Colt. Je suppose qu'ils ont dû tourner dans le chalet en montagne que Jade mentionne dans sa lettre. Le décor est rustique haut de gamme. Le lit de style Chippendale me paraît être une pièce authentique.

— A quoi tu vois ça ?

— L'habitude. Ma mère est une fana d'antiquités. Regarde la lampe sur la table de chevet. Si ce n'est pas du Tiffany, il s'agit d'une excellente imitation. Ah, l'intrigue se corse. Tenons-nous bien.

Un second personnage féminin, en effet, venait de faire irruption comme une furie dans la chambre à coucher. Quelques répliques rapides permirent de situer l'action : la nouvelle arrivée était l'épouse et elle venait de surprendre son mari au lit avec sa meilleure amie. Le ton monta et la scène tourna à la violence.

Althea se rapprocha de l'écran et siffla entre ses dents.

— Je n'ai pas l'impression que le sang qui gicle de cette blessure soit une imitation. Et la première femme ne s'attendait visiblement pas à recevoir un coup d'une pareille violence.

Colt jura tout bas. Mélange cru de sexe et de brutalité, la scène à l'écran était quasi insoutenable. Tous les coups, les sévices, étaient exclusivement appliqués aux personnages féminins. S'il n'avait écouté que son instinct, il aurait éteint la télévision et jeté la cassette au vide-ordures. Ce qu'il voyait était si infâme qu'il ne ressentait plus ni gêne ni embarras. Plus rien qu'un sentiment de répulsion profonde.

— Ça va, Nightshade ? Pas trop secoué ? s'enquit Althea en lui posant la main sur le bras.

Ils savaient l'un et l'autre ce qu'il redoutait le plus : voir apparaître Liz à l'écran, au détour d'une de ces scènes sordides.

— Comme ci, comme ça. Je crois que je vais me passer d'esquimaux pour cette séance.

Par réflexe, Althea se rapprocha de lui, comme pour le réconforter physiquement par sa présence. La trame du scénario était on ne peut plus mince : un week-end dans un chalet à la montagne. Deux couples d'amis. La bonne. Et les échanges de partenaires de rigueur. Se désintéressant de ce semblant d'intrigue, Althea se concentra sur les détails comme le cadre et l'ameublement. Colt avait raison : le mobilier était presque entièrement constitué de pièces authentiques de très belle facture.

Le chalet, quant à lui, s'élevait sur deux étages. C'était une construction élégante avec une grande galerie ouverte, de belles poutres au plafond, une cheminée en pierre de taille.

Les rares plans où on discernait la vue laissaient apparaître peu de détails : des sommets enneigés, des forêts de résineux. A la faveur d'une scène d'extérieur qui n'avait pas dû offrir aux acteurs des conditions de tournage très confortables, Althea vit qu'il n'y avait pas d'autre habitation à proximité.

La cassette se termina sur une vague réconciliation entre les quatre personnages. Et sans que Liz ne soit apparue à l'écran.

— Eh bien, commenta Althea en rembobinant la cassette. Je doute que ce chef-d'œuvre ne remporte beaucoup d'Oscars. Tu tiens le choc, Colt ?

Colt ne tenait plus rien du tout. Il ressentait une tension explosive dans la poitrine et un besoin viscéral de la décharger avant qu'elle n'implose trop brutalement.

— Je suis surpris de la violence qui est exercée sur ces femmes, commenta-t-il prudemment.

— Je pense qu'il existe une clientèle pour ce genre de chose. Des hommes avec des fantasmes de domination sadique.

— De la domination sadique, on leur en donne à cœur joie. Il y en a effectivement pour tous les goûts.

Althea haussa les épaules.

— Ce qui me frappe, c'est que si la qualité technique est bonne, le jeu des acteurs, lui, est particulièrement pitoyable. J'en arrive à me demander s'ils n'ont pas tout simplement laissé certains de leurs clients vivre directement leurs fantasmes en les fixant sur la pellicule.

— Charmante pratique.

Les nerfs tendus à craquer, Colt passa la main sur ses mâchoires crispées.

— Jade mentionne dans sa lettre qu'une des filles aurait été tuée en cours de tournage. Quand on voit ce qui se passe dans le film, on se dit qu'elle n'a peut-être pas exagéré, observa-t-il sombrement.

— Le sadisme est une perversion répandue qui peut parfois très mal tourner. Enfin, grâce aux scènes d'extérieur, nous allons pouvoir nous faire une idée assez précise de l'endroit où se trouve le chalet.

Althea se pencha pour retirer la cassette du lecteur. Mais Colt, brusquement, vit rouge. Il la saisit par les épaules et la fit pivoter vers lui.

— Comment peux-tu te comporter de façon aussi froidement clinique et détachée, merde ? Ça te laisse complètement indifférente, cette horreur que l'on vient de voir ? Il n'y a rien chez toi qui est touché, ébranlé ?

— J'exerce un métier où l'on apprend à gérer ses

émotions, Nightshade. Laissons les aspects personnels de côté, OK ?

— Comment ça, « laissons les aspects personnels de côté » ? Toi et moi, nous sommes censés bosser ensemble. Et il me paraît tout de même important de savoir à quel genre de personne j'ai affaire ! Il n'est pas question de petit racket et de délits routiers, là, Althea. Nous parlons violences, abus sexuels. Nous parlons *meurtre* !

Colt sentait monter en lui une furie qui se libérait d'elle-même, dans un flot brutal de paroles :

— Nous venons de voir deux femmes soumises à des brutalités qui donnent froid dans le dos. Tout porte à penser que les violences exercées n'ont pas été jouées mais qu'il s'agit de scènes *live*. J'aimerais que tu me dises quel effet ça te fait.

— Ça m'a rendue malade, riposta-t-elle vertement en se dégageant. Et ça m'a mise dans une colère folle. Et si je m'y autorisais, cela me rendrait triste également. Pourtant je ne suis pas là pour faire du sentiment mais pour avancer dans cette fichue enquête ! Alors tout ce que je veux retenir, c'est que nous avons là notre premier élément de preuve tangible et vérifiable.

Arrachant la cassette du lecteur, elle la replaça dans la boîte.

— Et maintenant, sois gentil et conduis-moi au commissariat pour que je puisse remettre cette pièce à conviction à qui de droit. Et ensuite, tu me laisses respirer, c'est tout ce que je te demande.

— Mais certainement, inspecteur, rétorqua-t-il en ouvrant la porte en grand. Respirez tant que vous voudrez. Et de préférence sans moi.

5

Colt avait trois dames dans son jeu. Mais celle qui hantait ses pensées était assise en face de lui et jouait comme une vraie pro du brelan d'as.

— Tiens, voici pour tes vingt-cinq, Nightshade. Et encore vingt-cinq de plus.

Althea jeta les jetons dans la cagnotte. Sweeney examina le jeu qu'il avait dans la main et fit la grimace.

— Désolé, mais c'est trop pour moi. Je passe.

Assise entre Sweeney et un expert médico-légal répondant au nom de Louis, Cilla marqua une hésitation.

— Qu'est-ce que tu me conseilles, Keenan ? demanda-t-elle à l'enfant perché sur ses genoux. J'y vais ou je n'y vais pas ?

Le benjamin de la famille tapa des mains.

— Mise, maman. Tu vas gagner !

Après un long débat intérieur ponctué de grognements et de hochements de tête, Louis se lança également. Son cigare coincé entre les dents, Colt compta ses jetons pendant que Boyd les observait en souriant. Il y eut un second tour de paris. Seuls Althea, Cilla et Colt restaient encore en lice.

— Voici trois belles dames, annonça Colt en déposant son brelan.

Les yeux d'Althea scintillèrent.

— Très joli. Mais elles ne font pas le poids devant mon full.

— Pfff… Et moi ? De quoi ai-je l'air avec mes valets ? se lamenta Cilla.

Elle soupira démonstrativement lorsqu'Althea ramassa la mise.

— Tu m'as fait perdre soixante-quinze cents, Keenan. Une erreur qui va te coûter cher, mon fils ! Allez, ouste ! C'est parti.

Cilla se leva et hissa le petit garçon hilare dans ses bras.

— Au secours ! Papa ! Sauve-moi !

Boyd ébouriffa tendrement les cheveux de l'enfant.

— Désolé, mon grand. Mais je crois que c'est fichu pour toi. Je viendrai te faire un bisou tout à l'heure, lui glissa-t-il à l'oreille.

Toujours dans les bras de sa mère, Keenan fit le tour de la table pour leur souhaiter à tous une bonne nuit puis Cilla cala son fils sur une hanche et annonça qu'elle se retirait du jeu.

Pendant l'heure qui suivit, la pile de jetons placés devant Althea s'éleva progressivement. La soirée poker mensuelle chez les Fletcher était une tradition qu'elle affectionnait. Le jeu l'amusait et l'atmosphère chaleureuse et familiale qui imprégnait chaque recoin de la grande maison lui apportait une détente bienvenue.

Elle procédait avec prudence, calculant les risques, ne pariant que lorsqu'elle était sûre de son jeu. La pile de jetons de Colt se multipliait, elle aussi, nota-t-elle du coin de l'œil. Mais la progression était beaucoup plus irrégulière. Il jouait à l'instinct, sans stratégie particulière, misant gros, parfois, alors qu'il n'avait pas grand-chose en main.

Laissant Sweeney ramasser une maigre cagnotte, elle se leva pour s'étirer.

— Quelqu'un veut une bière ?

Tous les joueurs acquiescèrent. Passant dans la cuisine, elle décapsula une série de bouteilles. Elle était en train de se verser un verre de vin lorsque Colt la rejoignit.

— Je viens te donner un coup de main.

— Je m'en sors très bien toute seule, merci.

Colt secoua la tête. Dieu, que cette fille était susceptible !

— Oh, ça, je n'en doute pas. Mais cela n'entamera pas forcément ton image de Superwoman si je t'aide à porter trois bouteilles, si ?

Maria avait préparé de quoi nourrir un régiment. Pour se donner une contenance, Colt entreprit de transférer des canapés sur un plat tout en méditant sur une entrée en matière. C'était le moment ou jamais de délivrer son message. L'opportunité de la voir seule ne se renouvellerait sûrement pas ce soir-là.

— A propos de cet après-midi…

— Oui ? répondit-elle d'un ton glacial en ouvrant le réfrigérateur pour en sortir l'incomparable *guacamole* maison de Maria.

— Je suis désolé.

Althea faillit lâcher son saladier.

— Pardon ?

— Et merde. Je suis désolé. Voilà, ça te va ?

Colt qui détestait reconnaître ses torts poursuivit stoïquement :

— Ça m'a fichu en l'air de regarder cette cassette. Je ressentais le besoin de cogner sur quelqu'un. Sur quelque chose. Résultat : j'ai déversé ma bile sur toi.

Althea s'attendait si peu à un tel aveu de la part de Colt qu'elle demeurait clouée sur place, son *guacamole* à la main.

— C'est OK, n'en parlons plus, murmura-t-elle. Je comprends que ce ne soit pas facile pour toi.

Les mains dans les poches, Colt commença à arpenter la pièce.

— Je craignais de voir apparaître Liz à l'écran. Et je craignais aussi, d'une certaine façon, qu'elle n'apparaisse pas. Je ne suis pas habitué à avoir peur comme ça.

Althea se flattait d'avoir une carapace à toute épreuve. Mais les paroles de Colt contournèrent ses résistances, déjouèrent ses mécanismes de défense, slalomèrent entre ses ultimes barrières protectrices et vinrent la toucher droit au cœur. Secouée, elle posa le saladier sur le plan de travail et entreprit d'ouvrir un paquet de chips mexicaines.

— Je sais ce que c'est, Colt. Tu crois que ça ne m'a pas affectée, moi aussi ? Normalement, je devrais être dégagée de tout ça. Mais les images de ce film ne me lâchent pas. Quand je pense à cette gamine de treize ans, livrée entre les mains de ces porcs… Je suis désolée que notre enquête ne progresse qu'à petits pas. Je comprends à quel point cela doit te paraître frustrant.

— Nous avons pas mal avancé quand même. Et principalement grâce à toi.

Colt s'éclaircit la voix et se risqua à poursuivre.

— Il y avait encore autre chose que je voulais te dire. Cet après-midi, je n'avais pas seulement des envies de violence. J'ai aussi ressenti le besoin de te tenir dans mes bras.

Il nota son mouvement de recul.

— Je n'ai pas dit que je voulais te sauter dessus, Thea. Juste te serrer dans mes bras. Il y a une différence.

— C'est vrai.

Althea chercha le regard de Colt et respira plus librement. Ce n'était pas du désir qui brillait dans ses yeux. Juste un besoin de contact, d'affection, de partage.

— Je pense que cela m'aurait fait du bien aussi, admit-elle à mi-voix.

— Il n'est pas encore trop tard.

Prendre l'initiative, dans ces circonstances bien particulières, ne fut pas une chose facile, pour Colt. Il fit néanmoins un pas dans sa direction, hésita. Puis lui ouvrit tout simplement les bras.

Il coûta de même à Althea d'accepter l'étreinte. De s'approcher de lui, de lui entourer la taille. Lorsque sa joue reposa sur son épaule et celle de Colt contre ses cheveux, ils soupirèrent de soulagement l'un et l'autre. La tension était tombée d'un coup. Comme une libération.

Colt aurait été bien en peine de mettre un nom sur ce qui se passa alors entre Thea et lui. La première fois qu'il l'avait serrée ainsi contre lui, ils avaient été emportés, aveuglés, assourdis par la force de l'élan qui les jetait l'un vers l'autre. Mais ce soir, il ne ressentait qu'une chaleur douce et stable qui se répandait en lui comme un nectar. Une volupté calme. Un contentement infini.

Il aurait pu la tenir ainsi la nuit entière.

En temps normal, Althea n'avait pas le contact physique facile. Toujours sur le qui-vive, elle se rétractait d'instinct, surtout lorsqu'il existait une attirance indéniable, comme c'était le cas entre Colt et elle. Mais ce soir, étrangement, elle n'éprouvait pas le besoin d'ériger des barrières. Les battements réguliers du cœur de Colt l'apaisaient, la berçaient même. Un peu plus et elle aurait frotté sa joue contre son pull en laine, fermé les yeux et ronronné comme une chatte.

Elle leva la tête pour lui sourire.

Etait-ce parce qu'elle ne l'avait encore jamais regardé de cette façon ? Il n'aurait su le dire. Mais elle était si scandaleusement belle avec ses cheveux qui luisaient de reflets cuivrés en fusion. Même les yeux de Thea souriaient. Son regard était doré, profond, adouci par une pointe d'humour, vierge de tout sarcasme.

L'attention de Colt se porta sur sa bouche : il vit que ses lèvres pleines, si naturellement rouges s'entrouvraient d'elles-mêmes.

Irrésistible.

Il pencha lentement la tête. Attendit qu'elle se dérobe ou se contracte. Mais rien de tel ne se produisit. Même si l'humour dans ses yeux s'était mué en une émotion plus grave, le regard qu'elle tenait rivé sur lui restait accueillant. S'enhardissant, il effleura ses lèvres des siennes, testant prudemment sa réaction, expérimentant toute une gamme subtile d'émotions neuves, légères et fragiles comme les bulles de savon que soufflent les enfants. Les yeux toujours grands ouverts, ils se regardaient, à la fois hésitants et fascinés, comme si chacun attendait de l'autre qu'il prenne l'initiative de tout arrêter ou de se jeter en avant.

Comme Thea restait détendue et confiante dans ses bras, Colt inclina la tête sur le côté, mordilla doucement l'incarnat d'une lèvre frémissante. Il la sentit trembler alors. Juste une seule fois. Mais ses yeux que le trouble assombrissait demeuraient plongés dans les siens.

Voir. Regarder. Comprendre.

Althea se raccrochait au regard de Colt comme à une ultime bouée de sauvetage. Fermer les yeux, ce serait sombrer sans rémission dans le gouffre d'obscur plaisir qu'elle pressentait tout proche. Alors que regarder, c'était comprendre. Comprendre pourquoi cet homme-là, et nul autre avant lui, détenait le pouvoir de briser ses résistances.

Rien de tel ne s'était jamais produit. Elle avait toujours été si fière de sa lucidité, de son pragmatisme, de sa capacité à garder la tête froide ! Des amoureux, Althea avait eu l'occasion d'en observer autour d'elle. D'analyser leurs petites faiblesses. De disséquer leurs touchants aveuglements. Elle s'était amusée de voir ses amis les plus calmes, les plus structurés succomber soudain corps et âme à cette drôle de pathologie mentale. Et s'était demandé chaque fois si les félicités tant vantées de la maladie amoureuse contrebalançaient *réellement* ses symptômes déprimants...

Mais lorsque le baiser de Colt se fit plus tendre, plus profond, plus persuasif ; lorsque les vibrations qui partaient de ses lèvres se propagèrent jusque dans son cœur, elle commença à entrevoir confusément une réponse à sa question.

— Althea..., viens avec moi, chuchota-t-il contre sa bouche.

Elle comprit à demi-mot ce qu'il lui proposait. Il voulait qu'elle lâche prise, qu'elle se laisse emporter avec lui là où le baiser les emmenait. Qu'elle lui cède comme il lui cédait.

En résumé, il lui demandait de miser gros alors qu'elle ne maîtrisait pas toutes les variantes de ce drôle de jeu de poker.

Colt fut le premier à fermer les yeux. La chaleur

douce, lénifiante dans laquelle baignait leur étreinte se mua en une volupté plus vive, plus exigeante : comme une douleur qui serait pur plaisir. Avec un soupir, elle baissa les paupières à son tour.

— Et ces bières, alors ? s'écria une voix joyeuse en provenance du couloir. Ça vient ? Oups ! Pardon !

Les mains dans les poches, Boyd s'immobilisa à l'entrée de la cuisine. Colt et Althea se séparèrent en sursaut, comme deux voleurs surpris la main dans le portefeuille.

— Désolé d'avoir interrompu votre petite... euh..., discussion, dit Boyd en s'emparant du plateau. Ça doit venir de cette cuisine. Je ne sais pas ce qui se dégage de cette pièce, mais je ne vous dis pas le nombre de fois où je me suis retrouvé avec Cilla dans la même position !

Il quitta la cuisine en sifflotant. Lorsque la porte se referma derrière lui, Althea se passa la main sur le front.

— Je crois que j'avais vaguement oublié où nous étions, admit-elle d'une voix faible.

Colt posa une main sur son épaule. En partie pour la réconforter mais aussi, autant le reconnaître, parce qu'il ne tenait plus très bien sur ses jambes.

— Je rêve, ou Boyd avait l'air affreusement content de lui ?

La mine d'Althea s'assombrit encore.

— Il *jubilait,* tu veux dire ! Il ne va pas arrêter de me chambrer. Et en parler à Cilla, évidemment. Je n'ai pas fini de les entendre. A eux deux, ils vont me faire vivre un enfer.

— A ce point ? Vraiment ?

— Ils sont mariés, Colt ! riposta-t-elle, accablée. Les gens mariés adorent parler de la vie sentimen... je veux dire, des problèmes des autres.

— Mmm… Des problèmes, tu dis ? Intéressant !

Colt se délectait de la voir troublée à ce point. Il était persuadé que peu de gens avaient eu l'occasion de voir l'impassible inspecteur Grayson perdre ainsi son flegme légendaire.

Avec un léger sourire, il prit appui sur le bar.

— Puisqu'ils vont jaser, de toute façon, il ne te reste qu'une chose à faire : en rajouter carrément. Invite-moi à passer la nuit chez toi.

— Tu rêves, Nightshade.

Il haussa les sourcils. Même si elle avait riposté du tac au tac, sa voix n'avait pas eu la fermeté et le tranchant habituels.

— Je rêve, oui, c'est un fait. De toi. Très souvent. Et je n'ai pas envie d'attendre trop longtemps avant de voir le rêve se transformer en réalité.

Ne sachant soudain que faire de ses mains, Althea agrippa son verre de vin et le porta à ses lèvres.

— C'est une menace, Nightshade ?

— Althea…

Il y avait des trésors de patience dans sa voix. Colt s'en étonna lui-même. Il ne se souvenait pas d'avoir jamais été aussi calme.

— Nous savons l'un et l'autre que l'idée même de menace est en contraste absolu avec ce qui vient de se passer entre nous. C'était bon, très bon de t'embrasser, de te tenir dans mes bras. Et si nous avions été seuls quelque part, cela aurait été bien meilleur encore.

Elle voulut reculer d'un pas mais il glissa une main dans ses cheveux pour la retenir.

— Je te désire. Furieusement, même.

Un long frisson parcourut Althea. *Fermer les yeux… Ne plus penser à rien… tomber aveuglément dans le lit de cet homme.* Mais elle se ressaisit très vite. Après être restée maîtresse d'elle-même et de sa vie pendant tant d'années, elle gardait de solides réflexes de prudence :

— En bref, tu veux beaucoup de choses, Colt. Récupérer Liz, arrêter et faire juger ses geôliers. Tout cela, à ta façon, avec ma coopération. Et tu as également décidé que tu me voulais dans ton lit.

Elle est vraiment étonnante, songea Colt. Il l'avait sentie vibrer et frémir dans ses bras. Elle était *nécessairement* ébranlée, elle aussi. Et pourtant, elle abordait le sujet avec la même désinvolture que s'il l'avait interrogée sur les conditions météo prévues pour le lendemain.

— Cela résume assez bien mes positions en effet. Mais toi, Althea, quels sont tes souhaits, tes désirs, tes envies ?

Ses souhaits, ses désirs, ses envies ? En cet instant, hélas, Colt semblait tous les incarner à lui seul.

— La différence entre toi et moi, Nightshade, c'est que la vie m'a appris qu'on n'obtient pas toujours tout ce qu'on désire. Je rentre me coucher maintenant. J'ai une longue journée de travail derrière moi. Retrouve-moi demain matin à mon bureau. Nous aurons les résultats du travail de Meena avec le portraitiste. Avec un peu de chance, ils nous mettront sur la voie.

Colt s'inclina avec l'ombre d'un sourire aux lèvres.

— Bien, mon capitaine.

Il était résigné à la laisser partir. Pour cette fois, en tout cas. Le problème avec les femmes comme Althea, c'est qu'on était constamment tenté de les séduire. Alors qu'on n'avait au fond qu'une envie : qu'elles viennent à vous librement.

— Thea ?

Elle s'immobilisa, la main sur la poignée de la porte et tourna la tête.

— Oui ?

— Ça va nous mener où, tu crois, cette drôle d'aventure ?

Althea sentit un soupir monter en elle. Pas de fatigue mais de désir. Elle le réprima avec son habituel stoïcisme.

— Je crois qu'en ce moment, je préfère encore ne pas le savoir, répondit-elle en toute franchise.

A 9 h 30 le lendemain, Colt rongeait son frein dans le bureau d'Althea. L'attente se prolongeait, interminable. Et il n'y avait rien — strictement rien — dans ce minuscule espace confiné qui fût de nature à le distraire. De guerre lasse, il finit par tuer le temps en feuilletant les dossiers qui s'amoncelaient sur la table de travail. Des rapports, des comptes rendus, des procès-verbaux. Tous rédigés dans le jargon si particulier propre aux écrits de police.

Althea avait d'excellentes qualités rédactionnelles, il devait le reconnaître, même s'il préférait un style simple et direct à toutes ces formules administratives alambiquées. Pensif, Colt referma le dossier. Qui était la *vraie* Althea Grayson ? La femme flic, sèche et ordonnée qui correspondait à l'image qu'elle cherchait à donner d'elle-même ?

Ou l'autre Althea, celle qu'il avait vue tenir un revolver sans trembler, solide comme un roc malgré la peur panique qui se lisait dans son regard ? Celle qu'il avait sentie s'embraser dans son étreinte et répondre avec fougue à ses baisers ? Celle dont il avait vu la compassion adoucir les traits et la colère les figer ?

Colt soupira. Le problème, c'est qu'il la connaissait à la fois beaucoup trop et pas assez.

Liz était et devait rester sa priorité. Et néanmoins, Althea demeurait logée sous sa peau, comme une balle enfoncée dans sa chair. Brûlante, douloureuse, impossible à oublier.

Cette plaie toujours à vif le rendait nerveux. Irritable. Et naturellement sa mauvaise humeur explosa lorsqu'Althea finit par entrer dans le bureau avec un nouveau dossier sous le bras.

— Ça fait presque une heure que je t'attends, merde. Tu crois que je n'ai que ça à faire ?

— Tu as dû patienter un moment ? C'est vraiment regrettable, Colt.

Althea posa la chemise cartonnée sur sa table de travail et fronça les sourcils en constatant que ses papiers avaient été dérangés.

— Tu dois regarder trop souvent la TV, Nightshade. Il n'y a que dans les séries télévisées où on voit des flics qui peuvent s'offrir le luxe de ne se consacrer qu'à une seule affaire à la fois.

— Je ne suis pas flic.

— J'avais remarqué. Et la prochaine fois que tu seras amené à m'attendre, évite de mettre le nez dans mes papiers, tu seras gentil.

Colt vit rouge.

— Ecoute, Althea…

Il jura lorsque la sonnerie du téléphone l'interrompit. Althea décrocha en se laissant tomber sur sa chaise de bureau et prit un stylo.

— Oui, ça y est, j'ai noté. Tous mes remerciements, sergent. J'apprécie que vous ayez pris la peine de faire aussi vite. Oui, certainement. Je ne manquerai pas de venir vous saluer si je passe par chez vous, en effet... Oui, promis. Et encore merci.

Elle coupa la communication.

— La police de Kansas City vient de me procurer les nouvelles coordonnées de la mère de Jade, expliqua-t-elle en composant le numéro qu'elle venait de noter. Elle a déménagé dans le Missouri.

— Jade est avec elle ?

— C'est ce que je vais essayer de savoir. Mme Willowby mère travaille le soir, comme serveuse dans un restaurant. A cette heure-ci, je devrais la trouver chez elle.

Avant que Colt puisse ouvrir la bouche, elle leva la main pour demander le silence.

— Oui, bonjour. Pourrais-je parler à Janice Willowby, s'il vous plaît ?

Une voix féminine ensommeillée lui répondit plutôt sèchement qu'il n'y avait pas de Janice à ce numéro.

— Vous êtes madame Willowby ? Ici l'inspecteur Grayson de la police judiciaire de Denver... Non, madame, votre fille n'a commis aucun délit. Nous avons seulement besoin de son aide pour éclaircir une affaire. Vous avez eu des nouvelles de Janice, ces derniers temps ?

Althea écouta patiemment pendant que la femme lui expliquait qu'elle n'avait pas été en contact avec sa fille depuis une éternité et qu'elle ne s'estimait en aucun cas responsable de ses manigances.

— Non, je vous assure, madame Willowby, aucune poursuite n'est engagée contre Janice et elle n'a rien « manigancé » du tout. Mais nous avons un besoin urgent de lui parler.

Colt, qui suivait la conversation avec attention, vit soudain le regard d'Althea se durcir.

— Comment ça, une récompense ? se récria-t-elle.

Dans la mesure où je ne vous demande pas de remettre votre fille entre les mains de la justice, je ne vois pas pourquoi…

Colt posa la main sur l'écouteur.

— Cinq mille, chuchota-t-il. Si elle nous trouve Jade et si Jade nous conduit jusqu'à Liz.

Althea lui jeta un regard noir mais il ne se laissa pas démonter :

— L'argent, c'est moi qui le verse. Cela ne coûtera pas un centime au contribuable. Et chaque minute gagnée est une minute de moins où la vie de Liz est en danger.

Avec un soupir qui disait clairement l'écœurement que lui inspirait ce type de pratique, Althea reprit le combiné :

— Madame Willowby, nous avons ici une personne agissant à titre privé, prête à verser la somme de cinq mille dollars, à la condition expresse que vous puissiez nous mettre en contact avec Janice et que les renseignements que votre fille sera susceptible de fournir favorisent l'heureux dénouement de l'enquête judiciaire en cours… Si vous pouvez obtenir l'argent en liquide ? Je pense que cela doit être négociable, oui. Ah, ça oui, j'imagine que vous allez faire l'impossible pour mettre la main sur votre fille, en effet, commenta-t-elle d'un ton vibrant d'ironie.

Althea donna ses coordonnées et reposa le combiné en fulminant.

— Après ça, on s'étonne que des filles comme Jade fuient le domicile familial et finissent sur le trottoir. Sa propre mère se soucie de son sort comme d'une guigne. Elle ne s'inquiétait que d'une chose : qu'elle puisse avoir des ennuis à cause de sa fille. Si Jade avait commis un délit quelconque, elle l'aurait dénoncée sans hésiter pour une poignée de dollars.

Althea prit une profonde inspiration pour calmer son indignation. Se lamenter sur les mères indignes ne changerait pas la face du monde. Et ils avaient une enquête à mener.

— Meena a travaillé avec le portraitiste et ça s'est plutôt bien passé, enchaîna-t-elle. Elle a trouvé quelques ressemblances intéressantes. Une de ses descriptions correspond à un acteur du film que nous avons visionné hier.

— Lequel ?

— Celui qui avait le string en cuir rouge. Je me suis mise en rapport avec la brigade des mœurs pour qu'ils recensent leurs fichiers. Mais ça risque de prendre un peu de temps.

— Du temps ? Parce que tu crois que j'en ai à perdre ?

Althea rangea son stylo et croisa posément les mains sur le bureau. Elle s'était promis, quoi qu'il arrive, de garder un calme olympien avec Colt Nightshade.

— Tu as une meilleure idée ?

— Non… A moins qu'on ait trouvé des indices dans la voiture volée ? Des empreintes ?

— Rien.

— Le duplex ?

— Juste quelques poils, quelques fibres. Rien qui puisse nous aider à mettre la main sur les coupables, c'est vrai. Mais ce seront des pièces à conviction utiles lorsqu'il s'agira d'établir leur culpabilité en cours de procès. Pour l'instant, le labo ne m'a pas encore envoyé les résultats pour la cassette et la lettre. Mais nous pourrions avoir plus de chance de ce côté-là, questions empreintes.

Colt se croisa les bras sur la poitrine.

— A-t-on consulté les fichiers des personnes disparues ? On pourrait aussi chercher du côté des corps non identifiés à la morgue, non ? Je pensais à la fille qui aurait été tuée en cours de tournage.

Althea secoua la tête.

— Rien de ce côté-là, je me suis déjà renseignée. Mais si la victime était une prostituée, il est peu vraisemblable que sa disparition ait été signalée. J'ai vérifié tous les décès suspects ou les morts non identifiés de ces trois derniers mois. Mais rien ne correspond.

Colt fit la moue et un silence tomba.

— J'ai pensé à une stratégie que l'on pourrait éventuellement mettre en place, déclara Althea après une légère hésitation.

— Dis toujours.

— Nous avons quelques jeunes éléments féminins avec des physiques très juvéniles dans le service. Il y en a une ou deux qui auraient le talent et les capacités nécessaires pour travailler sous couverture. Je peux essayer de les mettre sur le trottoir, vêtues en Lolita, pour voir si on leur propose un job d'actrice.

Colt médita un instant sur ce nouveau projet. Cela risquait de prendre du temps aussi, mais avaient-ils le choix ?

— C'est assez délicat, le rôle que tu leur demanderais de tenir, non ?

— Je sais. J'aurais préféré me charger de ce boulot moi-même mais…

— Non !

La protestation lui avait échappé, cinglante comme un coup de fouet. Pas un muscle du visage d'Althea ne frémit. Elle poursuivit, impassible :

— J'aurais choisi de le faire moi-même, donc, à part que je n'ai pas un physique d'adolescente. Et c'est visiblement l'extrême jeunesse qu'ils recherchent. Je lance le projet, alors ?

— Ça vaut sans doute le coup d'essayer. Tu pourrais me procurer une copie de la cassette ?

Elle sourit.

— Tes soirées en célibataire te paraissent un peu trop ternes, Colt ?

— Très drôle. C'est possible, oui ou non ?

Althea haussa les épaules.

— Je demanderai au labo. En attendant, je vais aller cuisiner le barman du Clancy. Je suis sûre que c'est lui qui a filé le tuyau aux gars de la Seconde Avenue.

— Je t'accompagne.

Elle secoua la tête.

— Pas cette fois-ci, non. Je me suis déjà arrangée pour faire équipe avec Sweeney.

— Je pourrais me joindre à vous quand même.

— Et tu pourrais aussi attendre que je t'appelle…

Elle se leva et prit le blazer marine qu'elle avait posé sur le dos de sa chaise. Sourcils froncés, Colt la rejoignit près de la porte du bureau.

— Tu me promets de m'appeler, alors ?

— Puisque je te le dis.

Colt sentit l'angoisse lui tomber dessus comme une chape de plomb. Il saisit les épaules d'Althea et laissa reposer son front contre le sien.

— J'ai eu un coup de fil de mon amie Marleen — la mère de Liz — ce matin. J'ai peur de lui avoir donné de faux espoirs. Je lui ai dit que les recherches avançaient à grands pas.

Althea lui effleura la joue.

— C'est important de maintenir l'espoir. Tiens bon, Nightshade. Nous avons rassemblé pas mal d'informations en peu de temps.

— Mmm…

Il laissa descendre les mains le long de ses bras et entrelaça ses doigts aux siens.

— Je te laisse partir pour le Clancy avec ton ami Sweeney. Mais tôt ou tard, il faudra que nous réglions la question en suspens entre nous, ma belle.

— Chaque chose en son temps, Nightshade. Nous traiterons nos problèmes personnels quand cette enquête sera bouclée. Mais je te préviens : tu pourrais ne pas apprécier la façon dont notre petite histoire va se dénouer.

Il lui saisit le menton dans la main et effleura ses lèvres d'un baiser. Althea lui jeta un regard noir. Devançant une protestation imminente, il la laissa aller.

— Je suis sûr que cette histoire va se dénouer à notre convenance mutuelle, inspecteur. En attendant, sois prudente.

— Je suis *née* prudente, Nightshade, rétorqua-t-elle en franchissant la porte.

Dix heures plus tard, Althea garait sa voiture dans le sous-sol de son immeuble et se dirigeait vers l'ascenseur. Elle était mûre — plus que mûre — pour un bain chaud, un verre de vin blanc frappé et un bon blues nostalgique.

Dans la cabine qui s'élevait sans bruit, Althea renversa la tête contre la cloison et ferma les yeux. Leo Dorsetti, le barman, ne s'était pas montré des plus coopératifs. Ils avaient tout essayé pourtant : l'argent, les menaces, les promesses. Mais rien n'y avait fait. Pas moyen de lui arracher l'ombre d'une information. Qu'il fût en contact avec le réseau pornographique ne faisait pourtant aucun doute. Mais le sort subi par Wild Bill avait eu un effet dissuasif et Dorsetti paraissait très fermement résolu à garder ce qu'il savait pour lui.

Autrement dit, les menaces ne la mèneraient nulle part. Il ne restait donc plus qu'une seule tactique possible : s'intéresser d'un peu plus près à la biographie du barman et trouver une charge à retenir contre lui. Quelque chose de suffisamment grave pour qu'elle puisse le traîner au commissariat et le coller en garde à vue.

Si elle parvenait à le coincer dans une salle d'interrogatoire, il parlerait sans problème. Elle avait déjà fait craquer des plus coriaces que lui.

Althea fit tinter ses clés dans ses mains en sortant de l'ascenseur. Parvenue sur le pas de sa porte, elle chassa délibérément ses problèmes professionnels de ses pensées. Lorsqu'une affaire tournait à l'obsession, l'erreur n'était jamais très loin.

Elle laisserait donc les problèmes de l'inspecteur Grayson décanter et mûrir pendant que la femme en elle se consacrerait sans arrière-pensée à des plaisirs purement égocentriques.

Althea n'avait pas fait un pas dans l'appartement lorsqu'elle sentit une présence anormale. Elle n'aurait su dire ce qui avait déclenché cette perception mais elle dégaina sans perdre de temps à se poser des questions. Silencieuse et rapide, elle prit les précautions classiques et explora rapidement le hall d'entrée avant de pousser plus avant.

Dans le séjour, rien de spécial — si on excluait le fait que la radio était allumée.

Et qu'une odeur parfaitement inhabituelle flottait dans les lieux.

Narines palpitantes, Althea identifia quelque chose d'épicé. Des fumets de quelque chose, mais quoi ? Un son léger se fit alors entendre dans la cuisine. Les nerfs tendus à se rompre, elle se figea dans la position de défense classique : en appui stable sur des jambes largement écartées, son revolver tenu à deux mains, bras tendus vers l'avant.

Elle crut que les yeux lui sortaient de la tête lorsque Colt apparut à l'entrée de la pièce. Souriant, il s'adossa au chambranle pour s'essuyer les mains sur un torchon.

— Bonsoir, ma chérie. Ta journée s'est bien passée ?

6

Avec une lenteur qui n'augurait rien de bon, Althea abaissa son arme.

Lorsqu'elle parla enfin, elle n'éleva même pas la voix. Mais en quelques mots tranchants comme l'acier, elle lui dit tout le bien qu'elle pensait de son initiative.

Lorsqu'elle eut fini de lui tirer dessus à boulets rouges, Colt ne put que secouer la tête.

— Je crois que je ne me suis encore jamais fait remonter aussi magistralement les bretelles. Mais je te suggère maintenant de reposer ce revolver. Cela dit, je me demande pourquoi je m'inquiète : maniaque comme tu l'es, tu ne supporterais pas de voir mon sang gicler sur tes murs immaculés.

— Cela vaudrait presque la peine de faire un grand ménage.

Elle rangea son arme mais ne le quitta pas des yeux pour autant.

— Vous êtes en état d'arrestation, Colt Nightshade. Vous avez le droit de garder le silence et d'appeler un avocat. Vous pouvez…

Colt eut la sagesse de refréner un éclat de rire. Il leva la main.

— Stop ! Que fais-tu ?

— Je t'informe de tes droits avant de te traîner au

commissariat. Tu es entré ici de nuit et par effraction, Nightshade.

Le pire, c'est qu'elle était capable de mettre sa menace à exécution et de le coller au trou en le fichant comme un dangereux criminel !

— Je renonce à l'avocat si tu acceptes d'écouter mes explications.

— J'espère pour toi qu'elles sont valables. Sinon tu peux commencer à faire ta dernière prière. Comment es-tu entré ici ?

— Eh bien, euh… par la porte ?

Elle le foudroya du regard.

— OK, Nightshade. Tu as deux minutes pour appeler ton avocat.

Il était clair que l'humour ne suffirait pas à le sortir de cette ornière. Colt leva les mains en signe de reddition.

— Bon, d'accord. J'avoue tout. J'ai crocheté la serrure. Une excellente serrure, au demeurant. Ou alors, j'ai perdu la main.

Althea compta sur ses doigts.

— Un, tu as crocheté ma serrure. Deux, tu portes une arme cachée. Un ASP 9 mm.

— Vous avez l'œil, inspecteur.

— Trois, tu caches dans ta botte un cran d'arrêt. Et la longueur de la lame excède sensiblement les dimensions autorisées.

— Un bon couteau peut parfois être diablement utile.

Comme elle le foudroyait du regard, Colt jugea plus prudent d'enchaîner :

— J'ai pensé qu'après une journée de travail difficile, tu méritais de trouver un repas chaud et du vin au frais en rentrant. Cela dit, j'étais conscient que ma présence inattendue chez toi susciterait une réaction vigoureuse, pour ne pas dire hostile. Mais j'avais prévu de t'amadouer avec mes *linguine*.

Epuisée et d'humeur noire, Althea prit une profonde inspiration. Si elle fermait les yeux et qu'elle les rouvrait, peut-être cette scène grotesque se serait-elle effacée, après tout ? Elle tenta l'expérience mais lorsqu'elle souleva les paupières, Colt était toujours là, plus outrageusement souriant que jamais.

— Tes quoi ? répéta-t-elle bêtement en se frottant les tempes.

— Mes *linguine alla marinara*. Je te dirais bien que c'était la recette fétiche de ma sainte femme de mère, mais maman n'a jamais su faire cuire un œuf de sa vie. Que dirais-tu d'un verre de vin, au fait ?

— Au point où j'en suis…

Songeant qu'elle pourrait toujours tuer Colt un peu plus tard, Althea le suivit dans la cuisine. Des arômes subtils s'élevaient de la cocotte qui chauffait à feu doux. Elle réalisa qu'elle n'avait rien avalé depuis le matin et qu'elle mourait de faim.

— Tu es plutôt amateur de blanc, je crois ?

Comme s'il avait vécu chez elle toute sa vie, Colt inspecta sa collection de verres d'un œil critique et en choisit deux en cristal.

— C'est un vin italien qui a du corps, mais également une âme. Audacieux, mais élégant, il ne déparera pas ma sauce.

Elle accepta le verre que Colt fit tinter légèrement contre le sien. Dès la première gorgée, elle ferma les yeux de délice. Un pur enchantement.

— Qui diable es-tu, Nightshade ?

— La réponse à toutes tes prières. Et si nous allions

déguster ce vin dans le salon ? Je sais que tu meurs d'envie de retirer tes chaussures.

C'était le cas. Par pur esprit de contrariété, cependant, Althea les garda aux pieds. Elle s'assit, le dos droit, sur le bord du canapé.

— Explique, maintenant.

— C'est ce que je viens de faire, non ?

— Colt… Si tu ne peux pas t'offrir les services d'un avocat, je t'en commets un d'office.

— Tu es une femme impitoyable, Althea Grayson.

Avec un soupir de satisfaction, Colt prit place à côté d'elle sur le canapé et s'étira longuement.

— Bien… Je suis entré ici pour plusieurs raisons. Un, je sais que tu consacres une partie considérable de ton temps à cette enquête.

— C'est mon…

— … boulot ? acheva-t-il pour elle. Peut-être. Mais je vois bien que depuis le début, tu t'investis à deux cents pour cent. Me mettre en cuisine pour toi, c'est une façon de dire merci en donnant quelque chose à mon tour.

C'était aussi un très beau geste. Mais Althea garda cette appréciation pour elle.

— Tu aurais au moins pu me prévenir.

— Je suis venu ici sur une impulsion. Ça t'arrive d'avoir des impulsions ?

— Attention à ce que tu dis, Nightshade !

— Bon. Alors revenons à mes motifs. Deux : cuisiner me détend et j'avais furieusement besoin de me changer les idées. Je doute que Maria aurait accepté de me confier ses fourneaux. Alors j'ai pensé à toi, admit-il en lui prenant une mèche de cheveux pour l'enrouler autour d'un doigt. Je pense à toi souvent, tu sais… Troisième et dernière raison : j'avais tout simplement très envie de passer une soirée en ta compagnie.

Il gagnait dangereusement du terrain, le monstre. Althea toussota.

— Donc, tu as estimé que tu tenais là trois raisons suffisantes pour pénétrer chez moi par effraction et mettre ton nez dans mes affaires personnelles ?

— Mon nez, je l'ai seulement fourré dans tes rangements de cuisine. Aller voir ailleurs aurait été tentant mais je me suis abstenu.

Sourcils froncés, Althea fit tourner longuement le vin italien dans son verre avant de laisser tomber son verdict :

— Je n'aime pas beaucoup tes méthodes, Nightshade. Mais je crois que je vais apprécier tes *linguine*.

Elle ne les apprécia pas. Elle les adora. Difficile de rester accrochée à sa mauvaise humeur lorsqu'on était servie, chouchoutée et nourrie comme une princesse. Ce n'était pas la première fois qu'un homme cuisinait pour elle, mais elle ne se souvenait pas d'avoir jamais été à ce point sous le charme. Sur le plan personnel comme sur le plan gastronomique.

Voir Colt Nightshade avec sa tête de baroudeur, vraisemblablement armé jusqu'aux dents, vêtu d'un jean élimé et d'une de ses éternelles chemises en jean, lui servir un dîner de grande classe éclairé aux bougies était déjà un poème en soi. Althea sourit intérieurement. Il lui en faudrait plus, bien sûr, pour succomber pieds et poings liés et lui tomber dans les bras. Elle était trop aguerrie pour se laisser piéger par des techniques de séduction aussi transparentes. Mais les efforts de Colt avaient quelque chose de terriblement… attachant.

Tout en faisant honneur au plat, Althea mit Colt au courant de ses démêlés avec Dorsetti. Elle lui annonça que les résultats du labo leur seraient communiqués dans vingt-quatre heures et que deux fonctionnaires de police habillées en péripatéticiennes déambuleraient sur le trottoir dès le lendemain pour enquêter sous couverture.

Colt n'était pas resté inactif de son côté. Il avait traîné dans les rues, interrogé quelques prostituées et appris qu'une fille répondant au nom de Lacy avait disparu de la circulation depuis plusieurs semaines.

— Elle correspond au profil. Jeune, assez frêle. Un aspect encore enfantin. D'après les filles, elle était brune mais aimait porter une perruque blonde.

— Elle avait un proxénète ?

Colt secoua la tête.

— Non. Elle travaillait en solo. J'ai réussi à obtenir son adresse et j'ai pu parler à son propriétaire. Une merveille de générosité, ce type : lorsqu'il s'est trouvé sans nouvelles de Lacy au bout de quinze jours, il s'est contenté de déblayer ses affaires, de vendre ce qu'il y avait à vendre et de bazarder le reste. Ni vu ni connu.

Althea soupira.

— Ces filles ont parfois une existence très solitaire. Je vais voir si mes collègues de la brigade des mœurs ont Lacy dans leurs fichiers.

Avec un léger hochement de tête, Colt la resservit en vin.

— J'ai également fait le tour des foyers, des asiles, les lieux qui recueillent les sans-abri. Mais sans résultat. J'ai montré la photo de Liz aux jeunes qui se trouvaient là. Mais c'est à peine s'ils ont accepté d'y jeter un œil.

La plupart jouaient les durs mais quand on voit leur regard on n'y lit qu'une immense confusion.

— Ces gamins sont obligés de se forger une carapace. Il faut voir de quel genre de familles ils sont issus pour la plupart…

— Pour Liz, c'est différent. Elle sort d'une famille très unie, observa Colt.

— C'est vrai.

Le voyant se rembrunir, Althea estima qu'il avait besoin lui aussi de débrancher un peu. Elle piqua un dernier *linguine* dans le plat et se lécha les lèvres avec délice.

— Tu sais, Nightshade, tu pourrais renoncer à ta carrière d'aventurier et te lancer dans la restauration. Tu ferais fortune.

Il sourit et accepta le changement de sujet.

— Je préfère cuisiner pour mon plaisir.

Althea leva les yeux vers lui puis les baissa aussitôt sur son verre.

— Si ce n'est pas ta sainte femme de mère qui t'a appris à mitonner ce plat italien de rêve, à qui dois-tu ta recette ?

— Quand j'étais enfant, mes parents avaient une cuisinière irlandaise absolument extraordinaire.

— C'est une Irlandaise qui t'a initié aux spécialités italiennes ?

— Mme O'Malley avait un registre culinaire très étendu. Elle cuisinait comme d'autres peignent ou écrivent : avec passion, inventivité et talent. C'est à elle que je dois mon éducation — ou ce qui m'en tient lieu, du moins. Elle m'a inculqué ce premier principe de base : « Si tu veux être toujours certain de bien te nourrir, ne compte que sur toi-même. » Chaque fois que je faisais une bêtise — autrement dit tout le temps — Mme O'Malley me prenait avec elle, dans la cuisine. Et tout en me sermonnant sur mes manières déplorables, elle me montrait la meilleure technique pour apprêter un rôti ou découper un poulet.

— Ainsi tu as été élevé à grand renfort de gastronomie et de morale ? C'est original comme éducation.

Colt leva son verre.

— Les principes de bonne conduite, je n'ai jamais réussi à les assimiler, admit-il avec un scintillement d'humour dans ses yeux clairs. Mais je suis devenu un cuisinier amateur tout à fait honorable. Quant à Mme O'Malley, ça a été un vrai drame lorsqu'elle a pris sa retraite il y a dix ans. Ma mère a fait une dépression sévère.

Les lèvres d'Althea esquissèrent un sourire.

— Jusqu'au moment où elle a embauché un nouveau cuisinier, c'est ça ?

— Tout à fait. Depuis cette époque, ils ont un chef. Un vrai. Français et libertin.

— Un chef français dans les étendues sauvages du Wyoming !

Colt secoua la tête.

— Moi, je vis dans le Wyoming. Mes parents, eux, résident à Houston. Nous nous aimons tellement à distance, eux et moi… Et toi, Althea ? Ta famille habite également à Denver ?

— Je n'ai pas de famille. Et ton diplôme de droit, au fait ? Pourquoi ne t'en es-tu jamais servi ?

— Qui a dit que je ne m'en servais pas ? répondit Colt lentement.

La réaction d'Althea l'intriguait. Elle avait réagi à sa question au sujet de sa famille comme s'il lui avait mis un morceau de charbon brûlant entre les mains. *A préciser, tout ça*, songea-t-il en se promettant de revenir sur le thème à la première occasion.

— Je ne suis pas fait pour passer mes journées dans un bureau poussiéreux, penché sur des bouquins de droit. Et ça ne m'amuse pas forcément de bafouer Dame Justice en rusant avec les textes et en jonglant avec des procédés rhétoriques plus ou moins retors.

— Donc tu as préféré entrer dans l'armée de l'air ?

— C'était une bonne manière d'apprendre à piloter.

Althea secoua la tête.

— Mais tu n'es pas pilote pour autant !

— Cela m'arrive de l'être, rétorqua Colt avec un sourire amusé. Désolé, Thea, mais je n'entre dans aucun moule. Je dispose de suffisamment d'argent pour faire ce qui me plaît quand ça me plaît.

Cette affirmation ne suffit pas à décourager Althea.

— Autrement dit, la vie militaire ne te convenait pas ?

— Disons qu'elle m'a convenu pendant un temps. Puis j'en ai eu assez.

Avec un léger haussement d'épaules, il se renversa contre son dossier.

— Cela dit, j'ai appris quantités de choses avec les pilotes de chasse. Tout comme j'ai appris de Mme O'Malley, de Harvard, ainsi que du vieux dresseur de chevaux indien dont j'ai fait la connaissance à Tulsa, il y a quelques années. Et toute cette diversité de savoirs me sert. Ou me servira un jour.

Althea inclina la tête.

— Et qui t'a enseigné l'art de crocheter les serrures ?

— Tu ne retiendras pas cela contre moi, j'espère ?

Il se pencha pour lui effleurer les cheveux et la resservit en vin blanc.

— J'ai acquis ces techniques à l'armée, en fait. Je

faisais partie de ce que l'on pourrait appeler un détachement spécial.

— Des opérations sous couvertures, n'est-ce pas ? C'est pour ça que je n'ai pas eu accès à tes rapports d'activité.

Il eut un geste indifférent de la main.

— Oh, c'est de la vieille histoire, tout ça. Il n'y a plus aucune raison pour que ces dossiers demeurent classés top secret maintenant. Mais tu connais les bureaucrates… Mes missions consistaient généralement à rassembler des informations. A désamorcer des situations explosives. Ou à tout faire éclater, au contraire. Ça dépendait des ordres.

Le regard songeur, Colt prit une gorgée de vin.

— Dans un sens, on pourrait dire que je rendais des services à des gens. A part que les gens en question se trouvaient gouverner notre pays. Ou essayaient du moins, rectifia-t-il, les lèvres plissées en un rictus légèrement amer.

— Tu n'aimes pas beaucoup le système, n'est-ce pas ?

— Disons que j'aime bien ce qui fonctionne. Et que je me suis retrouvé pas mal de fois dans des situations où ça cafouillait méchamment.

Une ombre passa dans les yeux de Colt. Il haussa les épaules.

— Alors, j'ai lâché l'armée, je me suis acheté quelques chevaux, un peu de bétail. Et je fais tourner mon ranch sans dépendre de rien ni de personne. Mais le naturel revenant au galop, comme chacun sait, j'ai recommencé à rendre des services ici et là. La seule différence, c'est que je ne le fais plus que pour des gens que j'apprécie.

Althea scruta ses traits, les sourcils froncés.

— Sacré parcours, Nightshade. Tu ne t'entends

jamais dire que tu as été un peu long à grandir et à trouver ta vocation ?

— Ça m'arrive. Et je ne conteste pas qu'il puisse y avoir une part de vérité dans cette affirmation. Mais j'ai fini par trouver un équilibre à ma façon. A toi, maintenant. Quel est ton itinéraire ?

— Oh, l'histoire de ma vie ne ferait pas la fortune d'un scénariste hollywoodien.

Les coudes posés sur la table, Althea paraissait détendue, presque rêveuse. Elle fit tourner un doigt sur le bord de son verre et le chant du cristal s'éleva doucement.

— Je suis entrée à l'école de police directement à dix-huit ans. Sans hésitations et sans détours.

— Et pourquoi la police ?

Althea prit le temps de méditer sur sa question.

— Oui, pourquoi ? Je crois que c'est parce que, contrairement à toi, j'aime le système. Il n'est pas parfait mais j'ai eu envie de me battre pour qu'il opère, justement. Pour essayer de combler ses failles où tant de vies se perdent.

Colt posa sa main sur la sienne.

— J'ai pu me rendre compte de la façon dont tu concevais ton métier, Althea. Jusqu'à ce que je te connaisse, Boyd était le seul flic pour qui j'avais le moindre respect.

— Dois-je prendre cela pour un compliment ?

— Et comment ! Vous avez beaucoup de choses en commun, toi et lui. Une lucidité, une ténacité mais aussi un réel courage, une constante compassion.

Il sourit et prit ses doigts dans les siens.

— Tu sais, la petite fille que nous avons récupérée *in extremis* sur le toit ? Je suis allée la voir, moi aussi.

Elle m'a parlé d'une jolie dame aux cheveux comme de l'or qui lui avait rapporté sa poupée.

Althea rougit.

— J'ai simplement assuré le suivi de cette affaire. C'est mon boulot de…

— Arrête, Althea !

Ravi de sa réaction, Colt porta sa main à ses lèvres.

— N'essaye pas de me faire avaler que tu te conformais à ton sacro-saint règlement en allant apporter une poupée à cette petite. Ce n'est pas parce que tu as le cœur tendre que tu es un moins bon flic pour autant. Je dirais même : au contraire.

Althea secoua la tête. Elle le voyait venir, gros comme une maison. Mais elle ne retira pas sa main pour autant.

— Ce n'est pas parce que j'ai un faible pour les enfants que j'en ai un pour toi, Nightshade.

— C'est vrai. Et pourtant, je sais que je ne te laisse pas tout à fait indifférente.

Sans détacher les yeux des siens, il posa les lèvres au creux de son poignet. Si le pouls d'Althea battait avec régularité, il était malgré tout singulièrement rapide…

— J'irais même jusqu'à dire… pas indifférente du tout, ma belle.

Althea soutint son regard. Le nier serait presque puéril à ce stade.

— C'est possible. Mais ça ne veut pas dire que tu parviendras nécessairement à tes fins. Je ne tombe pas systématiquement dans le lit d'un homme sous prétexte qu'il me trouble physiquement.

— Je suis soulagé de l'entendre. Cela dit, tu vas faire bien plus que tomber dans un lit avec moi.

Comme elle lui jetait un regard décontenancé, il se mit à rire et lui embrassa de nouveau le creux de la main.

— J'adore quand tu fais cette tête, Thea. Tu es vraiment à croquer. Ce que j'essaye de te dire, c'est que lorsque nous nous retrouverons dans un lit ensemble, nous aurons une quantité d'autres choses à y faire que dormir. Donc, je te conseille de prendre du repos en attendant.

Il se leva pour l'attirer contre lui.

— Juste un petit baiser pour la nuit et je te laisse te reposer.

La surprise était évidente dans le regard d'Althea. Colt sourit.

— Tu croyais que je t'avais mitonné un repas aux chandelles dans l'idée de te soutirer une nuit d'amour, n'est-ce pas ? Tu me blesses à douter ainsi de mon désintéressement, protesta-t-il, la main sur le cœur.

Elle se mit à rire.

— Tu sais, Nightshade, par moments, j'aurais presque de l'affection pour toi. Je dis bien presque.

— Sur l'échelle amoureuse, seuls quelques degrés séparent une « presque affection » d'une folle passion, murmura-t-il en glissant les bras autour de sa taille. Si j'avais pris la peine de te confectionner un dessert, tu serais déjà pantelante de désir à mes pieds.

Amusée, elle haussa les sourcils.

— C'est regrettable pour toi que tu te sois arrêté au fromage. Tout le monde sait qu'une seule portion de *tiramisu* suffit à déchaîner chez moi une sensualité proprement sauvage.

— Je note, Grayson, je note.

Il lui déposa un baiser léger sur les lèvres et sentit un frisson électrique lui traverser les reins.

— A la réflexion... Il n'y a pas une pâtisserie ouverte tard le soir où l'on trouverait de bons desserts italiens ?

— Aucune. C'est fichu pour aujourd'hui, riposta Althea en riant. Merci pour le dîner, Colt. Ce fut une merveille.

— Tout le plaisir était pour moi.

Il savait qu'il était temps pour lui de partir mais une force indéfinissable l'empêchait de détacher les yeux du visage d'Althea. Il la fixait intensément, comme pour essayer de voir au-delà de la peau marmoréenne, de l'ossature délicate. Il pressentait là comme un mystère, une douleur secrète. Quelque chose de profond, d'intérieur sur lequel il ne parvenait à mettre le doigt.

— Je vois quelque chose dans tes yeux…

— Quoi ? murmura-t-elle d'une voix altérée.

Il se mit à parler lentement, en détachant les syllabes.

— Je ne sais pas… j'ai parfois le sentiment que tu portes un secret très lourd. Et chaque fois je me demande : d'où sort-elle, qu'a-t-elle vécu de si particulier ? de si difficile ? Et où allons-nous, tous les deux, comme ça ?

Althea avait soudain le plus grand mal à respirer.

— Où nous allons, je n'en sais rien. Mais *toi*, je te signale que tu t'apprêtais à rentrer.

— Dans une minute. Cela n'a même plus de sens de te dire que tu es belle, murmura-t-il comme pour lui-même. C'est un compliment trop superficiel pour toucher quelqu'un comme toi. D'ailleurs, c'est autre chose, autre chose en toi qui me fascine et me retient. J'y reviens sans cesse sans parvenir à définir de quoi il s'agit précisément.

Il plongea son regard dans le sien.

— Donne-moi la clé de ton mystère, Althea. Dis-moi ce que je pressens en toi.

— Rien. Il n'y a rien de particulier. Tu cherches un fond obscur là où il n'y en a pas.

— Si, le fond obscur est là, insista-t-il en lui prenant le menton. Et moi, j'ai un problème.

— Lequel ?

— Celui-là, chuchota-t-il en s'emparant de ses lèvres.

Ce ne fut pas un baiser pressant. Pas un baiser exigeant. En quoi il différait de leurs baisers précédents, Althea n'aurait su le dire. Mais quelque chose de noué en elle se desserra et s'ouvrit. Elle bascula et ce fut la chute — lente, tourbillonnante, irréversible. Comme un plongeur immergé dans un univers fluide, elle se sentait sans poids, sans défenses, baignant dans un océan d'émotions pures.

Il n'y a aucune issue, aucun moyen de s'enfuir, comprit-elle. Elle entendit le gémissement de désespoir qui montait de sa gorge. Colt avait creusé une brèche, détruit des barrières qu'elle ne parviendrait peut-être jamais plus à reconstruire.

Elle pouvait toujours se dire qu'il était impossible — logiquement impossible — de tomber amoureuse d'un homme qu'elle connaissait à peine. Mais son cœur, déjà, se riait de ses raisonnements.

Colt sentit le changement se produire. Althea lui donnait accès à une partie d'elle-même qu'elle ne lui avait encore jamais ouverte auparavant. Il y avait du désir, bien sûr. Mais pas seulement.

Il fut parcouru d'un frémissement qui le secoua des pieds à la tête. Et comprit que ce baiser était en train de bouleverser la donne, de les précipiter en droite ligne vers des horizons jamais explorés jusqu'à présent. Ebranlé, il mesura toute l'étendue du phénomène : une femme — celle-ci et nulle autre — pouvait en l'espace de quelques minutes lui vider l'esprit, lui lacérer le cœur et le laisser sur le carreau.

— Je perds pied, là, admit-il en s'arrachant à son étreinte.

— C'est trop pour moi, chuchota-t-elle faiblement en écho.

Sous ses doigts, Colt sentit la tension s'installer de nouveau dans les épaules d'Althea.

— C'est la première fois que je ressens quelque chose d'aussi fort, déclara-t-il lentement. Et ce n'est pas du baratin.

Elle se détourna en frissonnant.

— J'aurais préféré que ça en soit… Sérieusement, Colt, il faudra songer à nous ressaisir. Ceci nous mène beaucoup plus loin que nous ne l'avions prévu initialement.

— Aller loin n'est pas un problème en soi, si ? Ce n'est pas forcément très intéressant de piétiner en surface.

D'une main tremblante, Althea repoussa les cheveux qui lui tombaient sur le front.

— Nous ne pouvons pas nous permettre de tout mélanger, Colt. Soit nous nous appliquons à garder nos distances, soit tu te fais aider par l'un de mes collègues. Je ne vois pas d'autre solution.

Colt fronça les sourcils avec impatience.

— La collaboration entre nous s'est parfaitement bien passée jusqu'à présent. Ne te sers pas de cette pitoyable excuse pour fuir en courant.

— C'est la seule excuse dont je dispose, figure-toi, riposta-t-elle, les mains crispées sur le dossier d'une chaise. D'ailleurs, ce n'est pas une excuse mais une raison. Qu'est-ce que tu veux que je te dise ? Que j'ai peur ? Eh bien, oui, OK, j'ai peur. *Toi*, tu me fais peur. Et cette histoire me fait peur. Et je doute que tu veuilles d'une équipière susceptible de se laisser déstabiliser par ses émotions à tout moment. Dans ce métier, il faut être au top, et tu le sais. Chaque seconde compte.

Colt secoua résolument la tête. Il refusait de la laisser se retrancher derrière ces arguments pseudo-raisonnables. Pas maintenant.

— Et si je te dis que je préfère une coéquipière douée de sentiments humains qu'un robot qui s'exécute mécaniquement ? N'essaye pas de me faire croire qu'au moindre problème surgissant dans ta vie privée, tu perds tes capacités à exercer ton métier correctement, Thea ! J'ai confiance en ton instinct professionnel.

— Et si je n'avais plus envie de faire équipe avec toi ? riposta-t-elle, sur la défensive.

— Si tu n'as plus envie, tant pis pour toi. Tu t'es engagée et il est hors de question que tu me lâches maintenant. Je suis prêt à faire un effort, s'il le faut, pour mettre notre histoire entre parenthèses et attendre le dénouement de l'enquête. Mais je t'interdis de laisser tomber Liz par pure lâcheté émotionnelle !

Althea soupira avec impatience.

— C'est à Liz que je pense justement. Dans son intérêt, nous devons être prudents dans nos actes et dans nos décisions.

— Et qui es-tu pour décider de ce qui est bon pour Liz ou non ? explosa Colt.

Il savait qu'il se montrait injuste mais c'était plus fort que lui. Pour la première fois de sa vie, il était à deux doigts de tomber amoureux — vraiment amoureux — d'une femme. Et elle lui annonçait sèchement qu'elle ne voulait plus entendre parler de lui sur aucun plan ?

— As-tu idée, au moins, de ce qu'une gamine comme Liz peut éprouver en ce moment ? poursuivit-il, hors de lui. Tu es tellement obsédée par tes règles et tes procédures que tu en oublies de raisonner comme un être humain. Tu es prête à risquer ta vie, ça oui. Mais si, par malheur, tu sens poindre la moindre émotion, hop ! les barricades se remettent en place. Tout est si bien rangé, dans ta vie et dans ta tête, Althea. Il y a une gamine qui vit l'horreur en ce moment, une gamine innocente. Mais pour toi, c'est juste un « cas », un dossier à classer dans ton bureau bien propret.

— *Toi ?* Toi tu oses me dire des choses pareilles ?

Althea écarta la chaise d'un mouvement si brusque qu'elle tomba avec fracas sur le carrelage.

— Que sais-tu de ce que j'éprouve, Colt Nightshade ? De ce qui se passe en moi ? Tu penses connaître les filles comme Liz, peut-être ? Et les gamines de son âge que tu as rencontrées dans les foyers ?

Ce n'étaient pas des larmes qui brillaient dans les yeux d'Althea mais une rage mêlée d'une telle souffrance que Colt balbutia bêtement :

— Je sais que de nombreux adolescents ont besoin d'aide et qu'ils ne la trouvent pas toujours là où il le faudrait.

— Ah, le joli cliché ! lança-t-elle en allant et venant dans la pièce comme une furie. C'est tellement facile pour les gens comme toi de prononcer ces charmantes platitudes ! Tellement facile aussi de faire un chèque, de distribuer quelques sourires ici et là en se donnant bonne conscience. Etre seul, *vraiment* seul, tu n'imagines même pas ce que c'est. Tu ne connais pas la peur, celle d'être broyée par la machine infernale, la machine administrative et judiciaire où l'on jette les enfants qui n'ont personne d'autre qu'eux-mêmes. *Moi*, j'ai passé des années ballottée dans ses rouages ! Alors ne me fais surtout plus jamais la leçon sur ce que je suis censée ou non pouvoir sentir et comprendre !

Althea prit une brève inspiration avant de repartir de plus belle :

— Je sais ce que c'est que d'endurer l'intenable, je sais ce que c'est que d'avoir à fuguer, parce qu'il n'y a plus le choix — même si on n'a nulle part où aller, nul soutien à attendre, nulle main à tenir pour guider ses pas. Je sais ce que c'est que d'être rattrapée de force, remise dans les rails. Je connais l'impuissance, je connais l'enfermement, je connais les coups et l'abus sous toutes ses formes. Alors quand il s'agit de comprendre, je peux comprendre, Nightshade. Je comprends aussi que Liz a une famille qui l'aime et que nous allons la leur restituer. Quoi qu'il arrive, nous la ramènerons et nous ne la laisserons pas entrer, elle, dans le cycle infernal. Mais ne me fais plus jamais l'affront de me dire qu'elle n'est qu'un cas parmi d'autres. Car il n'y a pas, et il n'y a jamais eu pour moi de *cas* parmi d'autres. Jamais.

Althea s'interrompit pour passer une main tremblante dans ses cheveux. Sa colère était retombée d'un coup, ne laissant plus derrière elle que honte, fatigue et désolation.

— J'aimerais que tu t'en ailles, maintenant, murmura-t-elle.

Colt jura tout bas.

— Assieds-toi.

Comme elle ne réagissait pas, il la poussa dans un fauteuil. Elle tremblait — en partie par sa faute — et il se sentait comme la dernière des brutes.

— Je suis désolé.

Il voulut lui caresser les cheveux, hésita, retira sa main.

— Je suis en train de battre tous mes records, aujourd'hui. Je crois que c'est la première fois de ma vie que je présente des excuses deux fois le même jour à la même personne… Tu veux que je t'apporte un verre d'eau ?

— Je veux juste que tu t'en ailles, Nightshade.

— Je ne peux pas te laisser comme ça.

S'asseyant sur le repose-pieds devant elle, il chercha son regard.

— Althea…

Les yeux clos, la jeune femme se renversa contre son dossier.

— Nightshade… je ne suis pas d'humeur à te raconter l'histoire de ma vie maintenant. Si c'est ça que tu attends, tu perds ton temps. Et le mien.

— Si ce n'est pas maintenant, ce sera une autre fois.

Colt se risqua à lui prendre la main. Elle ne tremblait plus mais il la sentit froide et inerte entre ses doigts.

— Essayons au moins de faire la part des choses, d'accord ? proposa-t-il prudemment. Trouver Liz est notre priorité. Elle court un énorme danger et elle a besoin d'aide. Je pourrais la retrouver seul mais cela prendrait trop de temps. J'ai besoin de toi, Althea. A cause de ton insigne de flic qui facilite bien des choses. Mais aussi à cause de ton énergie, de ta compétence, de ton talent.

Althea ne souleva pas les paupières.

— Nous la tirerons de là, murmura-t-elle d'une voix lasse. Si ce n'est pas demain, ce sera après-demain. Mais nous ne l'abandonnerons pas à son sort.

— Bien. Second problème : je crois que… et comme il s'agit pour moi d'un domaine tout à fait inconnu, j'insiste sur le fait que nous sommes dans le registre de l'opinion et non de la certitude…

Elle ouvrit alors les yeux et il eut la surprise de voir scintiller une lueur d'humour dans son regard.

— J'ai l'impression d'entendre parler l'avocat que tu refuses d'être, Nightshade.

Il fit la grimace, changea de position.

— Est-ce bien raisonnable d'insulter un homme qui se prépare à annoncer qu'il pourrait bien être tombé irrémédiablement amoureux de toi ?

Althea tressaillit violemment. Une réaction qui ne surprit pas Colt outre mesure. S'il avait sorti son revolver pour le braquer sur elle, pas un muscle de son visage n'aurait bougé. Mais il suffisait de prononcer le mot « amour » devant cette femme pour qu'elle fasse un bond de dix centimètres dans son fauteuil.

— Ne panique pas, surtout, recommanda-t-il d'un ton rassurant en voyant Althea lutter pour recouvrer sa voix. J'ai bien dit : je *pourrais* être tombé amoureux. Cela nous laisse quand même une marge. Un champ de manœuvre confortable.

— Un champ de mines, oui ! Ecoute, Colt : la logique la plus élémentaire nous commande de rester concentrés sur le but concret que nous nous sommes fixé et de reporter ce… ce débat à une date ultérieure.

— Qui de nous deux s'exprime comme un avocat, maintenant ?

Colt secoua la tête et ne put s'empêcher de rire. De lui. D'elle. De leurs angoisses respectives.

— L'amour t'effraye, ma belle ? Songe un peu à ce que je peux ressentir, moi ! J'ai évoqué l'hypothèse amoureuse parce que j'ai du mal à mettre un nom sur les symptômes bizarres qui m'assaillent. Mais je n'ai pas encore affirmé mon diagnostic. Si ça se trouve, il s'agit d'un banal début de grippe.

— C'est une possibilité, en effet, acquiesça Althea

avec un petit rire nerveux. Repose-toi, bois des tisanes et prions pour que ça passe tout seul.

— J'essayerai une petite cure, promit-il en se penchant vers elle. Mais si je découvre qu'aucun virus n'est en cause et que c'est bien d'amour qu'il s'agit, j'ai la ferme intention de m'organiser en conséquence. Cela dit, je veux bien attendre que notre problème numéro un soit réglé avant de commencer à aborder les sujets inévitablement liés à la condition amoureuse, tels que le mariage, la famille, un garage pour deux voitures…

Pour la première fois depuis qu'il connaissait Althea, il la vit se décomposer littéralement. Ses yeux écarquillés étaient immenses, sa bouche légèrement entrouverte trahissait un état de quasi-hébétude.

Colt ne put s'empêcher de rire.

— Eh bien… Je ne pensais tout de même pas te plonger dans le coma rien qu'en mentionnant quelques possibilités abstraites au passage.

Althea cligna des paupières, déglutit.

— Je… je crois que tu perds la tête.

— Oui, moi aussi, admit-il en se demandant pourquoi ce constat le réjouissait à ce point. Mais pour le moment, nous nous contentons d'unir nos forces pour nous attaquer à cette racaille. Ça marche ?

— Si je dis oui, tu me jures solennellement de ne plus prononcer un mot au sujet de… de ta grippe ?

Il laissa échapper un léger rire.

— Si je te le promets, tu me croiras sur parole ?

— Non, répondit Althea en se redressant pour lui rendre son sourire. Mais je parie que je serai de taille à te rembarrer bien proprement si tu abordes encore le sujet.

— Pari tenu ?

— Pari tenu.

Ils se serrèrent solennellement la main. Puis Colt plongea son regard dans le sien.

— Et maintenant si nous…

Le téléphone sonna. Colt se tut, ravalant une proposition dont Althea soupçonnait qu'elle n'aurait rien eu de professionnel. Elle lui fit un pied de nez et alla décrocher dans la cuisine. Lorsqu'elle revint quelques minutes plus tard, Colt nota que le masque du guerrier était de nouveau en place.

— Bonne nouvelle, Nightshade. Notre ami Leo, le barman, vient de se faire pincer alors qu'il écoulait de la cocaïne derrière son comptoir. Ils l'ont embarqué et il m'attend en salle d'interrogatoire.

— Je te suis.

— Tu me suis si tu veux, mais à distance, Nightshade, spécifia-t-elle en enfilant sa veste. Si Boyd est d'accord, tu pourras nous observer à travers une vitre. Mais tu n'iras pas plus loin.

Il se rembrunit.

— Et si je te promets de ne rien dire ?

— Toi ? Laisse-moi rire, riposta-t-elle en récupérant son sac sur une console. C'est à prendre ou à laisser, cher partenaire.

Pestant contre elle sans retenue, il fit claquer la porte.

— Je prends.

7

La contrariété initiale de Colt d'avoir été relégué derrière un miroir sans tain disparut peu à peu tandis qu'il regardait procéder Althea. Patiente, inlassable, ne négligeant aucun détail, elle menait son interrogatoire avec un style bien à elle. Que son approche fût méticuleuse ne surprit pas Colt outre mesure. Mais il ne s'attendait pas, en revanche, à autant de ténacité, d'obstination implacable.

Jamais elle ne laissa Leo dévier de son sujet. Ne réagit à ses sarcasmes. Même lorsque le barman l'insultait ou la menaçait, elle n'élevait pas la voix. Elle conduisait ses interrogatoires comme elle jouait au poker : avec ordre et méthode, sans paraître se prendre au jeu. Mais Colt commençait à bien la connaître. Il savait qu'un tempérament de feu bouillonnait sous cette indifférence de surface.

— La nuit promet d'être longue, commenta la voix de Boyd derrière lui.

Surpris, Colt se retourna. Son ami vint le rejoindre avec deux tasses de café à la main.

— C'est Dorsetti, surtout, qui a l'air de trouver le temps long, marmonna-t-il en prenant une des tasses des mains de Boyd.

Il but une gorgée du breuvage maison et fit la grimace.

— Toujours aussi imbuvable, ton mélange. Mais qu'est-ce que tu fais ici, au fait ? C'est normal pour un commissaire d'abandonner femme et enfants pour venir assister à un interrogatoire de routine ?

Boyd haussa les épaules.

— Tout dépend des enjeux… Il a l'air nerveux, l'ami Dorsetti, vu la façon dont il allume cigarette sur cigarette. Elle a réussi à en tirer quelque chose ?

— Pour le moment, il ne veut rien savoir, marmonna Colt, résistant à la tentation de frapper au carreau pour exiger de descendre à son tour dans l'arène et poser deux ou trois questions au barman récalcitrant.

— Il se fatiguera avant elle.

— Je sais. Elle ne le lâchera pas.

Ils se turent lorsque Dorsetti lança à Althea une insulte particulièrement grossière. La seule réaction de la jeune femme fut de lui demander s'il souhaitait réitérer cette affirmation afin qu'elle soit consignée par écrit et versée à son dossier.

— Elle me fait penser à un chat guettant une souris, commenta Colt, fasciné. C'est presque terrifiant, une patience pareille. On sent qu'elle pourrait continuer comme ça la nuit entière, inlassable, parfaitement immobile et néanmoins prête à bondir au premier signe de faiblesse.

— En l'espace de quelques jours à peine, tu as appris beaucoup de choses sur Althea, observa Boyd pensivement.

— Oh, je commence tout juste à percer la surface. Elle est d'une complexité inouïe, tu ne trouves pas ? C'est la première fois qu'une femme m'intrigue à ce point. De fait, je suis presque aussi pressé de dévoiler les strates de sa personnalité une à une que son corps nu sous ses vêtements. Etonnant, non ?

Sourcils froncés, Boyd scruta le fond de sa tasse de café. Surprendre son ami d'enfance et son ex-coéquipière enlacés dans sa cuisine l'avait amusé, certes. Mais les choses ne s'arrêteraient pas là, à en juger par les propos de Colt. Et compte tenu des talents de séducteur de ce vieux coureur, il avait tout lieu de s'inquiéter pour Althea.

Boyd s'éclaircit la voix.

— Thea, c'est quelqu'un que je tiens en haute estime, Colt. Elle a un sang-froid du tonnerre de Dieu. Je l'ai toujours vue faire face, quelle que soit la situation.

Colt acquiesça vigoureusement.

— Elle est étonnante.

— Tout à fait. Mais cela ne veut pas dire qu'elle n'ait pas ses zones de fragilité pour autant. Si quelqu'un devait lui faire du mal, je pourrais réagir assez… violemment.

Colt parut plus amusé que surpris par sa réaction.

— C'est une mise en garde ? Tu m'as tenu sensiblement le même discours, il y a une dizaine d'années, lorsque j'avais des vues sur ta sœur Nat.

— Je me sens à peu près dans les mêmes dispositions, en effet. Je considère Thea comme un membre de ma famille à part entière. Je ne fais aucune différence entre elle et Nat.

— Et tu t'es mis dans l'idée que je pourrais la faire souffrir ?

Boyd soupira bruyamment. Il n'aimait pas — mais alors vraiment pas — le tour que prenait cette conversation.

— Je n'ai pas dit ça. Mais je sais que si jamais cela devait arriver, je te mettrais un coup de pied dans le derrière qui t'enverrait valser jusque dans l'Arizona. Je ne le ferais pas de bon cœur mais il y a des moments dans la vie où on n'a pas le choix.

Colt soupira à son tour.

— Qui a gagné la dernière fois que nous nous sommes battus, Fletch ?

Boyd se surprit à sourire.

— Je crois que nous nous sommes mis OK mutuellement.

— Mmm… oui. Je me souviens maintenant. C'était à cause d'une fille, bien évidemment.

— Cheryl Anne Madigan, acquiesça Boyd avec un soupir nostalgique.

Colt fit un effort de mémoire.

— Une petite blonde, je crois ?

— Tu veux rire ? Une grande brune. Avec des yeux plus bleus que le ciel d'ici après la pluie.

— Ah oui, ça y est, je me rappelle Cheryl Anne. Dieu que c'est loin tout ça. Cela dit, pour en revenir à tes inquiétudes au sujet d'Althea, j'ai une nouvelle qui va sans doute te rassurer : telles que les choses se présentent en ce moment, c'est plutôt elle qui serait en position de *me* faire souffrir que l'inverse. Ce qui ne m'était encore jamais arrivé avec aucune femme. Effrayant, non ?

— Mmm… pas très rassurant, en effet. A ta place, je me ferais du souci, camarade.

Colt prit une gorgée de café amer pour se donner du courage.

— Il y a sans doute de quoi. Je crois que je l'aime, Boyd.

Son ami faillit s'étrangler. Il reposa brutalement sa tasse, évita les éclaboussures de justesse et se tapota l'oreille.

— Tu veux bien répéter ça, Colt ? Je ne suis pas certain d'avoir bien entendu.

— Arrête, Boyd. Tu n'es pas encore dur de la feuille, que je sache, maugréa Colt, furieux.

On pouvait toujours compter sur les amis pour vous humilier dans les moments émotionnellement difficiles ! Les coudes sur les genoux, il se prit la tête entre les mains.

— Tu sais qu'Althea a réagi plus ou moins de la même façon que toi lorsque je lui ai dit que j'étais peut-être en train de tomber amoureux d'elle ?

— Parce que tu le lui as déjà annoncé, en plus ? Incroyable. Et qu'est-ce qu'elle t'a répondu ?

— Que j'étais tombé sur la tête. Ou quelque chose d'approchant.

Boyd fit une drôle de grimace, comme s'il luttait pour ne pas afficher un sourire hilare.

— Elle ne t'a pas ri au nez. C'est déjà ça.

— Oh, elle n'avait pas l'air d'avoir envie de rire, non. Elle est devenue toute pâle et m'a regardé avec des yeux exorbités.

Fraternel, Boyd lui tapota l'épaule.

— C'est bon signe, tu sais. Il en faut beaucoup pour décontenancer Althea.

— J'ai pensé que c'était aussi bien que je lui dise carrément la vérité, précisa Colt en souriant à Althea à travers le miroir sans tain. Autant commencer à préparer le terrain.

— Préparer le terrain ? répéta Boyd avec un sourire en coin.

— En fait je ne vois qu'une solution qui me paraisse vraiment satisfaisante : le mariage.

Cette fois, Boyd éclata carrément de rire.

— Te marier avec Thea ? C'est la meilleure, celle-là. Attends que je l'annonce à Cilla.

Colt lui lança un regard assassin.

— Je te remercie pour ton soutien moral, Fletch. Sincèrement.

Boyd secoua la tête.

— Mon soutien, tu l'as, mon vieux. Inconditionnellement. Mais si on m'avait prédit qu'un jour je prononcerais le mot mariage en association avec les noms de Colt Nightshade et d'Althea Grayson, j'aurais refusé de le croire. Cela dit, je suis avec toi, Colt. A cent pour cent. D'ailleurs, inutile d'aller chercher plus loin : tu viens de trouver ton témoin.

Dans la salle d'interrogatoire, Althea se préparait mentalement à la victoire. Les résistances de Dorsetti s'effritaient peu à peu à mesure que les heures passaient.

— Vous savez, Leo, un minimum d'esprit de coopération vous mènerait tellement plus loin.

— Très loin, ouais. Droit dans la fosse commune, comme Wild Bill.

Althea hocha la tête.

— C'est sans doute le sort qui vous attend, oui. Sauf si vous parlez. Auquel cas vous auriez droit à des mesures de protection.

Leo serra les poings.

— Vous me voyez, moi, avec un flic sur le dos vingt-quatre heures sur vingt-quatre ? De toute façon, ça ne suffirait pas. Ils finiraient par m'avoir quand même.

Avec un haussement d'épaules indifférent, Althea fit mine de s'intéresser au dossier ouvert sous ses yeux.

— Sans doute, oui. Mais si vous ne coopérez pas,

vous sortez d'ici sans personne pour vous couvrir, Leo. Et là, je ne donne pas cher de votre peau.

— Je prends le risque.

— Comme vous voudrez. C'est vrai qu'on ne vous inquiétera pas trop avec cette histoire de stupéfiants. Vous devriez vous en tirer avec une peine symbolique. Mais les rumeurs courent vite, Leo. On sait déjà que vous avez été repéré. Et lorsque vous rentrerez chez vous ce soir, vont-ils attendre de savoir si vous avez parlé ou préféreront-ils tirer d'abord avant de se poser la question ?

— Je n'ai pas lâché un mot. Je ne suis au courant de rien.

Althea rit doucement.

— Dommage. Votre ignorance pourrait se retourner contre vous, Dorsetti. Parce que nous avons pas mal avancé dans notre enquête. Et les intéressés risquent de se demander quelle part vous avez jouée dans certaines de nos découvertes. Comme celle-ci, par exemple…

Poussant le dossier dans sa direction, elle lui montra les deux portraits-robots.

— Imaginez qu'ils se mettent en tête que c'est vous qui nous avez fourni ces descriptions ?

Le front de Leo se couvrit de sueur.

— Je n'ai encore jamais vu ces types. Je suis innocent, je vous le jure.

— Tant mieux, Leo, tant mieux… Mais je pourrais être amenée à mentionner ma longue conversation avec vous. Et si d'aucuns en déduisaient que vous n'avez pas su tenir votre langue…

Le barman cracha un juron.

— Vous n'avez pas le droit. Fichez-moi la paix avec votre chantage de merde !

— Allons, allons, Leo. Vous aimeriez que je sois un peu plus gentille avec vous, c'est ça ? Mais pour que je devienne votre amie, il faudrait changer d'attitude. Tel que vous vous comportez en ce moment, vous ne m'intéressez pas tellement. Si vous avez envie de finir sous forme de tache de sang sur le trottoir, ce n'est pas mon problème. En revanche, si vous faisiez un effort pour m'aider, j'aurais à cœur de vous assurer une existence paisible. Peut-être pas à Denver mais ailleurs. Vous êtes encore jeune, Leo, et un changement de vie, un changement de nom, ça peut parfois être l'occasion de prendre un meilleur départ…

Elle vit une lueur calculatrice briller dans le regard du barman.

— Parce que vous me feriez bénéficier du programme de protection des témoins ?

— Pourquoi pas ? Mais c'est le genre de mesure qui coûte cher au contribuable, ça, Leo. Alors il faudrait lui en donner pour son argent.

Le voyant hésiter encore, Althea soupira.

— Et si vous vous décidiez à choisir votre camp, l'ami ? Vous vous souvenez comment Bill est mort, n'est-ce pas ? Tout ce qu'il a fait, c'est accepter de rencontrer un type. Lorsqu'il s'est fait descendre, il était peut-être simplement en train de commenter un match de foot ou les résultats du tiercé. Mais on ne lui a pas accordé le bénéfice du doute. On s'est contenté de le refroidir bien proprement.

Leo se lécha les lèvres et tira la dernière cigarette de son paquet. Son regard tomba sur les croquis du portraitiste et il marmonna :

— Ces deux types, là… Tout compte fait, il se pourrait que je les aie déjà vus quelque part.

Althea bondit comme un chat.

— Parfait, Leo, on y va. Racontez-moi très précisément où et comment vous avez rencontré celui-là…

Lorsque Althea sortit enfin de la salle d'interrogatoire, deux heures venaient de sonner au clocher de l'église toute proche. Elle avait longuement questionné Leo avant d'appeler un officier de police qui avait pris la déclaration du barman par écrit. Malgré l'heure tardive, Althea se sentait regonflée à bloc lorsqu'elle pénétra dans son bureau. Leo, en vérité, n'avait pas pu lui révéler grand-chose, hormis quelques conjectures, quelques rumeurs. Mais elle avait quand même obtenu deux noms. Et quelques petits éléments supplémentaires qui, mis bout à bout, feraient nécessairement progresser l'enquête.

Retirant sa veste, elle s'installa à sa table de travail et alluma son ordinateur. Lorsque Colt entra quelques minutes plus tard, il la trouva devant son écran. Il lui tendit une tasse.

— Merci, murmura-t-elle distraitement.

Elle prit une gorgée et fit la grimace.

— C'est quoi, ce jus de chaussette ?

— De la camomille. Tu as déjà bu suffisamment de café comme ça.

— Nightshade, sois charitable. Ne gâche pas notre harmonieuse collaboration en commençant à jouer les nounous avec moi, d'accord ?

— Vous êtes tendue comme un ressort, inspecteur.

— Je connais mes limites. Et c'est bien toi qui me rappelles sans arrêt que nous n'avons pas de temps à perdre, non ?

Colt se plaça derrière elle sans répondre et entreprit de lui masser les épaules.

— Tu as été magistrale avec le barman. Si j'avais eu le malheur de devenir avocat, je n'aurais pas aimé te voir tomber à bras raccourcis sur l'un de mes clients.

— Arrête de me lécher les bottes, Nightshade ! Cela dit, je crois que j'ai tiré le maximum de Dorsetti, en effet. Même si le maximum en question n'a rien de spectaculaire.

Althea ferma un instant les yeux. Se faire masser par Colt était une merveille. Il semblait sentir d'instinct le type de pression qui lui convenait.

— L'ami Leo ne jouait qu'un rôle très marginal, acquiesça Colt. Il rendait des petits services, touchait une commission ici et là. Rien de très important.

— Il n'a jamais vu le troisième type, celui qui semble être à la tête du réseau pornographique. Mais il a pu identifier les deux que Meena a décrits. Ah, voici notre grand cameraman afro-américain, déclara-t-elle en désignant la page à l'écran. Matthew Dean Scott, alias Dean Miller, alias Dean-la-Brute.

— Joli surnom.

— Il était footballeur semi-professionnel il y a une dizaine d'années. Très redouté sur le terrain : il lui est même arrivé de briser la jambe de l'arrière-centre de l'équipe adverse.

— Un malheureux accident, commenta Colt sans interrompre son massage. Ce sont des choses qui arrivent.

— *Après* le match ?

— Hum… L'ami Dean a eu la défaite amère, apparemment ? Qu'avons-nous d'autre à son sujet ?

Althea s'abandonna avec un soupir aux mains compétentes qui lui pétrissaient la nuque.

— Quelques années plus tard, il s'est fait virer de son club après avoir été surpris avec une femme dans sa chambre la veille d'un match, lut-elle à l'écran.

— La chair est faible...

— Très faible, même. On a trouvé la jeune femme en question attachée au lit et hurlant de panique à pleins poumons. Fini le football, pour l'ami Scott. Mais il a continué à faire parler de lui : coups et blessures, voies de fait, comportements lubriques. Il y en a comme ça une série ininterrompue. Mais tout s'arrête brutalement il y a quatre ans. Après cela, plus rien.

— Mmm... Et tu penses comme moi qu'il a tourné la page pour devenir un citoyen honorable ?

— Bien sûr. Tout comme je crois que les hommes achètent des revues où l'on voit de belles filles nues pour la qualité littéraire des articles.

— Tu as une vue terriblement pessimiste de la nature masculine, Althea Grayson, murmura Colt en se penchant pour poser un baiser dans ses cheveux. Et notre deuxième lascar ? Que sait-on à son sujet ?

Elle pianota sur son clavier.

— Ah voilà ! Notre second candidat : Harry Kline, acteur de seconde zone à New York. Son casier judiciaire mentionne diverses condamnations : délinquance routière, possession de stupéfiants, scandales sur la voie publique, actes de violence. Il y a huit ans, notre Harry s'est spécialisé dans le cinéma porno. Et, fait assez exceptionnel dans ce secteur, il a été renvoyé plusieurs fois en cours de tournage pour cause de violences exercées sur ses partenaires. Du coup, il est parti tenter sa chance dans l'Ouest et s'est trouvé quelques embauches, toujours dans le porno, en Californie. Là, nous avons une nouvelle arrestation. Pour viol, cette fois. Kline a abusé — hors caméra — d'une de ses partenaires à l'écran. Compte tenu du métier de la victime, Kline s'en est sorti sans même une condamnation. Mais il s'est trouvé rayé définitivement de la profession. Pour ce qui est du circuit officiel, en tout cas. Ça, c'était il y a cinq ans. Et depuis, plus rien.

Colt hocha la tête.

— Encore un dont on pourrait penser qu'il a fini par se racheter une conduite…

— Ou qu'il a découvert un bon créneau pour vivre en toute impunité ses instincts violents. Leo raconte qu'il a rencontré Kline pour la première fois il y a deux ou trois ans. Kline voulait des filles jeunes disposées à tourner du *hard* pour le circuit parallèle. Au nom du principe de libre entreprise, Leo s'est mis en quête de volontaires et a empoché sa commission. Il avait un numéro où joindre Kline. J'ai essayé d'appeler mais il n'est plus en service. En passant par la compagnie téléphonique demain, je devrais pouvoir obtenir un nom et une adresse.

— Leo n'a rien pu te dire au sujet du troisième larron ? Celui dont Meena disait qu'il restait assis dans son coin ?

— Non. Le seul que Leo ait rencontré à part Kline, c'était Scott. Ce dernier passait parfois au Clancy pour boire quelques bières et se vanter de ses prouesses à la caméra. Il racontait à qui voulait l'entendre qu'il se faisait autant d'argent qu'il le voulait.

Les mains de Colt se crispèrent sur ses épaules.

— Et autant de filles aussi, précisa-t-il d'une voix tendue. Son camarade et lui n'avaient que l'embarras du choix, c'est ça ? « Ils se servaient librement dans le tas », c'est bien la formule que Leo a employée ?

D'instinct, elle leva une main pour la poser sur celle de Colt.

— Ne rentre pas dans ces considérations, murmura-t-elle. Ça ne te rend pas service et à Liz non plus. Nous avons fait d'énormes progrès, Colt. C'est tout ce qu'il faut voir.

Lâchant ses épaules, il se mit à aller et à venir dans le petit bureau.

— Tout ce que je vois en ce moment, c'est que si l'un de ces porcs a osé toucher Liz, je l'abattrai comme un chien.

Il tourna vers elle un regard vide d'expression avant d'ajouter à mi-voix :

— Tu ne pourras pas m'en empêcher, Thea.

Elle se leva pour prendre ses mains crispées dans les siennes.

— Oh si, je t'en empêcherai. Parce que tu pourras les massacrer tant que tu voudras, cela ne changera rien à ce qui est arrivé à Liz. Mais nous n'en sommes pas là. Ce n'est pas le moment de péter un câble et de te mettre à faire n'importe quoi, Nightshade. Je commençais juste à prendre plaisir à collaborer avec toi.

La voix d'Althea opéra des miracles. S'arrachant à ses fantasmes meurtriers, Colt revint à la réalité. La femme inoubliable qui se tenait devant lui avait les joues pâles, les yeux cernés. Et, néanmoins, une énergie communicative rayonnait d'elle. Dans son regard, il lut un message de compassion et d'espoir qui balaya sa fureur meurtrière.

— Je peux te prendre dans mes bras un instant ?

Elle marqua un temps d'hésitation qui le fit sourire.

— Tu t'inquiètes pour ta réputation, inspecteur ? N'oublie pas qu'il est 3 heures du matin, mon ange. Je ne crois pas que tu risques la visite d'un collègue. Et j'ai vraiment besoin de te tenir un instant contre moi.

Sur une impulsion, elle s'avança et lui ouvrit les bras. La tête logée au creux de son cou, elle ferma les yeux et admit qu'ainsi enlacés, leurs deux corps s'accordaient à la perfection.

— Ça va mieux ?

— Beaucoup mieux, chuchota-t-il, les lèvres dans ses cheveux. Et Lacy ? La fille qui a disparu ? Leo la connaissait ?

Spontanément, elle entreprit de masser les muscles noués du dos de Colt, tout comme il lui avait lui-même pétri les épaules et la nuque.

— Non. Il n'avait jamais entendu parler d'elle. Et lorsque j'ai évoqué l'hypothèse du meurtre, j'ai vu qu'il était sincèrement choqué. Sa surprise n'était pas feinte, Colt. C'est ce qui me conduit à penser qu'il m'a dit tout ce qu'il savait.

— Et le chalet dans les montagnes ?

— Tout ce qu'il a pu me dire, c'est qu'il se trouve dans les environs de Boulder, pas très loin d'un lac.

Colt soupira en la berçant contre lui.

— Tout ça reste quand même très flou. J'ai l'impression qu'on piétine et que le temps nous file entre les doigts.

— Nous sommes en train de rassembler les pièces du puzzle une à une, Colt. Et une image commence à prendre forme. Mais tu es épuisé, c'est pour ça que tu ne vois plus le dessin d'ensemble.

Le buste légèrement renversé vers l'arrière, elle le regarda dans les yeux.

— Va dormir, maintenant. Nous continuerons demain matin à tête reposée.

— J'aurais préféré dormir avec toi.

Plus amusée qu'exaspérée, elle secoua la tête.

— Tu n'arrêtes donc jamais ?

— Je n'ai pas dit que je m'attendais à une invitation, murmura-t-il en lui prenant le visage entre les mains. J'ai envie d'avoir du temps à passer avec toi, Althea. Un océan de temps pour te serrer dans mes bras, te faire l'amour, parler d'avenir.

Aussitôt sur ses gardes, elle s'échappa du cercle de ses bras.

— Ne commence pas, Nightshade…

Il se mit à rire.

— Je n'ai jamais vu personne — à part peut-être moi — avoir peur du mariage à ce point. Du coup, j'hésite sur la meilleure politique à suivre : vaut-il mieux t'enlever, te passer la bague au doigt de force et tenter d'apaiser tes craintes ensuite ? Ou serait-il plus recommandé de procéder tout en douceur, en t'amadouant si subtilement que tu finirais par prononcer le « oui » fatidique sans même t'en apercevoir ?

Althea sentit quelque chose se nouer dans sa gorge. Une boule d'angoisse, à l'évidence. Feignant l'indifférence, elle prit une gorgée de camomille.

— Rentre chez toi, Nightshade. Je prendrai un taxi.

— Certainement pas, non. Je te ramène. Je t'aurais bien enlevée dès ce soir, mais j'ai une dette envers toi.

— Tu n'as pas de…

Il ne la laissa pas finir. Sa protestation se mua en gémissement de plaisir et de défaite lorsque les lèvres de Colt cueillirent les siennes. La bouche d'homme qui fouillait la sienne avec impatience exprimait un désir qui confinait à la souffrance. Mais pas seulement. Mêlés à l'urgence, il y avait aussi comme une pointe de douceur, un soupçon de tendresse, le baume d'une affection réelle.

— Colt, non…

Alors même qu'elle murmurait son refus contre ses lèvres, elle comprit que son corps — ou peut-être était-ce son cœur ? — avait déjà perdu le combat. Elle noua les doigts derrière sa nuque, l'attira plus près, s'autorisa un moment de pure folie.

Ce fut Colt qui mit fin à leur étreinte. Pour elle. Mais aussi pour lui.

— J'ai une dette envers toi, répéta-t-il en plongeant son regard dans le sien. Si ce n'était pas le cas, je crois que je n'aurais pas pu te laisser partir ce soir.

Il lui tendit son manteau.

— Tiens. Mets ça, je te raccompagne. Et tant pis pour moi si je reste éveillé toute la nuit à me demander comment cela se serait passé si j'avais simplement laissé la nature suivre son cours.

Althea enfila le manteau et se dirigea vers la porte. La main sur la poignée, elle se retourna pour lui adresser par-dessus l'épaule un sourire à damner un saint.

— Je vais te dire comment cela aurait été, Nightshade : tout simplement inoubliable. Et lorsque je serai prête — si un jour je le suis — je te ferai une démonstration mémorable.

Estomaqué par le seul pouvoir de ce sourire, Colt la regarda s'éloigner de cette démarche si souple, si extraordinairement sensuelle, qui n'appartenait qu'à elle. Bon sang, c'était avec cette femme-là qu'il voulait faire sa vie et nulle autre ! Ils étaient faits pour passer, non pas une seule, mais une *éternité* de nuits inoubliables ensemble. Et s'il y avait une évidence qu'il comptait démontrer *lui*, c'était bien celle-là.

Après quatre heures de sommeil, deux grandes tasses de café noir et un croissant avalés sur le zinc, Althea était prête à attaquer une nouvelle journée de travail. A 9 heures du matin, elle pénétrait dans son bureau. A 9 h 15, elle venait de noter le nom et l'adresse correspondants au numéro de téléphone confié par Leo lorsque Colt arriva à son tour.

— Déjà à pied d'œuvre, inspecteur ?

— Tu en doutais ? Tu te souviens que je t'ai parlé d'un numéro où Leo pouvait joindre Kline ? L'abonnement a été résilié il y a tout juste quarante-huit heures. J'imagine que nous allons trouver l'appartement vide mais ça vaut peut-être la peine d'aller jeter un coup d'œil. Je peux passer au tribunal récupérer un mandat de perquisition dans une heure.

Colt se percha sur son bureau.

— C'est ce que j'aime chez toi, inspecteur. Jamais de temps morts, jamais de gestes inutiles. Du cent pour cent efficace du matin au soir… Tu as bien dormi, au fait ?

Elle lui jeta un regard en coin et sourit.

— Bien sûr. Comme une masse. Et toi ?

— Idem. Et je me suis réveillé ce matin avec un nouvel angle d'attaque en tête. Tu penses pouvoir te libérer à midi ?

— Me libérer dans quel but, Nightshade ?

— J'ai parlé à Boyd de mon idée et…

Il fronça les sourcils lorsque le téléphone se mit à hurler.

— Il sonne combien de fois par jour, ce truc-là ?

Avec un haussement d'épaules, Althea décrocha, déclina son identité et leva soudain la tête en sursaut.

— Jade, vous dites ? Une petite seconde…

Tournant les yeux vers Colt, elle posa la main sur le combiné.

— Ligne deux, lui souffla-t-elle. Et surtout, ne dis pas un mot !

Laissant Colt bondir dans le couloir à la recherche d'un autre poste, elle reprit sa conversation.

— Oui, c'est exact. Je souhaitais vous poser quelques questions. J'apprécie que vous ayez pris la peine de me joindre, Jade. Vous pouvez me dire d'où vous m'appelez ?

A l'autre bout du fil, la voix de la jeune prostituée tremblait de nervosité.

— Je préfère pas. En fait, c'est seulement parce que je ne veux pas d'emmerdes que je vous passe ce coup de fil. J'ai trouvé du boulot. Pas sur le trottoir, hein ? Un vrai job. Mais si les flics viennent me chercher des crosses, c'est fichu, ils me vireront.

— Vous n'êtes pas recherchée par la police, Jade. J'ai juste pris contact avec votre mère parce que vous pouvez m'apporter des éléments précieux pour mon enquête.

Althea fit pivoter sa chaise de bureau de manière à observer Colt qui suivait la conversation dans le bureau vide en face du sien.

— Vous vous souvenez de Liz, Jade ? Vous avez fait parvenir un courrier à ses parents.

— Euh... oui. Oui, je me souviens.

— Je sais qu'il vous a fallu beaucoup de courage, à la fois pour écrire cette lettre et pour vous sortir de la situation où vous vous trouviez. Les parents de Liz vous sont très reconnaissants de ce que vous avez fait pour leur fille.

— Elle n'aurait jamais dû se retrouver là, cette gamine. Ça m'a fait mal au cœur de la voir entre les mains de ces types.

A l'autre bout du fil, Jade marqua une pause. Althea l'entendit allumer une cigarette

— Ecoutez, j'aurais aimé faire plus pour elle mais je ne vois pas comment j'aurais pu la tirer de là à moi toute seule. On a juste réussi à se parler une fois en douce. Elle m'a glissé un papier avec l'adresse de ses parents et m'a demandé de leur écrire.

— Vous pouvez aider Liz à s'en sortir maintenant, Jade. Mais pour cela, il faut me dire où ils la tiennent enfermée.

— Eh bien… Ils avaient un appartement sur la Seconde Avenue.

— Il est vide.

— Alors ils ont dû l'embarquer à la montagne. Ils nous ont emmenées une fois ou deux là-haut, mais c'était un endroit complètement paumé. Un chalet hyper classe, mais très isolé. Je ne pourrais pas vraiment vous expliquer comment y aller.

— Vous vous souvenez du trajet que vous avez emprunté en quittant Denver ?

— Eh ben, euh… On a pris la A 36, en direction de Boulder. On a roulé, roulé, puis on s'est retrouvés sur une petite route étroite avec plein de virages.

— Vous êtes montés le matin ? L'après-midi ? Le soir ?

A l'autre bout du fil, Jade réfléchit un instant.

— La première fois, c'était le matin. Ça, je m'en souviens.

— Et en quittant Boulder, vous aviez le soleil devant ou derrière vous ?

— Ah, ça y est, je pige la question ! Euh… je crois qu'on l'avait derrière.

Althea continua à l'interroger ainsi sans négliger aucun détail en lui demandant de décrire les gens avec qui elle avait été en contact. Si la précision n'était pas la qualité majeure de Jade, la jeune femme se montra en revanche particulièrement coopérative.

— Le troisième homme ? Celui qui se tenait toujours à l'écart ? C'est vrai qu'on ne le voyait jamais. Il me faisait penser à une araignée, ce type. A une bestiole qui guette dans le noir et dont on ne sait jamais si elle va vous attaquer ou non…

— C'est pour ça que vous avez décidé d'arrêter, Jade ?

— Pas vraiment. J'ai arrêté parce que j'étais d'accord pour me faire filmer mais pas pour prendre des coups. Et ils m'ont fait tourner quelques scènes vraiment limites. Des fois, on aurait dit que ces gens ne jouaient pas la comédie mais que ça les excitait de nous cogner. Le jour où je me suis retrouvée avec une lèvre éclatée, j'en ai parlé à Wild Bill et il m'a dit de ne pas y retourner. Il ne voulait plus leur envoyer aucune fille, d'ailleurs. Il m'a expliqué qu'il allait essayer de se rancarder un peu sur ces types et que s'il y avait un gros souci, il en parlerait à son amie flic. Je savais que c'était vous, son contact dans la police. C'est pour ça que j'ai appelé lorsque j'ai eu votre message. Bill pense qu'on peut vous faire confiance.

Althea se passa la main sur le front. Le moment semblait venu d'informer Jade de la triste fin de Bill. Mais à quoi bon ? La vie de cette fille avait déjà été suffisamment marquée par le malheur et l'abandon. Inutile de rajouter un poids supplémentaire alors qu'elle semblait décidée à se battre pour s'en sortir.

— Jade, vous avez mentionné dans votre lettre qu'une fille avait peut-être été tuée ?

— Ouais, c'est vrai, mais…

La voix de la jeune femme trembla puis faiblit.

— Ecoutez, je ne veux pas revenir à Denver pour témoigner. J'ai laissé tout ça derrière moi.

— Je ne peux rien vous promettre mais je vais faire l'impossible pour vous maintenir en dehors de tout ça. Qu'est-ce qui vous a fait penser qu'ils aient pu aller jusqu'au meurtre ?

— C'est juste une supposition, en fait. Mais j'avais une copine, Lacy, qui était prête à bosser de nouveau pour eux. Elle disait que ça ne la gênait pas plus que ça de se faire tabasser, que l'argent, ça compensait. Un jour, elle est remontée mais elle n'est pas revenue le soir. Ni le lendemain. Et ce qui est bizarre, c'est qu'elle n'a pas touché à ses affaires. Si elle avait eu l'intention de partir, elle aurait au moins embarqué sa collection d'animaux de verre. Elle l'adorait. Je me suis dit que ces espèces de dingues, là-haut, l'avaient peut-être cognée si fort qu'elle en était morte. Ou qu'ils l'avaient gardée prisonnière, comme Liz. Ça m'a fichu une telle trouille que j'ai fait ma valise. Je ne me sentais plus tranquille du tout, à Denver.

Althea hocha la tête.

— Vous pouvez me donner votre numéro de téléphone au cas où j'aurais encore besoin de vous joindre ?

De nouveau, la voix de Jade trahit un certain malaise :

— J'aimerais mieux pas… Je vous ai dit tout ce que je savais, OK ? Maintenant, je voudrais oublier tout ça. Faire un truc *clean* et laisser le passé derrière moi.

Althea n'insista pas. Ce serait l'affaire de quelques secondes d'obtenir le numéro d'où Jade avait appelé.

— Jade ? Vous me promettez de me repasser un petit coup de fil si quelque chose vous revient à l'esprit dont vous auriez oublié de me parler ? Même si cela ne vous paraît pas important ?

— OK. C'est promis. J'espère que vous réussirez à récupérer la gamine saine et sauve. Et dites bonjour de ma part à Wild Bill.

Avant qu'Althea puisse répliquer, Jade coupa la communication. Levant les yeux, elle vit Colt debout dans l'encadrement de la porte. Il avait de nouveau ce même regard vide, inquiétant, qu'elle avait surpris chez lui la veille.

— Jade est un témoin important, commenta-t-il, les mâchoires crispées. On ne peut pas prendre le risque de la laisser disparaître de nouveau dans la nature. Il faut l'arrêter et la faire venir ici.

— Je pourrais procéder comme ça, effectivement, acquiesça Althea en composant le numéro de la compagnie de téléphone.

Colt voulut répondre mais elle leva la main pour demander le silence. Il alla se pencher sur son épaule pendant qu'elle griffonnait le numéro que lui communiquait l'opérateur.

— Il commence par 212 ? Parfait, s'exclama-t-il d'une voix vibrante d'impatience contenue. La police judiciaire de New York peut aller la cueillir chez elle tout de suite.

— Non, répliqua-t-elle simplement.

— Mais pourquoi pas, merde ?! s'emporta Colt en lui saisissant le bras. Si tu as pu lui arracher toutes ces informations au téléphone, tu n'auras aucun mal à en tirer le double en salle d'interrogatoire.

Choquée, Althea se dégagea avec brusquerie.

— Pourquoi je refuse qu'on la traîne ici de force ? Eh bien, justement parce qu'elle m'a parlé spontanément au téléphone. Il n'y a eu ni menaces, ni exigences, ni manœuvres de sa part. J'ai posé des questions et elle a répondu. Je ne trahis pas la confiance des gens comme Bill ou comme Jade, Nightshade. Si j'ai besoin d'elle pour confondre ces trois brutes, je reviendrai à la charge. Mais seulement s'il n'y a pas moyen de faire autrement. Et en aucun cas, je n'agirai sans son consentement. C'est clair ?

Colt se passa les deux mains sur le visage et secoua la tête.

— Très clair. Et tu as entièrement raison. Désolé. Tu veux aller chercher le mandat de perquisition alors ?

— Oui. Tu m'accompagnes ?

— Quelle question. On devrait tout juste avoir le temps de faire un saut là-bas avant de décoller.

Althea s'immobilisa près de la porte.

— Tu as bien dit « décoller » ?

— Tout à fait, inspecteur. Nous allons faire un petit voyage ensemble, toi et moi.

8

— Je crois que nous avons tous perdu la raison.

Althea agrippa le rebord de son siège lorsque le petit avion particulier quitta le sol de Denver pour s'élever dans le ciel bleu pâle d'un tiède après-midi d'automne. A l'aise aux commandes, Colt lui jeta un regard amusé.

— Hé là, la femme sans peur et sans reproche, tu as quelque chose contre les aéroplanes ?

Ils traversèrent une zone de turbulence et le Cessna fut secoué de violents soubresauts. Althea toussota.

— J'aime beaucoup les avions, au contraire, répondit-elle avec hauteur. Mais exclusivement les modèles avec hôtesses de l'air.

— Une fois que nous nous serons stabilisés en altitude, tu pourras te détacher. Il y a un compartiment réfrigéré à l'arrière. Tu devrais trouver de quoi te restaurer.

Ce n'était pas ce qu'elle avait voulu dire. Mais Althea se tut stoïquement. Elle jeta un regard résigné sur le paysage qui semblait s'incliner à des angles inquiétants à mesure que le petit Cessna prenait de l'altitude.

— Je me demande pourquoi j'ai accepté de monter à bord de ce cercueil volant, dit-elle en soupirant. Et tout ça pour revenir bredouilles dans quelques heures...

Colt secoua la tête.

— Plus ça va, plus j'ai l'impression que ça va marcher,

au contraire. Nous avons pu localiser approximativement le chalet. Et j'ai examiné et réexaminé les vues d'extérieur de leur fichue cassette porno jusqu'à ce que les yeux m'en sortent de la tête. Je reconnaîtrai la maison si nous la survolons. Ainsi que certains points de repères dans les environs. De toute façon, on ne perd rien à essayer.

— Sauf la vie, peut-être, marmonna Althea lorsque l'avion recommença à vibrer et à trembler.

Colt fit un virage sur l'aile et fixa son cap.

— Quelque chose me dit qu'il faut faire vite, Althea. Ces gens-là se savent traqués. Sinon, ils n'auraient pas quitté l'appartement de la Seconde Avenue en catastrophe. D'autre part, il y a la cassette vidéo qui n'est jamais parvenue à destination. Ils doivent bien commencer à imaginer que la police a mis la main dessus. Et s'ils essayent de prendre contact avec Leo, ils vont s'apercevoir qu'il est introuvable.

— Exact. On peut donc être certains qu'ils ne reviendront pas sur Denver. S'ils pensent que ça sent un peu trop le roussi, ils risquent même de quitter le chalet.

L'expression de Colt s'assombrit.

— C'est justement ce qui m'inquiète. Que feront-ils de Liz s'ils décident de se séparer et de se disperser dans la nature ?

Althea lui effleura le bras. Cette question ainsi que le feu vert donné par Boyd l'avaient décidée, malgré ses réticences, à accompagner Colt dans cette folle expédition.

— Cela dit, j'ai bon espoir de les trouver encore au chalet, poursuivit Colt, sourcils froncés. Ils ont dû partir du principe que Leo, traumatisé par la disparition de Wild Bill, est resté muet comme la tombe. Et ils ne savent rien de la lettre de Jade. A priori, ils doivent se sentir relativement en sécurité dans leur nid d'aigle.

— Peut-être, Nightshade, peut-être. Mais je persiste à penser que c'est follement optimiste de ta part d'espérer repérer un chalet isolé dans ces immensités.

— Qui ne tente rien n'a rien, Grayson.

Le Cessna avait atteint son altitude de croisière. Colt tourna les yeux vers sa passagère.

— Ça y est. Le pire est passé. Ça va mieux ?

— Plus ou moins.

Althea contempla les pics enneigés au nord, les étendues de forêt à l'ouest, la route au fond de la vallée. Une soudaine inquiétude lui fit tourner la tête.

— Au fait, Nightshade… Tu as ton brevet de pilote, au moins ?

A une première réaction étonnée, il fit succéder un immense éclat de rire.

— Tu sais que je suis fou de toi, inspecteur ? Tu préférerais un mariage en grande pompe ou une cérémonie plus intime ?

— Tu n'es pas fou de moi, tu es fou tout court, grommela Althea en se promettant de vérifier l'existence dudit brevet dès qu'ils seraient de retour à Denver. Et tu m'avais promis de ne plus me parler de tes aberrations mentales et autres obsessions.

— J'ai menti, admit-il joyeusement. Je crois que j'ai un petit problème de ce côté-là, Althea. Mais je suis sûr qu'une épouse comme toi pourrait me guérir en un rien de temps.

— Consulte un psychiatre, OK ? Et d'urgence.

— Thea, nous allons former un couple extraordinaire, tous les deux. J'ai hâte de te présenter à ma famille.

— Tu veux rire ? Il est hors de question que je rencontre quelque Nightshade que ce soit ! Tu suffis déjà amplement à mon malheur.

La présenter à sa famille ! Il nc manquait vraiment plus que cela. Althea se demanda pourquoi elle ressentait des sensations si particulières — comme un papillonnement au niveau de la poitrine. Une nouvelle zone de turbulences, sans doute.

— Je ne peux pas vraiment te donner tort, concéda Colt. Ils ne sont pas faciles à vivre. Ma mère a la manie de vouloir tout régenter mais je te fais confiance : tu sauras très vite comment la prendre. Quant à mon père, c'est un maniaque aussi, donc vous devriez vous comprendre à demi-mot, tous les deux. Il est très porté sur la loi et l'ordre, l'amiral.

— L'amiral ? ne put-elle s'empêcher de répéter alors qu'elle s'était juré de rester muette comme la tombe tant qu'il serait question de mariage et de présentations à la famille Nightshade.

— Mon père n'a jamais juré que par la marine. Lorsque je suis entré dans l'armée de l'air, il a mis deux ans à s'en remettre. C'est d'ailleurs probablement la seule raison pour laquelle je me suis lancé dans cette carrière. J'ai également une tante qui… Mais il vaut mieux que je te laisse les découvrir par toi-même.

— Nightshade… J'ai dit arrête !

A son grand dam, Althea dut reconnaître que son ton manquait de conviction.

Pour couper court, elle détacha sa ceinture et alla explorer l'arrière de l'appareil. Munie d'une bouteille d'eau minérale et d'un sachet de noix de cajou, elle jeta un coup d'œil dans le compartiment réfrigéré. Elle eut la surprise d'y trouver une boîte de caviar ainsi qu'une bouteille de champagne.

— Il est à qui, ce coucou, au fait ? s'enquit-elle en regagnant sa place.

— A un ami de Boyd. Un gars qui se sert de son avion comme d'un outil de séduction : il promet des baptêmes de l'air aux jolies filles et les charme en jouant du manche à balai. Il paraît que la technique est imparable.

Althea fit la moue.

— Ah, je vois. C'est Frank. Ça fait des années qu'il essaye de me convaincre de décoller avec lui pour atteindre le ciel de diverses manières.

— Mmm… Le septième surtout ? Mais Frank n'est pas ton type ?

— Pas vraiment, non. Il n'est pas très subtil dans ses approches.

— Mmm… je tâcherai d'être stratégique et raffiné, dorénavant. Tu me passes quelques noix de cajou ?

Althea lui tendit le sachet.

— C'est Boulder que nous survolons ?

— Tout à fait. Nous allons maintenant nous diriger vers le nord-ouest et nous décrirons quelques cercles pour essayer de reconnaître un peu le secteur. Il paraît que Boyd a un chalet dans le coin, lui aussi ?

— Oui. Comme beaucoup de monde à Denver. Les gens aiment bien s'échapper le week-end pour s'infliger de longues marches rébarbatives dans la neige et dans le froid.

Colt se mit à rire.

— Ce n'est pas ton truc, on dirait ?

— La neige, pour moi, c'est une étendue blanche, sinistre et monotone qui ne présente qu'un seul intérêt : le ski. En sachant qu'il n'y a qu'une chose que j'aime vraiment dans le ski, c'est déchausser le soir pour aller boire un vin chaud devant un bon feu de cheminée.

— C'est ce qui s'appelle être un amateur enthousiaste des sports de plein air, ironisa Colt.

Althea lui rendit son sourire.

— Boyd te dira, lui, que son chalet offre une vue extraordinaire. Mais je préfère y aller en fin de saison, lorsque le risque de chutes de neige se fait rare. L'idée de rester coincée quelque part parce que les routes sont bloquées me donne des sueurs froides.

— La situation peut avoir son charme, non ?

Althea secoua la tête avec un léger frisson.

— Pas pour moi. La nature, je l'aime énormément. Mais sous forme de documentaire à la télévision.

Colt parut amusé par sa remarque.

— Et moi qui croyais que les filles de la ville ne rêvaient que de retraites idylliques dans des campagnes reculées.

— Il faut croire qu'il y a des exceptions…

Brusquement, l'avion eut un violent soubresaut. Le sachet de noix de cajou vola dans le cockpit. Althea se cramponna.

— Que se passe-t-il ?

Sourcils froncés, Colt luttait pour faire remonter le nez du Cessna.

— Je n'en sais rien.

— Comment ça, tu n'en sais rien ? Tu es censé savoir.

— Chut ! dit-il, inclinant la tête sur le côté pour écouter le bruit du moteur. Nous perdons de la pression, annonça-t-il avec le plus grand calme.

Un calme qui lui avait maintes fois sauvé la vie dans des jungles déchirées par les guérillas, au cœur des déserts arides ou lorsque le ciel s'animait du tir des canons antiaériens.

Dès l'instant où Althea comprit que la situation était grave, elle recouvra instantanément son sang-froid.

— Bon. Qu'est-ce qu'on fait ?

— On se pose, dit-il entre ses dents serrées.

Jetant un coup d'œil autour d'elle, Althea examina d'un œil fataliste le décor de forêts et de roche tourmentée.

— Où ?

— D'après la carte, il devrait y avoir un vallon à quelques degrés à l'est.

Jonglant avec les commandes, Colt orienta le Cessna dans cette direction.

— Essaye de trouver le vallon, ordonna-t-il en déclenchant la radio de bord. La tour de Boulder ? Ici Baker Able John trois.

— C'est là ! annonça Althea en désignant une minuscule étendue d'herbe enserrée entre deux épaulements rocheux d'allure dissuasive.

Colt hocha la tête et continua à informer la tour de contrôle.

— Accroche-toi, maintenant, recommanda-t-il en lui jetant un regard en coin. Ça risque de secouer un peu.

Althea serra les dents, refusant de détourner les yeux de la terre ferme qui semblait se précipiter à leur rencontre à une vitesse alarmante.

— Tu es censé être excellent, Nightshade.

— Tu vas pouvoir te faire très rapidement une opinion.

Evitant les courants ascendants, il réduisit les gaz tout en dirigeant l'avion vers l'étroite ouverture rocheuse qui donnait accès au vallon. Comme s'il enfilait une aiguille géante. Althea retint son souffle lorsqu'ils glissèrent entre les deux parois rocheuses. Quelques minutes plus tard, les roues heurtaient avec force le sol inégal. L'avion parut rebondir, vaciller, mais il finit par s'immobiliser par miracle. Indemne. Ainsi que ses deux passagers.

Colt tourna la tête dans sa direction.

— Ça va ?

— Comme tu vois.

Il lui prit le visage entre les mains et amena son front contre le sien.

— Inspecteur, vous avez été grandiose. Pas un cri, pas de réaction de panique. Rien. Marions-nous sans attendre.

— La ferme, Nightshade, OK ? protesta-t-elle d'une voix mal assurée en le repoussant avec force.

Pour une femme habituée à des états de grande stabilité émotionnelle, quoi de plus déconcertant que d'avoir envie de rire et de hurler en même temps ?

— Tu veux bien me faire sortir *immédiatement* de ta boîte de conserve, s'il te plaît ? J'aimerais sentir la terre ferme sous mes pieds.

Colt s'exécuta avec un large sourire et l'aida à descendre.

— Pendant que tu renoues avec le sol, je vais indiquer nos positions exactes à la tour.

— Fais ce que tu as à faire, Nightshade. C'est toi le pilote.

Laissant Colt grimper de nouveau à bord du Cessna, elle prit une profonde inspiration et tenta de faire un pas, puis deux. Parfait. Ses jambes lui obéissaient encore. Elle avait surmonté son premier atterrissage forcé. Sans évanouissement ni infarctus. Pas même une petite crise de nerfs. *Bien joué, Grayson*, se félicita-t-elle.

Althea examina les lieux. Il fallait reconnaître que Colt avait choisi l'endroit idéal pour une halte. Le vallon en lui-même était un petit havre de verdure paisible et il offrait une vue magnifique sur les hauts sommets enneigés. L'air était pur et tonique et le soleil d'automne brillait dans un ciel sans nuage. Avec un peu de chance, les secours arriveraient rapidement. S'ils étaient dépannés dans l'heure, le retard serait rattrapable.

Se sentant en harmonie avec le monde, Althea se détendit les jambes en faisant quelques pas dans l'herbe. Lorsque Colt descendit la rejoindre, elle poussa même la bonne grâce jusqu'à lui sourire.

— Alors ? Ils arrivent quand ?

— Qui ?

— Nos sauveteurs, bien sûr. Les héros désintéressés et courageux qui viennent, au péril de leur vie, sauver les touristes imprudents.

— Ah, les secours, tu veux dire ? Il ne faut pas y compter, Althea.

Déposant une caisse à outils sur le sol à côté de lui, Colt remonta dans l'avion pour en sortir une petite échelle de bois.

— Pardon ? murmura Althea lorsqu'elle eut recouvré sa voix. Tu veux dire que personne ne va venir nous sortir de là ? La radio de bord a cessé de fonctionner ?

— Elle marche parfaitement, déclara Colt avec désinvolture en grimpant à l'échelle pour découvrir le moteur de l'aéroplane. Je leur ai dit que j'allais essayer de réparer et que je les tenais au courant.

— Tu leur as dit que…

La réaction d'Althea fut tellement fulgurante qu'elle ne la vit même pas venir elle-même. Le premier coup atteignit Colt dans les reins et le fit basculer de l'échelle.

— Comment as-tu pu me faire une chose pareille ? hurla-t-elle, folle de rage, en essayant de le frapper encore.

Mais Colt, cette fois, était sur ses gardes et il réussit à esquiver.

— Tu es complètement cinglé, Nightshade, ou quoi ?

Nous ne sommes pas au bord d'une autoroute avec un pneu crevé, merde !

— Exact. Je crois plutôt que le problème vient du carburateur.

— Le carburateur ! Le carburateur nous laisse en rade et toi tu dis aux secours de ne pas se déplacer ? Je vais te tuer, Nightshade, je te jure que je vais te tuer !

Lorsqu'Althea se rua sur lui, Colt définit sa stratégie *in extremis* et laissa l'élan de la jeune femme les jeter l'un et l'autre sur le sol. Il ne lui fallut pas longtemps pour s'apercevoir que l'inspecteur Grayson savait se battre. Il prit un direct dans la mâchoire qui menaça de lui emporter quelques molaires. Refermant ses jambes en étau sur elle, il réussit à immobiliser le bas de son corps. Puis, à l'issue d'une lutte brève mais intense, il la fit rouler sur le dos et la maintint clouée par les épaules.

— Tu veux bien te calmer, s'il te plaît ?

— Jamais. Je vais te faire avaler ton certificat de naissance, Nightshade.

En désespoir de cause, il se résigna à s'allonger sur elle, se servant de tout son poids pour l'immobiliser au sol.

— C'était la solution la plus logique, Althea, lui glissa-t-il à l'oreille.

— Tu me prends pour une idiote ?

— Laisse-moi au moins t'expliquer. Si après cela, tu ne partages toujours pas mon avis, on pourra reprendre un combat en trois rounds. D'accord ?

Comme elle ne répondait pas, Colt réprima un soupir.

— Althea ? Je veux ta parole : pas un seul coup de poing avant que j'aie fini de parler. Tu promets ?

Il y eut un silence. Colt attendit en regrettant de ne pas voir l'expression de son visage. Au bout de quelques secondes, la voix d'Althea s'éleva dans un murmure :

— C'est bon, je promets.

Non sans précaution, Colt se redressa. Il était à mi-chemin de la position assise lorsqu'elle lui assena un coup de genou mémorable. Droit dans l'entrejambe.

Le souffle coupé, il tomba sur le côté et demeura roulé en position fœtale, sans même un reste de forces pour l'insulter.

Althea se redressa et rejeta ses cheveux en arrière.

— Note qu'il ne s'agissait pas d'un coup de poing, Nightshade. J'ai tenu parole. Maintenant, tu peux m'exposer ton point de vue : je suis tout ouïe.

Il se contenta de lever faiblement la main et attendit que le pic de douleur soit passé.

— Je crains que tu n'aies définitivement compromis tout espoir de descendance pour nous, mon aimée, commenta-t-il en se mettant tant bien que mal à genoux. Je ne m'attendais pas à ce coup en traître.

— Se battre en traître est le seul moyen de gagner. Parle, maintenant.

Comme ses forces revenaient peu à peu, il lui jeta un regard meurtrier.

— Celui-là, tu me le payeras, ma belle… Maintenant, si tu veux bien regarder autour de toi, tu pourras constater qu'il est matériellement impossible qu'un autre avion vienne se poser ici. Ils pourraient évidemment envoyer un hélicoptère et faire descendre une échelle. Mais cela ne nous avancerait pas à grand-chose. Alors que j'ai tout ce qu'il faut ici pour effectuer moi-même les réparations.

Logique, songea Althea. A une nuance près, cependant :

— Tu ne m'as pas consultée lorsque tu as pris ta décision. Tu n'es pas seul au monde, Nightshade.

— Apparemment, je me suis trompé sur ton compte.

Il se détourna pour marcher — en boitant — jusqu'à

l'avion et poursuivit ses explications d'une voix parfaitement neutre et égale :

— Je n'ai pas imaginé un instant qu'une fonctionnaire aussi tatillonne que toi puisse vouloir gaspiller l'argent public ainsi que le temps de ses collègues pour opérer un sauvetage inutile. D'autre part, j'ai choisi d'office la solution la plus rapide. Qui sait si Liz ne se trouve pas juste de l'autre côté de cette paroi rocheuse ?

Fouillant bruyamment dans la caisse à outils, Colt en sortit une série de clés.

— Et je vais te dire une chose, Grayson : je ne repars pas d'ici sans elle.

Althea se mordilla la lèvre. Naturellement, il avait fallu qu'il sorte cet argument. Et comme par hasard, il avait raison sur le fond. Elle se détourna pour scruter le vert profond de la forêt toute proche. Pour couronner le tout, l'angoisse bien réelle dans le regard bleu-vert de Colt touchait un point faible chez elle.

Ravaler sa fierté ne fut pas chose facile. Mais elle prit une grande inspiration et retourna se planter au pied de l'échelle.

— Je suis désolée. Je n'aurais pas dû réagir comme je l'ai fait. C'est le contrecoup de l'atterrissage forcé, je crois.

La réaction de Colt se résuma à un grognement inexpressif. Pas tout à fait néandertalien, mais presque.

— Tu as encore mal ?

Tournant la tête par-dessus l'épaule, il la contempla d'un air souffrant.

— Seulement quand je respire.

Elle sourit et lui tapota la jambe.

— Tâche de penser à autre chose. Tu veux que je te passe tes outils ou un truc comme ça ?

Il plissa les yeux d'un air dédaigneux.

— Tu connais la différence entre un tournevis et une clé de 12 ?

— A quoi bon ? J'ai un excellent mécanicien à qui je laisse le soin de s'occuper de ma voiture.

— Et si tu tombes en panne sur l'autoroute ?

Repoussant d'une main ses cheveux en arrière, Althea lui adressa un sourire suave.

— A ton avis ? Qu'est-ce qui se passe ?

Les mâchoires plus que jamais crispées, Colt retourna à son carburateur.

— Si j'osais émettre ce genre de supposition, tu me tomberais dessus à bras raccourcis en me traitant de gros macho.

Réprimant un sourire, elle rétorqua d'un air innocent :

— Tu trouves que c'est anti-féministe, toi, d'appeler une dépanneuse ? Je crois qu'il y a du café instantané dans l'avion. Je vais t'en préparer une tasse.

— Il vaudrait mieux économiser la batterie. On se contentera d'une boisson fraîche.

— Va pour la boisson fraîche.

Lorsqu'elle revint vingt minutes plus tard, Colt jurait comme un charretier, vouant Frank et sa descendance à une éternité de damnation.

— Même pas fichu d'entretenir son matériel correctement, cet emplâtre ! Ce n'est pas possible d'être inconscient à ce point !

— En un mot comme en cent, Nightshade : tu penses réussir à le réparer, ce coucou, oui ou non ?

Jurant de plus belle, il dut mettre toute sa force pour dévisser un boulon récalcitrant.

— Oui, je vais le remettre en état de marche. Mais

ça risque d'être un peu plus long que je ne l'avais prévu initialement.

Colt jeta un regard en coin à Althea, se préparant à encaisser — au mieux — un commentaire acide. Mais elle ne dit rien.

— C'est quoi ce que tu as dans les mains ? demanda-t-il après un temps de silence.

Elle s'avança pour soumettre le pain et le fromage à son inspection.

— Je crois qu'on appelle ça un « sandwich », Nightshade. Il n'est pas de l'espèce la plus glorieuse mais j'ai pensé que tu devais avoir un creux.

— Je meurs de faim, oui. Mais j'ai un petit problème technique, précisa-t-il en montrant ses mains couvertes de cambouis.

— Penche-toi.

Lorsqu'il obéit, elle porta le pain à sa bouche. Ils s'observèrent pendant qu'il prenait une bouchée.

— J'ai même trouvé une bière, annonça-t-elle. On va partager.

— Maintenant, c'est une certitude : je sais que je t'aime pour la vie, lui assura Colt lorsqu'elle ouvrit la cannette pour lui en faire boire une gorgée.

Elle secoua la tête.

— Mange au lieu de dire des bêtises. As-tu idée du temps qu'il faut compter avant que nous puissions décoller d'ici ?

— J'ai idée, oui.

Colt veilla à finir sa moitié de bière avant de se risquer à fournir plus de précisions.

— Je pense que dans une heure — peut-être deux — la réparation devrait être achevée.

Althea pâlit légèrement sous le choc.

— Deux heures ? Mais il fera pratiquement nuit d'ici là. Tu as l'intention de manœuvrer dans le noir complet pour nous sortir d'ici ?

— Non. Le terrain est trop accidenté. Ce serait plus sûr d'attendre demain matin, admit-il, sur ses gardes.

Comme aucune attaque ne survenait, il se pencha de nouveau sur le moteur.

— Demain matin, répéta Althea d'une voix blanche. Et qu'allons-nous faire en attendant ?

— Monter une tente, pour commencer. J'ai vu qu'il y en avait une dans l'avion. C'est un séducteur très au point, l'ami Frank : d'abord le baptême de l'air puis la nuit à deux dans un petit coin de nature. Romantique, non ?

L'expression d'Althea se fit lugubre.

— Dois-je comprendre que nous allons passer la nuit dehors ?

— Nous pourrions dormir dans l'avion, mais ce serait moins confortable. Nous aurons plus chaud si nous allumons un feu à côté de la tente.

Replongeant dans son moteur, Colt se mit à siffloter. Il avait annoncé à Althea qu'il se vengerait du coup reçu. Difficile de trouver plus belle occasion de lui rendre la monnaie de sa pièce.

— Tu saurais allumer un feu de camp, Thea ?

— Un feu de quoi ?

— Ne me dis pas que tu n'as jamais été scout ?

Elle souffla comme une chatte en colère.

— Cesse de poser des questions stupides, Nightshade.

— Mmm... Commence déjà par aller ramasser du petit bois. Je te donnerai des instructions ensuite.

— Colt Nightshade, tu sais où tu peux te le mettre, ton petit bois ?

Il lui jeta un regard serein.

— Comme tu voudras. Mais le froid va tomber très vite en même temps que la nuit. Non seulement un feu nous tiendrait chaud, mais il éloignerait… certains dangers.

— Certains dangers ?

Althea laissa courir un regard inquiet sur les bois alentour. Colt haussa les épaules avec désinvolture.

— Oh, juste les bêtes de la forêt, quoi. Les daims, les cerfs. Les chats sauvages.

Elle porta nerveusement la main à son holster.

— Il n'y a pas de chats sauvages, par ici.

Colt leva la tête, comme s'il réfléchissait très sérieusement à la question.

— C'est peut-être encore un peu tôt pour eux, en effet. Mais avec l'approche de l'hiver, ils ont tendance à s'aventurer de plus en plus bas. Cela dit, si tu préfères attendre, je peux me charger du feu moi-même. Le seul problème, c'est qu'il fera déjà nuit.

Althea lui jeta un regard noir. Il la faisait marcher, c'était évident. Mais l'ombre qui s'épaississait alentour ne lui disait rien qui vaille.

— Bon, ça va. Je vais aller le chercher, ton bois, maugréa-t-elle.

Non sans avoir vérifié que son arme était en état de marche, elle s'éloigna en direction des arbres.

Colt sourit dans son moteur.

Se conformant aux instructions que Colt lui lançait de loin, Althea rassembla des pierres qu'elle disposa en cercle. Elle réussit même, après quelques essais infructueux, à allumer un feu acceptable. Mais ses misères ne s'arrêtèrent pas là. Sous prétexte qu'il n'avait toujours pas terminé ses fichues réparations, elle fut investie d'une mission encore plus rébarbative : monter la tente. « Simple comme bonjour, lui certifia Colt. C'est tout juste si elle ne se monte pas toute seule. »

Après vingt minutes passées à jurer, à pester et à se battre avec des arceaux et des sardines, Althea examina son œuvre d'un œil sombre : ils pourraient certes dormir à deux dans cet espace plus que réduit. Mais à condition de passer la nuit littéralement scotchés l'un contre l'autre. *Charmante perspective*..., songea-t-elle.

Elle méditait sombrement sur les conséquences d'une telle proximité lorsqu'un son rassurant se fit entendre dans son dos : Colt venait de lancer le moteur du Cessna. Et il tournait comme un coucou suisse.

— C'est bon. Il est comme neuf, cria Colt.

Quelques minutes plus tard, il s'avançait vers elle en s'essuyant les mains sur un chiffon.

— Tu as réussi à monter la tente ? Parfait. J'ai vu qu'il y avait deux couvertures dans l'avion. Nous allons être comme des rois. Il n'y a rien qui vide la tête comme une nuit de camping sauvage en montagne.

Althea glissa les mains dans ses poches.

— Je vais être obligée de te croire sur parole, Nightshade.

— Ne me dis pas que c'est la première fois que tu dors sous une tente !

Elle haussa les épaules.

— Si tu ne veux pas que je le dise, je peux garder le silence.

— Mais que fais-tu de tes vacances ?

Elle haussa dédaigneusement les sourcils.

— Je descends à l'hôtel. Avec service d'étage, eau

chaude à volonté et le choix entre une trentaine de chaînes de télévision.

— Tu ne sais pas ce que tu perds.

L'œil sombre, Althea s'assit en tailleur devant le feu.

— C'est un manque qui va être réparé ce soir même, de toute évidence... Et en attendant de vivre cette expérience inoubliable, il me faudrait quelque chose à boire d'urgence, conclut-elle avec un léger frisson.

Ils pique-niquèrent au champagne en dégustant des toasts. En plus du caviar, ils avaient même déniché une boîte de foie gras dans les réserves secrètes de Frank-le-Séducteur.

Pour le moment, rien à redire, songea Althea. Elle avait connu pire en matière de repas improvisés.

— Ça change de ce que je consomme devant un feu de camp d'ordinaire, commenta Colt en rajoutant quelques branches. Je n'ai même pas eu besoin de chasser pour ramener un lapin.

Elle frissonna d'horreur.

— Evite de me couper l'appétit, s'il te plaît.

Le champagne faisait cependant son effet et une agréable sensation de détente la gagnait peu à peu. La chaleur du feu était douce, la danse des flammes hypnotique. Au-dessus d'eux, le ciel d'un noir profond était piqueté d'étoiles. Un joli croissant de lune faisait courir un frisson d'argent sur la crête sombre des arbres. Au loin, les sommets blancs semblaient flotter, irréels et majestueux, dans l'obscurité alentour.

Elle avait même cessé de sursauter chaque fois qu'une chouette hululait.

Colt alluma un cigare et sourit dans la nuit.

— C'est la première fois que je campe dans la région.

— Et moi donc, murmura-t-elle en prenant un bâton pour attiser le feu. J'aime la ville, en fait.

— Pourquoi ?

— Parce que ça bouge, ça grouille, ça bruit, ça vit. Il se passe toujours quelque chose, en ville. Et puis je me sens utile dans un contexte urbain.

— C'est important pour toi d'être utile ?

— Essentiel, même.

Un silence s'installa durant lequel Colt scruta intensément son visage. La lumière du feu adoucissait les traits d'Althea, leur conférant une beauté plus humaine, plus émouvante.

— Ça a été dur, l'enfance, pour toi, dit-il en prenant sa main dans la sienne.

— C'est du passé. Je n'en parle pas, Colt. Jamais.

Il hocha la tête. Attendre ne lui faisait pas peur. Ils avaient la vie devant eux pour aborder le sujet. Il porta rêveusement ses doigts à ses lèvres mais elle se dégagea avec une brusquerie inattendue. Bondissant sur ses pieds, elle dégaina son revolver dans le même mouvement. En un éclair, Colt se plaça devant elle, prêt à la couvrir.

— Tu as entendu, toi aussi ? chuchota-t-elle. Là-bas… quelque chose a bougé, sous les arbres.

La tête penchée, il tendit l'oreille. Pendant quelques instants, il ne perçut que le grand silence de la nuit. Puis il capta un bruissement, le craquement d'une brindille, le souffle du vent dans les ramures. Au loin, un coyote lança un cri plaintif.

Colt jugea plus prudent de ne pas sourire.

— C'est bon, tu peux te rasseoir. Ce sont juste des animaux.

— De quel genre ? s'enquit-elle, son 9 mm toujours pointé en direction des arbres.

— Petit format : lapins, mulots, hérissons. Tu peux reposer ton arme, Al Capone. Il n'y a rien dans le secteur qui mérite qu'on lui troue la peau.

— Et les chats sauvages ?

Sur le point de répondre que c'était sans risque aucun de ce côté-là, il se ravisa juste à temps.

— Le feu les tient à distance.

— On pourrait peut-être rajouter un peu de bois, non ?

Colt secoua la tête en souriant.

— Le feu va très bien comme ça. Tu sais que c'est la première fois que je te vois aussi nerveuse ?

Althea frissonna. Elle préférait cent fois affronter un junkie en crise dans une allée obscure que de se trouver face à une créature velue équipée de griffes et de crocs.

— Et si tu essayais de me faire confiance ? murmura-t-il doucement en lui entourant les épaules. Je connais la nature, je la pratique depuis longtemps. Il n'y a que toi et moi, ici. Et la montagne autour.

— J'avais remarqué, oui, admit-elle d'une voix lugubre sans pour autant chercher à se dégager.

— Tu veux que je te dise encore une fois à quel point je t'aime ?

Althea frissonna de nouveau. Mais pas de peur, cette fois. Les lèvres de Colt venaient de glisser sur sa tempe.

— Ça ira, merci. Garde ton délire pour toi, Nightshade.

— A défaut de te parler d'amour, je peux te proposer quelques techniques maison pour te faire oublier où tu es, chuchota-t-il d'une voix lourde de promesses en traçant une ligne de baisers dans son cou.

— Pour obtenir pareil résultat, il faudrait que tu te surpasses, camarade.

La nuance de défi dans sa voix le fit sourire.

— J'ai jusqu'au lever du jour pour faire mes preuves. Ça me laisse le temps de varier les tentatives.

Althea hésita. Mais pourquoi les priver d'un assouvissement auquel ils aspiraient l'un et l'autre ? N'avait-elle pas appris avec le temps à ne plus jamais laisser la peur ternir ses joies, ses désirs, ses envies ? A vivre le plaisir en laissant les terreurs du passé de côté ?

Nouant les bras autour de son cou, elle le regarda droit dans les yeux.

— OK, Nightshade. Je relève le pari. On va voir qui de nous deux réussit à faire oublier quoi à l'autre.

Colt ne dit rien. Sa main glissa dans ses cheveux. Il y eut un long moment de silence vibrant où ils demeurèrent parfaitement immobiles. Ils se fixaient avec, dans le regard, un mélange à parts égales de désir, et de bravade.

Puis il plongea à l'assaut de sa bouche.

Les lèvres d'Althea étaient impérieuses comme la faim, sauvages comme la nuit alentour. Il l'embrassa sans retenue, sans manœuvres et sans artifices, conscient qu'il pouvait prendre et dévorer à pleines dents sans jamais pour autant connaître la satiété. Il posséda sa bouche comme il voulait la posséder tout entière, rencontrant en elle une force égale à la sienne, une demande aussi farouche, une fougue tout aussi éperdue.

Althea gémit. Déjà, le sol se dérobait sous ses pieds et elle se sentait tanguer comme en état d'ébriété. Comme la première fois, lorsque Colt l'avait attirée presque sauvagement dans ses bras, elle succombait à l'ivresse, buvant à ses lèvres un élixir grisant qui se répandait dans ses veines et brouillait sa raison.

Dans un éclair de lucidité terrifiante, elle se demanda comment elle avait espéré vivre cette expérience et en ressortir indemne. Puis ses sens reprirent le dessus et elle cessa de s'inquiéter des conséquences de ses actes.

Pour la première fois, Althea acceptait de perdre la sécurité, le contrôle. Des portes qu'elle avait toujours maintenues closes s'ouvraient, laissant entrer le tourbillon impérieux du plaisir et de la vie. Et si elle devait y sombrer sans plus jamais remonter à la surface, tant pis. L'heure n'était plus à la prudence et aux regrets.

En amour comme dans la vie, la passivité n'avait jamais été son style. Elle s'attaqua au manteau de Colt, pressée de sentir la solidité de ses muscles sous ses doigts. Il ne lui était pas indispensable qu'il soit plus fort qu'elle. Mais s'il l'était, elle pourrait accepter sa propre vulnérabilité de femme. Et le pouvoir que lui conférait cette vulnérabilité même...

Campé debout dans la nuit noire, Colt avait déjà oublié les montagnes, les forêts et même le glorieux champ d'étoiles au-dessus de leurs têtes. Non seulement Althea s'était prise au jeu, mais elle semblait avoir juré d'éveiller en lui ses instincts les plus primitifs. Elle se montrait volcanique, exigeante, insatiable. Ni ses lèvres ni ses mains ne connaissaient un instant de répit. Murmurant quelques mots incohérents, il la tira plus qu'il ne la porta dans la tente. Et songea que malgré les milliers d'années de « civilisation » qu'il avait derrière lui, il ne se comportait guère différemment de l'homme des cavernes jetant sa compagne sur le sol de sa grotte ! Il lui arracha son manteau avec une délicatesse tout aussi néandertalienne et dégagea son holster. D'un geste large, il rejeta ce symbole de maîtrise et de violence.

La maîtrise, il l'avait déjà perdue. Quant à la violence, elle était là, primitive. Mais au service exclusif de l'amour qu'il ressentait.

Il la voulait nue. Il la voulait pantelante. Il la voulait hurlante de plaisir sous lui.

Et à en juger par la façon dont elle tirait sur ses vêtements, Althea ne désirait pas autre chose. A la lueur orangée du feu, il discernait ses traits tendus, son regard brûlant. Sous son chandail, elle portait un caraco de dentelle. Le sous-vêtement était si féminin, si délicat qu'en temps normal, il aurait joué avec les brides, taquiné du bout de la langue les pointes roses et grenues, à demi révélées par le tissu finement ajouré. Mais dans l'état d'excitation exacerbée où ils se trouvaient l'un et l'autre, il se contenta de le déchirer à deux mains pour libérer ses seins et les offrir à la convoitise de ses lèvres.

Elle réagit avec force, arc-boutant son corps magnifique, gémissant de plaisir tandis qu'il aspirait, léchait, embrassait, humait avec délice les deux globes de chair affriolante. Elle était si réactive, si sensible au moindre effleurement que chaque baiser, chaque caresse devenait pur festin.

Althea entendit le son rauque qui montait de sa propre gorge et dans un sursaut de panique, enfonça les ongles dans les épaules nues de Colt. Elle était terrifiée qu'il la mène aussi loin. Et pourtant, loin de le freiner, elle le poussait, l'éperonnait, aspirant de tout son être à cette sauvagerie qui se déchaînait entre eux. Elle se raccrochait à lui, ondulait en gémissant, l'invitait des hanches, des lèvres et de la voix.

Enfin, Colt la libéra de son pantalon qu'il fit glisser le long de ses jambes. Son slip en dentelle subit le même sort que le caraco. Ses mains, ses lèvres étaient partout. Un premier orgasme la souleva et ce fut comme une implosion, un morcellement de tout son être. Elle se raccrocha à la couverture, la tête pleine d'étoiles, le corps assailli de sensations tout aussi innombrables que les points de lumière scintillant dans le ciel.

Lorsque Colt se plaça sur elle, tous ses muscles tremblaient. Il trouva les yeux d'Althea ouverts et fixés sur les siens. Il vint en elle d'un seul mouvement et ce fut comme si leurs regards s'interpénétraient au moment où elle l'accueillit en elle.

Les yeux d'Althea chavirèrent.

Elle bougea imperceptiblement — juste une légère contraction des muscles qui déclencha une légère pression de sa part en retour. Puis, très vite, il accéléra ses poussées tandis que le mouvement des hanches d'Althea se faisait plus pressant. Ils se chevauchèrent tour à tour, cavaliers effrénés, enfants ivres de plaisir, quêteurs fous de jouissance.

Le cri rauque, prolongé d'Althea précéda le sien de quelques secondes. Brutalement vidé de ses forces, il s'effondra sur son corps brûlant encore agité de spasmes. Les lèvres toujours jointes aux siennes, logé au cœur intime de sa chair, il n'envisageait plus de la lâcher. Pas même d'un centimètre.

— Alors ? Qui a gagné ? demanda-t-il dès qu'il eut la force de prononcer deux mots.

Althea rassembla tout juste assez d'énergie pour rire doucement.

— On va dire que nous sommes à égalité.

— Mmm... le verdict me paraît raisonnable. Dans une minute, je vais t'embrasser, mais il faut d'abord que je retrouve un minimum de souffle.

Les yeux clos, Althea savourait la proximité de leurs corps étroitement enlacés.

— Respire, Nightshade, respire. Je peux t'accorder quelques secondes de délai.

D'elles-mêmes, ses mains recommencèrent à se mouvoir sur son dos. Ses doigts se figèrent sur le nœud d'une cicatrice.

— Qu'est-ce que c'est ?

— Souvenir de « Tempête du Désert ». Juste une balle perdue.

Althea avait soudain du mal à imaginer que des plages entières de la vie de Colt lui fussent encore inconnues.

— Tempête du Désert ? Je croyais que tu avais déjà démissionné de l'armée, à l'époque ?

— C'est un fait. Mais j'avais accepté une petite mission... Tu sais bien que je rends des services, expliqua Colt en soulevant la tête. Tu as des épaules magnifiques, je te l'avais déjà dit ?

— Pas encore, non. Je ne voudrais pas jouer les trouble-fête, mais tu ne crois pas que nous allons mourir gelés sur place ? demandat-elle avec un léger frisson en sentant l'air de la nuit glisser sur sa peau fiévreuse.

— Aucun danger, mon amour. Il suffit de rester actif. On appelle ça une « technique de survie », inspecteur. C'est très sérieux, comme concept.

Elle sourit.

— Bien sûr. Je dois reconnaître, Nightshade, que j'ai un petit faible pour tes méthodes.

— Vraiment ? demanda-t-il, moqueur.

— Vraiment... Quand faudra-t-il rajouter du bois sur le feu ?

— Oh, nous avons encore un peu de marge.

Elle se souleva sur un coude.

— Dans ce cas, nous ne devrions pas perdre trop de temps, chuchota-t-elle en se penchant sur ses lèvres.

— Ce ne serait pas très raisonnable de se laisser aller à l'inaction, en effet.

Déjà, il se sentait durcir en elle. Mais il demeura immobile, en attente, prêt à la laisser prendre les rênes. Leurs regards se trouvèrent et il fut traversé d'un élan d'amour si fort qu'il ressentit une douleur physique, comme si son cœur était menacé d'explosion.

Il la serra contre lui à la broyer.

— Je sais que ça a tout du cliché éculé, Thea, mais ça n'a jamais été comme ça avec quelqu'un d'autre, admit-il dans un souffle. Jamais.

Plus encore que les mots qu'il prononçait, ce fut le trouble suscité en elle qui effraya Althea.

— Tu parles trop, Nightshade.

— Thea…

Mais elle secoua la tête et bougea doucement les hanches pour le prendre plus profondément en elle, réveillant en lui un feu qui très vite consuma toute parole.

9

Colt se réveilla le premier dans le petit matin glacé. Il prit conscience du sol dur qui lui labourait le dos, mais surtout du corps de femme mince, souple et doux roulé sur lui. Il sourit, amusé qu'Althea soit venue se pelotonner sur lui dans son sommeil, cherchant inconsciemment un confort que n'offrait pas le mince tapis de sol de la tente.

Déjà, à la claire lumière du jour, Liz revenait en force assaillir ses pensées. Mais il s'accorda malgré tout quelques secondes pour savourer ce moment d'intimité avec Althea. Remontant la couverture sur ses épaules dénudées, il laissa glisser les doigts dans ses cheveux.

Elle changea de position, ouvrit les yeux et riva aussitôt son regard au sien.

— Excellents réflexes, inspecteur.

Althea cligna des paupières.

— Je suppose que c'est déjà le matin ? demanda-t-elle d'une voix alourdie par le sommeil.

— Brillante déduction, jeune fille. Alors ? Reposée ?

Elle fit la grimace.

— J'ai les reins brisés et le dos en compote, mais j'imagine que je peux compter sur toi pour me pousser dans un fauteuil roulant. Et toi ? Tu as pu dormir ?

— Comme une souche. Je suis habitué à vivre à la dure, *moi*.

Althea haussa un sourcil et se laissa rouler à côté de lui.

— Et *moi*, j'ai besoin de café le matin, rétorqua-t-elle en frissonnant dans l'air glacé.

Elle pêcha son chandail au fond de la tente au milieu d'un tas innommable de vêtements en vrac. Mais avant qu'elle puisse l'enfiler, Colt la prit par la taille et l'attira contre lui.

— Hé, tu n'oublierais pas quelque chose, par hasard ?

Dès les premières secondes du baiser, Althea s'abandonna dans son étreinte. Comment pouvait-elle fondre d'emblée contre ce corps d'homme aux contours déjà étonnamment familiers ? Au cours de la nuit, ils avaient fait l'amour à plusieurs reprises. Et chaque fois dans l'urgence, avec la frénésie née d'un désir qui ne se lassait pas de renaître de ses cendres. Il n'y avait plus rien d'effréné, cependant, dans le baiser qu'ils échangeaient ce matin. L'élan qui les poussait l'un vers l'autre était plus paisible, plus serein, comme si le feu qui avait fait rage entre eux durant la nuit laissait une coulée d'inextinguible tendresse dans son sillage.

— Tu sais que c'est un vrai plaisir de se réveiller à ton côté, Althea Grayson ?

Elle résista à la tentation vertigineuse de se serrer plus fort contre lui, de se noyer de nouveau dans leurs baisers, d'oublier le reste du monde.

— Tu n'es pas désagréable non plus dans ton genre, commenta-t-elle d'un ton délibérément léger en effleurant sa joue râpeuse.

Notant qu'elle se détachait de lui avec une certaine brusquerie, Colt réprima un sourire. Il commençait à la connaître suffisamment pour savoir qu'Althea se fuyait elle-même plus encore qu'elle ne le fuyait lui…

— Quand nous serons mariés, je propose que nous prenions un lit en 160, lâcha-t-il avec désinvolture. Les ébats conjugaux dignes de ce nom exigent un minimum d'espace.

Althea fit passer son chandail sur sa tête et le considéra d'un œil torve.

— Qui de nous deux est censé faire le café, Nightshade ?

Il hocha pensivement la tête.

— La répartition des tâches domestiques devra être définie, en effet. C'est important pour l'équilibre d'un couple, en tout cas, c'est ce qu'on m'a dit.

Elle leva les yeux au ciel et entreprit d'enfiler son pantalon.

— Je te signale que tu me dois des sous-vêtements, Nightshade.

— Ce sera un pur plaisir pour moi d'en choisir à ton intention.

A quatre pattes et pestant tant et plus, Althea se mit en quête de ses chaussettes. Colt en trouva une et la fit osciller sur la pointe de son doigt.

— Et pourquoi ne pas nous marier le 31 décembre ? Ce serait une façon romantique de débuter l'année, non ?

Althea lui arracha la chaussette en le foudroyant du regard.

— Bon, ça va. Je vais aller le faire, ton café de malheur ! marmonna-t-elle en opérant une sortie fracassante.

Colt eut un large sourire. Mine de rien, sa campagne prénuptiale était en train de porter ses fruits. Althea ne le savait peut-être pas encore, mais elle s'amadouait à vue d'œil !

Faire repartir le feu ne fut pas une mince affaire.

Lorsqu'au bout de trois tentatives infructueuses, quelques maigres flammes s'élevèrent enfin, Althea décida qu'elle en avait sa claque de la vie au grand air. Le paysage était superbe, d'accord. Mais le froid du matin vous glaçait jusqu'aux os, il n'y avait rien à manger hormis une maigre poignée de cacahuètes et le bar-hôtel-restaurant le plus proche devait se situer à des années-lumière de ce fichu vallon perdu.

— Ah, quel spectacle enchanteur, commenta Colt en émergeant de la tente. Les montagnes, le ciel bleu, un feu de camp et une squaw magnifique penchée dessus.

— La ferme, Nightshade.

Il s'avança vers elle en souriant.

— Tu es grognon avant d'avoir bu ton café le matin, ma chérie ?

Elle repoussa la main caressante qu'il tendait vers ses cheveux.

— Tiens. Ton petit déj, grommela-t-elle en lui faisant passer la boîte de mélange salé pour apéritif. Tu peux te servir toi-même en café.

Colt s'accroupit et remplit deux tasses.

— Belle journée, commenta-t-il. Vent faible, bonne visibilité.

— Ouais, génial. Je crois que je donnerais ma vie pour une brosse à dents.

Colt goûta le café instantané préparé à l'eau tiède et fit la grimace.

— Ne t'inquiète pas, nous serons bientôt de retour à la civilisation. Tu pourras te brosser les dents, prendre un bain moussant et passer chez le coiffeur.

Au mot « coiffeur », Althea se rembrunit. Reposant son café d'un mouvement brusque, elle ouvrit son sac à main et en sortit une brosse. Elle s'assit en tailleur, le dos tourné vers lui et entreprit de démêler sa chevelure.

Colt s'assit derrière elle et l'attira entre ses jambes.

— Laisse-moi faire ça. Si tu continues à tirer aussi sauvagement, tu vas finir scalpée, ma squaw.

Une lutte brève les opposa dont il sortit triomphant, la brosse à la main.

— Tu devrais les traiter avec plus de considération, murmura-t-il. Je n'ai jamais vu des cheveux comme les tiens. Quand on les regarde de près, on se rend compte qu'il y a une infinité de nuances et non pas une seule couleur.

— Un cheveu est un cheveu, riposta-t-elle.

Mais Colt venait de toucher un point sensible. Elle ferma les yeux pendant qu'il caressait, jouait avec les mèches aux reflets de cuivre, de blé et d'or. Un léger soupir de bien-être glissa sur ses lèvres. Ils avaient beau être perdus à des kilomètres de tout endroit civilisé, elle éprouvait soudain un sentiment de luxe extraordinaire.

— Regarde, murmura Colt à son oreille. Juste à ta droite, à l'orée du bois.

Tournant la tête, elle vit un daim dressé entre les arbres. Non, pas un daim, rectifia-t-elle en examinant l'animal avec plus d'attention. La bête était massive et plus haute qu'un cheval. La tête levée, elle humait l'air, inclinant ses bois à l'amplitude impressionnante.

— C'est un… euh…

— Wapiti, chuchota Colt. Un élan d'Amérique. Un très beau spécimen mâle.

Le cœur d'Althea battit plus vite lorsque le wapiti capta leur odeur et tourna sa lourde tête couronnée dans leur direction. Avec une expression empreinte de sagesse, il contempla les humains venus outrepasser les limites de son territoire.

Brusquement, elle sentit sa gorge se nouer. Un tremblement intérieur la saisit, né d'un émerveillement aussi soudain qu'ineffable. La scène se prolongeait, muette et comme suspendue dans le temps. Le chant d'une alouette s'éleva, déchirant de beauté.

Lentement, l'élan se détourna et disparut entre les arbres.

— Notre menu ne le tentait pas, commenta Althea doucement. Ni le mauvais café ni les cacahuètes.

Elle n'aurait su dire pourquoi elle était bouleversée à ce point mais elle se sentait réconciliée avec le monde. Et même avec ce coin de nature à l'état brut. Blottie contre Colt, au chaud dans ses bras, elle ressentait un bonheur aussi poignant qu'inexplicable.

Il frotta sa joue contre ses cheveux.

— Je comprends qu'il ait dédaigné notre petit déjeuner, l'ami wapiti. C'est un peu déprimant, comme pitance, de bon matin.

Sur une impulsion, elle se retourna et noua les bras autour de son cou.

— Et ça ? C'est déprimant aussi ? chuchota-t-elle contre ses lèvres.

— Ça ? Ça répare tout.

Elle le repoussa en riant lorsqu'il frotta son menton râpeux contre la peau sensible de son cou.

— Je crois qu'il est temps de lever le camp, déclara-t-elle en se penchant pour enfiler son holster. Entre parenthèses, tu ne me dois pas seulement des sous-vêtements. Prévois également de m'offrir dans les meilleurs délais un petit déjeuner digne de ce nom.

— Entendu, princesse. Mets ça sur mon ardoise.

Vingt minutes plus tard, ils étaient à bord du Cessna et fixaient leurs ceintures. Colt vérifia ses jauges pendant qu'Althea sortait son poudrier. Il lui jeta un regard en coin.

— Tu crois vraiment que le maquillage s'impose dans un contexte comme celui-ci ?

Althea croqua le bonbon à la menthe qu'elle avait déniché dans son sac et répondit avec hauteur :

— Ce n'est pas parce que je suis privée de brosse à dents et de douche que je dois *aussi* renoncer à toute dignité.

— J'aime bien tes joues pâles. Elles te donnent l'air fragile.

Elle lui jeta un regard noir et rajouta délibérément du blush.

— Contente-toi de piloter, Nightshade. C'est tout ce qu'on te demande.

— Alors, c'est parti, inspecteur.

Colt ne jugea pas utile de préciser qu'il devrait effectuer un décollage au jugé dans des conditions plus que périlleuses. Pendant qu'elle se tressait les cheveux, il effleura la médaille de saint Christophe qu'il portait sur sa poitrine et joua prudemment avec la manette des gaz. Lorsque l'avion finit par quitter le sol tant bien que mal, il réprima un grand « ouf ». Il trouva les courants ascendants, inclina une aile, releva le nez du Cessna et mit plein gaz. Passant à quelques mètres à peine d'une des crêtes rocheuses, ils filèrent au-dessus de la cime des arbres.

— Pas trop nulle, la manœuvre, Nightshade.

Le visage impassible, Althea continua à se maquiller. La main qui tenait le tube de mascara ne tremblait pas. Mais il vit dans ses yeux qu'elle avait pris l'exacte mesure du danger qu'ils venaient d'encourir.

Il siffla entre ses dents.

— Boyd avait raison, Thea. Tu es une coéquipière extraordinaire. La femme aux nerfs d'acier.

— Sois gentil et tâche de maintenir ton engin à peu près stable le temps que je me maquille les cils, tu veux bien ?

Althea inclina son miroir de poche et s'adressa un sourire.

— Et maintenant ? demanda-t-elle. Quelle est notre prochaine étape ?

— On fait comme on avait prévu. On survole le coin et on cherche un chalet avec une allée d'accès privée qui s'élève en pente raide.

— Tiens, c'est original, ironisa-t-elle. Ça doit être rare, un chalet en pleine montagne desservi par une allée en pente.

— Tais-toi, Grayson. Nous savons qu'il s'agit d'une construction qui s'élève sur deux étages, avec un balcon couvert qui forme une espèce de véranda courant sur trois côtés. Et qu'il y a trois fenêtres en façade, donnant sur l'ouest. D'après ce que nous a dit Dorsetti, il y aurait un lac à proximité. Les murs en rondins, d'autre part, sont blanchis à la chaux. Ça ne devrait pas être trop difficile à repérer.

Althea hocha la tête. Mais il y avait un détail que Colt semblait oublier…

— Rien ne prouve que nous trouverons Liz sur place, murmura-t-elle.

Les mâchoires de Colt se crispèrent.

— C'est ce que nous allons découvrir.

Il lui tendit une paire de jumelles et elle commença

ses repérages. De nombreux chalets étaient disséminés sur les pentes et dans les vallons. Mais aucun ne correspondait à la description établie par Colt. La plupart, d'ailleurs, semblaient inoccupés. Mais elle repéra, ici et là, des cheminées fumantes. Elle vit un homme en chemise rouge de bûcheron fendre du bois. Plus loin, une famille d'élans broutait l'herbe gelée d'une prairie à demi enneigée. Elle aperçut même la queue blanche d'une biche bondissant dans les sous-bois.

— Rien, rien, rien, conclut-elle, découragée. A moins que… Attends !

Il lui avait semblé entrevoir une construction de couleur claire, juste au-dessus des eaux gelées d'un petit lac.

— Refais un cercle, tu veux ?

Les yeux collés aux jumelles, elle scruta avec attention les escarpements couverts de névés.

— Ça y est ! On les tient, Colt. Je reconnais le chalet. Tout correspond. Il y a un gros 4x4 devant et je vois de la fumée qui s'élève de la cheminée ! Ils sont là !

Pendant que Colt modifiait son cap, Althea décrocha le micro de la radio de bord.

— Donne-moi les positions exactes du chalet, OK ? Je vais les communiquer à la tour et faire monter une voiture de flics pour les tenir à l'œil en attendant que le juge me remette un mandat de perquisition.

— Toi, tu fais ce que tu as à faire. Mais moi je n'attends pas d'avoir un bout de papier pour agir.

Elle lui jeta un regard méfiant.

— Comment cela ?

— J'atterris. Et je fonce.

— Non.

Colt dirigea l'avion vers la prairie gelée où elle avait vu la famille d'élans s'ébattre un peu plus tôt.

— Je ne te demande pas de me suivre, Althea. Mais si Liz est encore en vie, il y a neuf chances sur dix pour qu'elle soit enfermée là, tout près, à portée de main. Et je ne peux pas la laisser comme ça. Pas une minute de plus.

— Et comment comptes-tu procéder, au juste ? s'emporta Althea, trop énervée pour se rendre compte que l'avion plongeait en direction du sol. Tu défonces la porte et tu te précipites à l'intérieur, revolver au poing ? Ça n'arrive que dans les films, ça, Nightshade. Non seulement c'est illégal, mais ça met la vie de l'otage en danger.

— Tu as une meilleure idée ?

Colt serra les dents. L'atterrissage promettait d'être épique. Dès que les roues seraient au sol, ils allaient déraper. Comment, jusqu'où et à quel prix, là était la question…

— Tu pratiques le ski, Thea, je crois ?

— Pardon ?

— Si tu aimes le sport, prépare-toi. Car tu vas connaître les joies de la glisse. Mais en avion.

Tournant la tête en sursaut, elle vit l'herbe blanchie par le gel se précipiter à leur rencontre. Elle eut juste le temps de pousser un juron. Puis la violence de l'impact la réduisit au silence.

Ils heurtèrent le sol avec fracas et commencèrent à glisser. La neige volait de chaque côté du Cessna, éclaboussant les hublots. Silencieuse et quasi résignée, Althea vit la barrière des arbres se rapprocher inexorablement. Au dernier moment, l'avion décrivit deux cercles, tressauta et s'immobilisa.

— Espèce de fou furieux !

Cette fois, Althea s'abstint stoïquement de lui casser la figure. Non pas qu'elle fût encline à l'épargner, cet irresponsable sanguinaire ! Mais le cockpit offrait une marge de manœuvre trop réduite. Et tant qu'à assassiner Colt, autant le faire dans des conditions favorables.

— Tu pourrais me féliciter d'être un pilote hors pair, non ?

— Et toi tu pourrais te décider à grandir ! hurla-t-elle. Tu te prends pour un héros de bande dessinée ou quoi ? Liz est entre les mains de kidnappeurs dangereux ; peut-être même de meurtriers. Est-ce que tu te rends compte, au moins, que la vie de cette enfant est en jeu ? On ne peut pas se permettre de faire n'importe quoi n'importe comment, merde !

Les yeux de Colt étincelèrent. Détachant sa ceinture d'un mouvement brusque, il lui saisit les poignets et les serra à les broyer. Elle dut se faire violence pour ne pas crier.

— Je sais ce que je fais, Althea. Je ne suis pas tout à fait inexpérimenté, contrairement à ce que tu as l'air de penser. Quant à Liz, ce n'est pas n'importe qui pour moi. Cette gamine, je l'ai tenue dans mes bras quand elle avait quelques jours à peine. Et je ne la laisserai pas livrée en pâture à ces pédophiles sadiques vingt-quatre heures de plus sous prétexte qu'il y a des règles à respecter. La procédure, je m'en tape. C'est clair ?

— Colt…

— Laisse tomber la leçon de morale ! vociféra-t-il en lui lâchant les mains. Je t'ai déjà dit que je ne te demandais pas ton aide.

— Bon, puisque c'est comme ça, laisse-moi au moins réfléchir une minute.

— Réfléchis tant que tu veux, Thea. Moi je passe à l'action et je la sors de là. *Maintenant*.

Il voulut se lever mais elle le retint en lui enfonçant le poing dans la poitrine.

— Tu es sourd ou quoi ? Je t'ai dit d'attendre une minute !

Les yeux clos, elle rejeta la tête en arrière et élabora rapidement un plan de bataille.

— Les routes qui mènent au chalet ? Elles sont toutes dégagées ?

— Oui, répondit-il avec impatience. Quel rapport ?

— Cela m'aurait arrangée de pouvoir être coincée dans la neige. Mais une simple panne de voiture fera aussi bien l'affaire.

— De quoi parles-tu ?

— Je parle de compromis, Nightshade. Tu n'aimes pas ma façon de travailler et je n'apprécie pas la tienne. Donc je trouve une formule intermédiaire. En bref, j'appelle la police locale et je leur demande de prévenir Boyd pour qu'il s'occupe du mandat.

— Je t'ai déjà dit que...

— Je sais ce que tu m'as dit. Mais je sais aussi que ce serait de la folie de faire une descente dans ce chalet en tirant aveuglément dans le tas. Non seulement ils se serviraient de Liz comme d'un bouclier mais le défaut de procédure pourrait se retourner contre nous à l'heure du procès. Et ces types, je veux les voir en prison et pas coulant des jours heureux aux Bahamas. Alors maintenant, écoute-moi bien et évite de m'interrompre...

Colt n'était pas tranquille. Pas tranquille du tout, même. Mais il eut beau multiplier les objections pendant le trajet à pied jusqu'au chalet, Althea les rejeta une à une.

Il tenta un ultime argument :

— Et qu'est-ce qui te fait penser qu'ils vont accepter de te laisser entrer ?

Elle inclina la tête et coula un regard langoureux dans sa direction.

— Tu douterais par hasard de mes capacités à plaire, Nightshade ? Tu connais les hommes : comment réagissent-ils lorsqu'une pauvre jeune femme effarée se présente à leur porte en les suppliant de lui venir en aide ?

— Et s'ils te proposent de te conduire jusqu'à ta voiture ?

— J'accepterai avec reconnaissance et je les retiendrai aussi longtemps que possible. Ce qui te laissera le temps d'agir.

Agir était ce à quoi il aspirait. Mais quand même…

— Je préfère aller frapper chez eux avec toi.

— C'est ça, bien sûr. Tu crois qu'ils vont nous accueillir les bras ouverts et nous proposer une tasse de thé ?

Althea s'immobilisa. Ils n'étaient plus qu'à environ deux cents mètres du chalet.

— Il vaut mieux nous séparer maintenant, Colt.

Il hocha la tête. Elle avait raison. Il pouvait et il devait lui faire confiance : Althea était un flic hors pair.

— Sois prudente, inspecteur, murmura-t-il en lui posant les mains sur les épaules.

Il eut comme un pincement au cœur lorsqu'elle lui offrit spontanément les lèvres.

— Même chose pour toi, Nightshade.

Déjà, elle s'éloignait à grands pas. Il hésita à la rappeler, à lui dire qu'il l'aimait. Mais il se ravisa, coupant à travers bois pour contourner le chalet par l'arrière. Ce n'était pas le moment de la déstabiliser en lui faisant des déclarations intempestives. Il aurait tout le temps de lui parler d'amour une fois qu'ils auraient récupéré Liz.

Ecartant toute autre considération de ses pensées, il se concentra sur son but immédiat. Les nerfs tendus à se rompre, il se mut sans bruit sur la neige, attentif à ne pas faire craquer la croûte durcie sous ses pas.

Althea accéléra son allure. Elle voulait arriver essoufflée et, si possible, la larme à l'œil. Parvenue à proximité du chalet, elle se mit à courir et peignit une expression d'intense soulagement sur ses traits. Ce fut tout juste si elle ne s'effondra pas contre la porte, cognant contre le battant et criant à l'aide.

Elle n'eut aucune peine à reconnaître Kline lorsqu'il vint lui ouvrir. Vêtu d'un survêtement gris informe, il avait une cigarette à demi consumée au coin des lèvres et les relents du whisky bu la veille flottaient encore sur son haleine.

— Oh, mon Dieu, vous ne pouvez pas imaginer comme je suis contente de vous voir, s'écria Althea en s'affaissant contre le chambranle. Je commençais à me demander si j'allais trouver âme qui vive dans le coin.

L'expression de Kline oscillait entre lubricité et méfiance.

— Qu'est-ce que vous me voulez ? demanda-t-il sèchement.

Le souffle court, Althea porta la main à sa poitrine.

— Ma voiture… Figurez-vous que je suis tombée en panne — à au moins deux kilomètres d'ici. J'ai l'impression que ça fait des heures que je marche. Je dois rejoindre un couple d'amis qui ont leur résidence secondaire dans le coin. Mais je commence à me demander si je ne me suis pas trompée de route.

— Il n'y a qu'un seul chalet par ici : le nôtre.

Elle secoua la tête d'un air consterné.

— Et voilà, je m'en doutais. Je me suis perdue une fois de plus ! Et moi qui étais partie tôt d'Englewood ce matin pour être sûre de bien profiter de ma première journée de vacances. C'est réussi ! Dites-moi, cela vous ennuie si j'entre passer un coup de fil ? Juste le temps de prévenir mes amis et de leur demander de venir me chercher ?

Kline marqua une légère hésitation mais il finit par s'effacer.

— Bon, allez-y. Entrez.

— Merci. Vous êtes vraiment très chic, s'exclama-t-elle en pénétrant dans la salle de séjour.

La pièce lui apparut telle qu'elle l'avait vue dans la cassette vidéo.

— Un feu de cheminée ! Ah, quelle merveille ! Vous n'imaginez pas à quel point je suis glacée.

Tout en se frottant les mains devant les flammes, elle tourna la tête pour adresser un sourire enthousiaste à Kline.

— Je ne sais comment vous remercier, vraiment. Je crois que, sans vous, je serais morte de froid.

Il retira la cigarette qui lui pendait au coin des lèvres.

— Pour une fois que nous avons l'occasion de rendre service à une jolie femme de passage. Il n'y a pas beaucoup de circulation par ici.

— A qui le dites-vous ! répliqua-t-elle en regardant par la fenêtre. Vous devez sans doute vous sentir un peu isolé. Mais l'environnement est magnifique. Et ce chalet…

Althea jeta un regard appréciateur autour d'elle. Les lieux étaient aménagés avec un goût indiscutable.

— Superbe, vraiment superbe. Pelotonné près du feu avec un bon verre de vin chaud, on ne doit pas trouver le temps long, même si une tempête de neige se déchaîne au-dehors.

Kline se rapprocha d'un pas.

— J'aime me pelotonner près du feu avec autre chose qu'un verre de vin, vous savez.

Althea battit des cils et baissa pudiquement les yeux.

— Comme vous êtes romantique, monsieur… euh ?

— Kline. Mais vous pouvez m'appeler Harry.

— Moi, c'est Rose, dit-elle, donnant à dessein son second prénom au cas où ils auraient entendu parler du contact de Wild Bill dans la police.

Elle lui tendit la main.

— Enchantée, Harry. Je crois que vous m'avez sauvé la vie.

— Hé là, qu'est-ce qui se passe ici ? cria une voix d'homme au-dessus de leurs têtes.

Levant les yeux vers la galerie, Althea vit un homme assez jeune, de haute taille avec une masse de cheveux blonds en désordre. Elle identifia aussitôt le second acteur masculin de la cassette vidéo.

— Nous avons une visite surprise, Donner, expliqua Kline. Rose est tombée en panne près d'ici.

Donner qui tombait manifestement du lit se frotta les yeux.

— Eh bien… Vous êtes matinale, dites donc, dit-il en l'examinant avec un intérêt manifeste.

Althea gratifia Donner d'un sourire radieux.

— Seulement parce que j'étais pressée de commencer mes vacances !

Le second acteur descendit les rejoindre en bombant avantageusement le torse.

— Et si tu offrais une tasse de café à cette charmante personne, Kline ?

— C'est Dean qui est de corvée de petit déjeuner ce matin.

— Va lui dire de prévoir une tasse de plus, dit Donner en adressant un clin d'œil à Althea.

Elle tourna les yeux vers Kline.

— Oh, Harry, vous me *combleriez* si vous alliez me chercher une goutte de café. Je suis tellement transie que je rêve d'absorber quelque chose de chaud.

— Bon, j'y vais.

Kline s'éloigna, non sans avoir jeté un regard d'avertissement féroce à Donner. Si la situation n'avait pas été aussi grave, Althea aurait éclaté de rire. Ils se comportaient comme deux chiens se disputant un os.

— J'étais justement en train de complimenter Harry sur votre chalet, déclara-t-elle avec un large sourire en posant son sac à main sur la table. Vous vivez ici toute l'année ?

Donner vint se placer tout contre elle lorsqu'elle se percha sur l'accoudoir d'un fauteuil.

— Oh non. Nous l'utilisons comme résidence secondaire. Si le chalet vous plaît, pourquoi ne pas rester passer vos vacances avec nous ?

Elle rit de bon cœur et n'éleva pas d'objection lorsqu'il lui effleura les cheveux.

— C'est que mes amis m'attendent ! Remarquez que j'ai deux semaines complètes…

Laissant sa phrase en suspens, elle rit de nouveau. D'un rire plus rauque, plus suggestif que le premier.

— Mais racontez-moi, enchaîna-t-elle en minaudant. Que faites-vous pour vous distraire, par ici, en pleine montagne ?

— Si je vous le disais, vous seriez surprise, répondit Donner en posant la main sur sa cuisse.

— Bas les pattes, Donner ! intervint Kline qui entrait avec une tasse de café bien noir. Voici pour vous, Rose.

— Oh, merci, Harry ! s'écria-t-elle. Vous me gâtez, vraiment.

— Enlevez donc votre manteau, suggéra Donner.

— Dans un instant, lorsque je serai complètement réchauffée, promit-elle en frissonnant démonstrativement.

Elle avait pris la précaution d'ôter son holster et de glisser son 9 mm sous sa ceinture. Mais même si son arme était a priori peu visible, elle préférait ne prendre aucun risque.

— Vous êtes frères, tous les deux ? demanda-t-elle pour relancer la conversation.

Kline contempla Donner et pouffa.

— Sûrement pas, non. On pourrait dire que nous sommes associés.

— Ah, vous travaillez ensemble ! Dans quelle branche ?

— La communication, expliqua Donner en dévoilant des dents étincelantes.

Althea battit des cils.

— La communication, c'est fascinant. Vous êtes équipés comme des pros, d'ailleurs. Peut-être que l'on pourrait se retrouver un soir pour regarder une cassette…

Percevant du coin de l'œil un mouvement sur la galerie, elle s'interrompit pour lever les yeux. Son cœur fit un bond dans sa poitrine : *Liz… Pâle, amaigrie, mais vivante.* C'était déjà un immense point d'interrogation de levé. Les cheveux de l'adolescente tombaient en longues mèches tristes sur ses yeux et une immense fatigue se lisait dans son regard. Se remémorant la fille rieuse et épanouie sur la photo, Althea sentit la colère lui crisper les mâchoires.

— Bonjour ! s'exclama-t-elle, en veillant à garder une expression impersonnelle.

Levant la tête à son tour, Kline fronça les sourcils.

— Retourne dans ta chambre, toi ! Immédiatement !

Liz s'humecta les lèvres. Elle était vêtue d'un jean déchiré et d'un pull-over d'un bleu passé aux manches effilochées.

— Je veux mon petit déjeuner.

Althea nota que la voix de Liz était faible mais pas atone.

— Tu déjeuneras quand ça sera prêt.

Kline jeta un regard en coin à Althea et s'assura qu'elle continuait à sourire avec la plus parfaite indifférence.

— Retourne dans ta chambre et attends que je t'appelle. C'est compris ?

Liz hésita, le temps de lui jeter un regard ouvertement hostile. Son attitude réchauffa le cœur d'Althea. Même si on sentait Liz très éprouvée, elle n'avait pas encore perdu toute combativité. En se retirant dans sa chambre, elle fit même claquer ostensiblement sa porte.

— Ah, ces gamines, marmonna Kline en allumant une cigarette.

— Elles ne sont pas faciles à vivre à cet âge-là, acquiesça Althea d'un ton compatissant. C'est votre sœur ?

Kline toussota en avalant sa fumée et finit par sourire.

— Oui, c'est ma sœur. Vous vouliez utiliser le téléphone, je crois ?

— Oh, oui, volontiers. J'ai peur que mes amis s'inquiètent.

— Allez-y, faites comme chez vous

Althea décrocha et fronça les sourcils.

— C'est bizarre. Il n'y a pas de tonalité.

Kline jura et sortit un petit outil de sa poche.

— Je suis obligé de le bloquer pendant la nuit à cause de la… à cause de ma petite sœur. Elle passait ses journées pendue au téléphone et j'ai failli avoir un infarctus lorsque nous avons reçu la dernière facture.

Althea sourit.

— On se demande toujours ce que ces filles peuvent bien avoir à se raconter, renchérit-elle distraitement en composant le numéro de la police locale.

L'agent qu'elle eut au bout du fil était au courant si bien qu'elle n'eut qu'à s'exclamer gaiement.

— Allô, Fanny ? C'est moi, Rose. Tu ne devineras jamais ce qui m'est arrivé. Non seulement je me suis perdue mais en plus ma voiture m'a lâchée en route. Si je n'avais pas eu la chance de tomber sur des messieurs vraiment formidables, je me demande vraiment ce que je serais devenue…

Pendant qu'Althea papotait au téléphone avec un agent de la police de Boulder, Colt escaladait l'arrière du chalet. Armé d'une paire de jumelles, il avait pu suivre la scène qui se déroulait au rez-de-chaussée et s'assurer qu'Althea n'était pas menacée.

Mieux encore : il avait repéré la présence de Liz au premier étage. Une Liz presque efflanquée, aux épaules affaissées et aux traits tirés par la fatigue. Mais une Liz vivante. Une Liz enfin à portée de main.

Tendu mais euphorique, Colt s'accrocha au tuyau de descente et s'éleva jusqu'à hauteur du premier étage. La priorité consistait à sortir Liz de là pour la mettre hors de danger. Personnellement, il aurait préféré emprunter la voie directe et régler d'abord ses comptes avec les deux pervers qui faisaient les coqs devant Althea un étage plus bas. Mais la sécurité de Liz passait avant le reste. Ensuite, il reviendrait à la charge.

Il s'accrocha au rebord de la fenêtre, se hissa à la force des bras et opéra un rétablissement. Il vit Liz roulée en chien de fusil sur un lit aux draps froissés. Elle lui tournait le dos et paraissait menue, seule et vulnérable. Colt dut se faire violence pour ne pas se jeter à travers la vitre et bondir à l'intérieur.

Mais c'était le moment ou jamais de garder la tête froide. S'il agissait de manière trop brusque, il risquait de l'effrayer. Et si elle criait, leur plan tombait à l'eau. Tout doucement, il frappa au carreau.

Liz changea de position dans son lit mais ne se retourna pas. Il frappa une seconde fois — un peu plus fort — et elle se redressa pour jeter un regard las vers la fenêtre. D'abord éblouie par le soleil levant, elle cligna des yeux puis se leva d'un bond. Colt se hâta de porter un doigt à ses lèvres, l'enjoignant de garder le silence. Liz se précipita jusqu'à la croisée, ses joues pâles ruisselantes de larmes.

— Colt !

Elle secoua vainement la poignée et finit par poser la joue contre la vitre.

— Je veux rentrer à la maison, Colt. S'il te plaît. S'il te plaît.

Il avait de la peine à l'entendre à travers l'épaisseur du verre.

— Ouvre la fenêtre, ma puce, lui dit-il en prenant soin d'articuler chaque syllabe.

— Elle est condamnée, hoqueta-t-elle en se frottant les yeux avec les poings. Je suis enfermée.

— Bon. On va s'arranger autrement. Il faut que tu me trouves un oreiller… un o-reil-ler, ordonna-t-il en lui indiquant par gestes ce qu'elle devait faire.

Il vit une pâle lueur d'espoir briller dans son regard. Elle se précipita pour faire ce qu'il lui avait demandé.

— Voilà. Tu vas maintenir l'oreiller appuyé contre la vitre. Et maintenant tourne la tête. Tourne la tête, ma puce.

D'un coup de coude, il brisa le carreau. Lorsqu'il eut dégagé un espace suffisant, il se glissa sans bruit à l'intérieur. Liz lui tomba dans les bras sans même lui laisser le temps de se redresser. Elle sanglotait comme un bébé en se cramponnant désespérément à son cou. Le cœur serré, il la souleva de terre et la berça contre lui, la tenant comme une enfant de deux ans.

— Tout va bien maintenant, Liz. Le cauchemar est terminé. Je vais te ramener chez toi.

— Je… je n'aurais pas dû quitter la maison, balbutia-t-elle entre deux sanglots. C'est ma faute. Je regrette, je regrette.

— Tu vas essayer de ne plus y penser, Liz, d'accord ? Tout va rentrer dans l'ordre, mon lapin.

Elle paraissait si pâle et amaigrie. Si profondément épuisée. Mais ce n'était pas le moment de poser les questions qui lui brûlaient les lèvres.

— Il va falloir que tu prennes encore un peu sur toi, Liz. Juste le temps de te sortir d'ici, OK ? Tu as un manteau ? Des chaussures ?

Elle secoua la tête.

— Ils m'ont pris toutes mes affaires pour m'empêcher de me sauver. J'ai essayé, Colt, pourtant. Je te jure que j'ai essayé.

— Je sais, calme-toi, mon bébé. Tu n'aurais pas pu t'échapper d'ici toute seule.

La sentant au bord de la crise d'hystérie, il pressa le visage de Liz contre son épaule.

— Ne pense plus à rien, maintenant. Essaye juste de faire ce que je te demande, d'accord ?

— D'accord. On peut s'en aller d'ici ? Tout de suite ?

— Tout de suite. Mais je vais commencer par t'enrouler dans une couverture.

Une fois qu'il eut arraché celle du lit, il en enveloppa Liz tant bien que mal et retourna à la fenêtre.

— Nous allons être obligés de sauter maintenant. Toi tu n'auras rien d'autre à faire que de te raccrocher à moi. Reste le plus détendue possible et tu verras que tout se passera bien.

Il lui couvrit le visage pour la protéger du froid et du verre brisé.

— Si tu sens monter une envie de crier, tu cries dans ta tête, promis ? Il ne faut surtout pas qu'ils t'entendent.

Elle secoua la tête.

— Je ne crierai pas. Je veux voir maman.

— Bientôt, ma puce, bientôt, murmura Colt d'un ton apaisant.

Parvenu sur le rebord, il émit une muette prière et sauta.

Il savait comment tomber. Du haut d'un immeuble, d'un escalier ou même d'un avion. S'il n'avait pas eu Liz dans ses bras, c'eût été un jeu d'enfant pour lui de se laisser choir d'un premier étage. Mais avec l'adolescente accrochée à son cou, il dut se retourner pour atterrir sur le dos et la protéger ainsi de l'impact.

Le choc lui coupa le souffle et une violente douleur lui lacéra l'épaule. Mais il se releva aussitôt avec Liz toujours blottie comme un poids mort contre sa poitrine. Serrant l'enfant contre lui, il courut jusqu'à la route.

Il était à peine à mi-distance lorsqu'il entendit le premier coup de feu en provenance du chalet.

10

Pour laisser à Colt le temps d'agir, Althea fit durer sa conversation téléphonique, décrivant longuement les circonstances de sa panne à son amie « Fanny ». L'agent au bout du fil l'informa que les renforts étaient en route et que deux voitures de police atteindraient le chalet dans une dizaine de minutes. Elle espérait de tout cœur que Colt avait réussi à évacuer Liz. Mais même s'il avait échoué pour une raison ou une autre, ils devraient être en mesure de la libérer rapidement dans tous les cas de figure. Ni Kline ni Donner ne montraient le moindre signe de méfiance.

— Merci, Fanny, tu es un ange ! J'ai hâte de vous revoir, Bob et toi… Ah oui, l'adresse, bien sûr ! Juste une petite seconde, je vais demander à Harry. Il est si gentil !

Posant la main sur le combiné, elle gratifia Kline du plus amical des sourires.

— Vous pouvez me donner les indications pour accéder au chalet ? Bob va venir me chercher et jeter un coup d'œil à ma voiture.

Kline fournit les explications voulues puis se tourna vers Dean Scott qui sortait de la cuisine.

— J'espère que tu as prévu large pour le petit déjeuner. Nous avons une invitée affamée. Rose a déjà parcouru plusieurs kilomètres à pied dans le froid.

— Une invitée ? Pas de problème. Il y en aura largement assez pour cinq.

Dean-la-Brute porta son attention sur « l'invitée » et plissa soudain les yeux d'un air menaçant.

— Bon sang ! Mais c'est quoi, ce bordel ?

— Essaye de surveiller ton vocabulaire en présence d'une dame, protesta Donner d'un air vertueux.

— Une dame ? Je t'en ficherai des dames comme ça, moi. C'est un flic ! Je l'ai vue avec Wild Bill.

Dean se rua sur elle sans attendre, mais Althea avait eu le temps d'anticiper l'attaque. Au premier regard de Dean, elle avait compris qu'il avait percé sa couverture. Sortant son arme, elle se concentra sur les cent trente kilos de muscles et de chair qui s'apprêtaient à l'aplatir. Son premier coup partit en l'air tandis qu'il la propulsait contre une petite table ancienne, envoyant voler une élégante collection de flacons de verre. Des éclats couleur d'améthyste et d'aigue-marine volèrent dans la pièce. Althea, elle, vit trente-six chandelles. A travers ce brouillard visuel, se dessina une vision d'apocalypse : son assaillant se jetait de nouveau sur elle avec la vitesse d'un cheval au galop.

Un ultime réflexe la fit rouler sur le côté. Dean Scott était massif mais elle avait l'avantage de la rapidité. Se redressant à genoux, elle visa en tenant son arme à deux mains et tira. La balle, cette fois, atteignit son but. Du coin de l'œil, elle nota qu'une tache de sang s'élargissait sur le T-shirt blanc de Dean.

Elle bondit sur ses pieds et prit rapidement la mesure de la situation. D'un côté, Donner se ruait vers la porte. Kline, lui, s'escrimait sur un tiroir. Elle vit scintiller le métal d'une arme et hurla :

— Ne bougez plus !

Donner se figea net et leva les bras. Mais Kline sortit le revolver et le brandit dans sa direction.

— Reposez ce joujou, Harry, ou vous allez vous vider de votre sang sur la moquette comme votre ami Scott. Et je vous préviens que je suis sortie première du concours de tir de la police.

Jurant copieusement, Kline obéit.

— Parfait. Et maintenant, couché à plat ventre par terre, la tête sur les mains… Oui, oui, vous aussi Roméo, confirma-t-elle à Donner qui hésitait.

Pendant que les deux acteurs s'exécutaient, Althea se pencha pour récupérer l'arme de Kline.

— Vous savez que c'est très imprudent, les garçons, d'inviter des inconnues chez vous ?

Althea ironisait pour donner le change mais elle tenait à peine sur ses jambes. A présent que l'adrénaline retombait, la douleur montait en force. Ross s'était jeté sur elle de tout son poids et elle avait l'impression d'avoir été broyée sous un rouleau compresseur. Sa tête, quant à elle, menaçait d'exploser.

Le hurlement rassurant d'une sirène se fit entendre au loin.

— Apparemment, ma bonne amie Fanny envoie les renforts. Maintenant, au cas où vous ne l'auriez pas encore compris, vous êtes en état d'arrestation, messieurs.

Lorsque Colt entra en trombe dans le chalet avec un revolver dans une main et son cran d'arrêt de l'autre, Althea annonçait calmement à ses prisonniers qu'ils avaient le droit de garder le silence et que toute parole prononcée pourrait désormais se retourner contre eux. Elle fit un rapide calcul et estima que trois minutes avaient dû s'écouler depuis son premier coup de feu. Colt n'avait pas perdu de temps pour arriver à la rescousse.

Elle l'accueillit d'un bref regard indifférent puis termina sa procédure.

— Tiens ces deux imbéciles à l'œil, Nightshade, tu veux bien ? dit-elle en reprenant le combiné qui pendouillait toujours dans le vide. Agent Mooney ? Oui, ici l'inspecteur Grayson. Il nous faudra une ambulance. Un des suspects est blessé à la poitrine… Oui, merci. Vous nous avez été d'une grande aide.

Elle raccrocha et se tourna vers Colt.

— Et Liz ?

— Elle est en sécurité. Je l'ai laissée au bord de la route, enveloppée dans une couverture. Elle attend les flics… Lorsque j'ai entendu tirer, j'ai pensé qu'ils s'en étaient pris à toi.

Du menton, elle désigna l'homme qui saignait à terre.

— Scott m'a reconnue. Apparemment, il m'avait déjà vue en conversation avec Wild Bill. Essaye de trouver une serviette, veux-tu ? Il faudrait penser à arrêter l'hémorragie.

— C'est toi que nous allons soigner, oui ! riposta Colt avec une fureur si soudaine que les deux hommes à terre tressaillirent. Tu es blessée à la tête !

— Ah oui ?

Elle porta la main à sa tempe et fit la grimace en ramenant deux doigts ensanglantés.

— Bon, on verra ça plus tard, marmonna-t-elle. Commençons par…

— Lequel des trois t'a fait ça ? l'interrompit Colt en examinant les suspects d'un regard meurtrier.

— Celui qui s'est pris une balle en pleine poitrine et qui est en train de se vider de son sang sous nos yeux. Et maintenant trouve-moi vite un bandage ou quelque chose, Colt, car il ne va pas tenir comme ça jusqu'au procès.

Pleinement consciente des intentions de Colt, elle se plaça entre lui et le blessé.

— Arrête ça, OK ? Je ne suis pas une délicate créature sans défense et les héros chevaleresques m'ennuient à mourir. Compris ?

Colt prit une profonde inspiration. Trop de pulsions contradictoires faisaient rage en lui. Et rien de ce qu'il pourrait dire ou faire ne rendrait à Liz son enfance. Aucun acte de violence de sa part n'annulerait les coups qu'Althea venait de subir.

— Compris, inspecteur.

Il se détourna et se mit en quête d'une serviette. Il ne voyait guère d'autre moyen de se rendre utile. Thea avait le contrôle de la situation.

En vérité, c'était bien simple : Althea Grayson n'avait besoin de rien ni de personne. Elle maîtrisait tout.

Colt ne recouvra son calme que lorsqu'il reprit les commandes de l'avion. Et encore… S'il affichait une attitude à peu près sereine, c'était uniquement pour rassurer Liz. La petite s'était raccrochée à lui et avait refusé de le lâcher pour repartir avec la police. Si bien qu'il l'avait installée dans le siège du copilote tandis qu'Althea occupait le strapontin derrière eux.

Engoncée dans la parka qu'il avait ôtée pour la draper sur ses épaules, Liz ne montrait aucune joie d'être sortie des griffes de ses ravisseurs. Les larmes avaient commencé à glisser sur ses joues pâles juste après le décollage. Et elles n'avaient pas cessé de couler depuis. Jamais Colt n'aurait imaginé qu'il soit possible de verser une quantité de pleurs pareille. Des sanglots secouaient ses épaules frêles mais elle n'émettait aucun son. Il en était malade de la voir dans cet état.

— C'est fini maintenant, mon lapin, murmura-t-il en posant la main sur la sienne. Personne ne te fera plus de mal. Tu es en sécurité avec nous.

Mais Liz secoua la tête et les larmes repartirent de plus belle.

Finalement, Althea se leva sans rien dire et détacha Liz. Puis elle prit sa place sur le siège du copilote et l'installa sur ses genoux. Elle l'enveloppa de ses bras et lui offrit la consolation d'une étreinte, comme si elle entourait son chagrin d'un manteau protecteur.

— Laisse venir, Liz, chuchota-t-elle. Ne te retiens pas.

Aussitôt, les sanglots de l'adolescente éclatèrent bruyamment dans le cockpit. Althea attira Liz plus étroitement contre elle et la berça comme une enfant. Le cœur lourd, Colt tendit la main pour lui caresser les cheveux mais la seule réaction de Liz fut de se recroqueviller encore un peu plus contre Althea.

Se résignant à l'impuissance, il se concentra sur ses commandes et s'acquitta de la seule tâche qui reposait encore sur ses épaules : les ramener tous trois à bon port.

Non sans mal, Althea parvint à convaincre Liz de se faire examiner à l'hôpital. L'enfant ne voulait qu'une chose : rentrer chez elle, se blottir dans les bras de sa mère et oublier ce qui lui était arrivé.

— Mais tes parents sont déjà en route pour Denver, Liz. Je sais que c'est dur et je sais que ça fait peur. Mais c'est important pour toi que tu voies un médecin maintenant.

— Je ne veux pas qu'il me touche.

— Je comprends.

Elle ne comprenait que trop bien même.

— Mais ce « il » est en vérité une « elle », Liz. Et tout se passera bien, je te le promets.

— Ce ne sera pas long, lui assura Colt.

Il luttait pour garder une expression rassurante et détendue. Mais s'il avait pu hurler ou casser quelque chose, c'eût été une délivrance.

Liz jeta un regard anxieux vers la salle de consultation.

— Tu aimerais que je vienne avec toi ? proposa Althea.

Lorsque l'adolescente accepta d'un timide signe de tête, elle l'attira contre elle.

— Dis, Colt, tu crois que tu pourrais nous trouver une boisson fraîche et peut-être une barre de céréales ou de chocolat pour quand Liz sortira ? Je grignoterais bien un petit truc, pas toi ?

— Euh, oui… peut-être, chuchota Liz d'une voix tremblante.

— Nous n'en avons pas pour longtemps, annonça Althea en l'entraînant vers la porte.

Traînant son sentiment d'inutilité derrière lui, Colt les laissa entrer dans la salle de consultation et partit à la recherche d'un distributeur automatique. Dans la petite cabine adjacente à la salle d'examen, Althea aida Liz à retirer ses vêtements et à enfiler une blouse d'hôpital. Elle ne fit pas de commentaires en voyant les bleus qui marquaient le corps frêle de l'enfant. Ils auraient besoin de prendre sa déposition tôt ou tard. Mais les questions pouvaient attendre.

— Voici le Dr Mailer, annonça-t-elle lorsqu'une jeune femme en blouse verte s'avança pour les accueillir.

— Bonjour, Liz.

Greta Mailer ne chercha pas à lui serrer la main ni à la toucher d'aucune manière. Spécialisée dans la prise en charge post-traumatique, elle savait à quel point les victimes de viol redoutaient parfois le contact.

— Je vais être amenée à effectuer un certain nombre de tests et d'examens. N'hésite pas à m'interrompre si quelque chose t'inquiète. Et si ça devient pénible pour toi et que tu as besoin d'une pause, tu me le dis. Promis ?

Liz hocha la tête et s'allongea sur la table d'examen, en continuant à se cramponner à la main d'Althea. Greta Mailer procéda avec beaucoup de douceur et de patience. Mais surtout avec un infini respect dont Althea lui sut gré. Liz garda les yeux rivés au plafond et se soumit dans le plus grand mutisme. Le cœur serré, Althea sentit qu'elle se réfugiait dans son monde intérieur, se dissociant de son corps et de ce qu'il endurait. Un réflexe élémentaire de protection que l'adolescente avait dû intégrer peu à peu au cours de ces longues semaines de cauchemar.

— Voilà, c'est fini, je ne t'embête plus, déclara le Dr Mailer en retirant ses gants. Tu as été très courageuse, Liz. Lorsque tes parents seront là, nous parlerons tous les quatre, si tu veux bien. En attendant, je vais voir si je peux te trouver un plateau-repas.

Althea attendit que la gynécologue ait quitté la pièce pour aider Liz à s'asseoir.

— Tu as été super, tu sais. Tu veux que j'aille voir si Colt nous a dégoté une horrible gourmandise à grignoter avant que le Dr Mailer ne revienne avec de la viande, des légumes et plein de trucs bons pour la santé ?

Liz secoua la tête et serra ses doigts entre les siens.

— Je ne veux pas rester seule.

Althea sortit une brosse de son sac et entreprit de lui démêler les cheveux.

— Vous savez, quand je vous ai vue dans le chalet… j'ai cru que vous étiez une de ces femmes qui venaient de temps en temps pour se faire filmer. J'ai pensé que ça allait recommencer, qu'ils allaient encore m'obliger à… à faire leurs…

Liz ferma les yeux sans parvenir à achever sa phrase. Une larme coula de sous ses paupières closes.

— Je suis désolée, Liz. J'aurais voulu pouvoir t'adresser un signe pour que tu comprennes que j'étais là pour t'aider. Mais c'était impossible. Je ne devais pas éveiller leurs soupçons, tu comprends ?

L'adolescente hocha la tête.

— Quand j'ai vu Colt à la fenêtre, j'ai d'abord cru que c'était un rêve. Je me faisais tout le temps des scénarios dans ma tête où quelqu'un venait me sauver, mais les jours passaient et… personne ne semblait s'inquiéter de ce que je devenais. J'ai cru que papa et maman ne… ne… voulaient plus de moi, qu'ils m'avaient laissée tomber.

Althea prit son menton tremblant entre ses doigts.

— Tes parents n'ont jamais — pas un instant — cessé de te chercher. Ils ont remué ciel et terre, tu peux me croire. Et comme l'enquête de la police n'avançait pas assez vite à leur goût, ils ont fait appel à Colt. Il t'aime très fort lui aussi, tu sais. Tu ne peux pas imaginer le nombre de règles qu'il m'a obligée à transgresser pour qu'on se dépêche de venir te chercher !

Liz tenta de sourire mais échoua. De nouveau sa lèvre inférieure se mit à trembler.

— Mais quand mes parents apprendront ce qui s'est

passé, qu'est-ce qu'ils vont penser ? Je me demande s'ils voudront encore de moi lorsqu'ils comprendront que... que...

Althea prit ses deux mains entre les siennes.

— Ils vont être très secoués et ce sera dur, très dur pour eux. Parce que tu es leur fille, parce que tout ce qui te fait mal les affecte aussi. Mais ils continueront à t'aimer d'autant plus. De cela tu peux être certaine.

— Tout ce que j'arrive encore à faire, c'est pleurer, admit Liz piteusement.

— Si tu as besoin de pleurer, tu pleures. Les larmes aident à guérir, Liz. Elles nettoient tout ce qu'on sent de sale à l'intérieur.

L'adolescente s'essuya les joues du revers de la main.

— J'ai l'impression que *tout* est sale, maintenant. Mais c'est ma faute. Si je ne m'étais pas enfuie de chez moi...

— La fugue, ça a été ton choix, d'accord. Mais pas le reste. Certainement pas. Les adultes qui ont abusé de toi sont seuls coupables de ce qu'ils t'ont fait subir. Et tu n'as strictement aucun reproche à te faire. Cela, retiens-le bien, Liz : *tu n'es pas responsable*. En aucune manière.

Détournant la tête, l'adolescente étouffa un sanglot.

— Vous ne pouvez pas comprendre quel effet ça fait. C'est... c'est tellement humiliant, tellement affreux...

Avec une infinie douceur, Althea lui reprit le menton et la força à soutenir son regard.

— Tu te trompes, Liz. Je peux comprendre. Plus que n'importe qui d'autre. Je sais très exactement ce que tu ressens.

L'adolescente ouvrit de grands yeux.

— Vous ? Parce que vous aussi, vous...

— Oui, moi aussi. Je devais avoir à peu près ton âge.

C'était comme si une partie de moi m'avait été arrachée à jamais. J'avais l'impression que plus jamais je ne me sentirais propre, plus jamais je ne me sentirais entière. Que je ne pourrais plus être moi-même. Et j'étais comme toi : pendant un temps, je ne pouvais rien faire d'autre que pleurer.

Liz prit le mouchoir en papier que lui tendait Althea et s'essuya les yeux.

— Pendant qu'ils me faisaient leurs… leurs trucs, je me disais que ce n'était pas moi, pas vraiment moi… Colt n'arrête pas de me dire que c'est fini, que je ne devrais plus y penser, mais je ne sais pas si je pourrai redevenir quelqu'un de normal, retourner au collège, m'amuser avec mes amis.

Luttant elle-même contre les larmes, Althea reprit Liz dans ses bras.

— Je sais que ça fait mal, Liz. Et ça va être difficile, surtout au début. Mais la vie reprend ses droits. Et tu n'es pas seule. Tu as ta famille, tes amis. Tu as Colt. Et si tu as besoin de me parler, je serai toujours là, je te le promets.

Liz renifla et posa sa joue contre sa poitrine.

— Comment avez-vous fait, vous ? Après ?

— D'abord, j'ai survécu. Puis j'ai réappris à vivre, à rire, à prendre du bon temps avec mes amis. Et ce sera pareil pour toi.

Colt se tenait à l'entrée de la salle de consultation avec une pile de sodas et de confiseries dans les bras. Il lui était déjà arrivé de se sentir inutile, mais jamais à ce point. Il était littéralement écrasé par son sentiment d'impuissance.

Il n'y avait aucune place pour lui dans la conversation qu'il venait de surprendre. Aucun moyen pour lui de pallier la souffrance de cette femme, de cette jeune fille qu'il aimait. Il ne lui restait plus que sa rage inutile, son besoin de détruire. Serrant les poings, il posa ses provisions sur la table de la salle d'attente. S'il ne pouvait ni les consoler ni réparer le mal qui leur avait été fait, quel sens donner à sa présence auprès d'elles ?

Colt se frotta le visage avec les mains et tenta vainement de mettre de l'ordre dans ses pensées. Relevant la tête, il vit Frank et Marleen sortir en courant de la cabine d'ascenseur.

C'était au moins une fonction qu'il pouvait encore assumer. Peignant une expression rassurante sur ses traits, il s'avança à la rencontre des parents de Liz.

Dans la salle de consultation, Althea finissait de démêler les cheveux de Liz.

— Tu veux te rhabiller, maintenant ?

L'adolescente frissonna.

— Ah non, merci ! Je ne pourrai plus jamais remettre ces vêtements.

— Tu as raison. Je vais essayer de te trouver…

Elle se tut en entendant un bruit de pas précipités derrière elle. Un couple aux yeux rougis se figea à l'entrée de la pièce. La femme était pâle, l'homme hagard.

— Oh, Liz… ma petite chérie…

La femme s'élança et atteignit la table d'examen la première, son mari sur les talons.

— Maman, chuchota Liz en sanglotant. Maman…

Althea se retira discrètement, laissant parents et enfant à leurs retrouvailles. Elle trouva Colt debout près de la porte.

— Tu ferais mieux de rester ici avec eux. Je vais faire

un crochet pour avertir le Dr Mailer que les parents de Liz sont arrivés.

— Et ensuite ?

— Ensuite ? Quelle question ! Je vais rédiger mon rapport.

Toujours dans le respect scrupuleux des règles, Althea passa au commissariat et s'acquitta des tâches bureaucratiques de rigueur. Une fois son dossier mis à jour, elle rentra tout droit chez elle et s'accorda enfin le bain moussant dont elle rêvait depuis la veille. Puis vidée et à bout de forces, elle tomba sur son lit et dormit d'une traite jusqu'au moment où des coups violents frappés à sa porte l'arrachèrent brutalement à son sommeil.

Titubante de fatigue, Althea trouva son peignoir à tâtons et se dirigea vers la porte comme une somnambule. Elle regarda par le judas, fronça les sourcils. Tirant le verrou d'un mouvement brusque, elle ouvrit à Colt.

— Que signifie ce tapage ? Donne-moi une seule bonne raison pour ne pas te coller une amende, Nightshade.

Il lui tendit un grand carton plat.

— Je t'apporte de quoi te restaurer. Telle que je te connais, j'imagine que tu n'as rien avalé depuis les cacahuètes de ce matin.

Une délicieuse odeur de tomate, d'origan et de fromage fondu lui chatouilla les narines, signant instantanément sa défaite.

— Bon, ça va. Je renonce à porter plainte. J'imagine que tu as l'intention d'entrer avec la pizza ?

— Au départ, c'était l'idée, oui.

— Alors ne reste pas planté dans le couloir, lança-t-elle en guise d'invitation.

Althea alla chercher des assiettes dans la cuisine et le rejoignit dans le séjour.

— Comment va Liz ? Elle tient le coup ?

— Elle me paraît déjà un tout petit peu moins effondrée. Frank et Marleen sont formidables avec elle. Ce sont des gens solides, heureusement.

— Ils auront besoin de l'être au cours des mois qui viennent. J'espère qu'ils réalisent qu'il faudra mettre une thérapie familiale en route en plus d'une thérapie personnelle pour Liz ?

— Ils ont déjà abordé le sujet avec le Dr Mailer. Elle a promis de les aider à trouver un bon psychothérapeute à Albuquerque.

Déterminé à choisir ses mots avec soin, Colt prit son temps pour couper la pizza.

— Avant tout, je voudrais te dire un grand merci, Thea. Et, s'il te plaît, ne m'envoie pas promener en rétorquant que tu « fais simplement ton boulot ».

— Bon, alors je ne rétorquerai rien.

— Parfait. Mais commençons par le commencement : tu as quelque chose à boire pour accompagner cette pizza ?

— Je dois avoir un fond de bourgogne qui traîne.

— Ne bouge pas, je m'en occupe.

Althea le laissa faire et se consacra à sa pizza. Lorsqu'il revint avec une bouteille et deux verres, elle attaquait sa seconde part.

— J'étais trop fatiguée pour me rendre compte que je mourais de faim, admit-elle en faisant de la place sur la table basse.

— Tant mieux. Comme ça, j'ai moins de remords de t'avoir arrachée à ton sommeil. La seconde chose pour laquelle je tiens à te remercier, enchaîna-t-il en leur versant à boire, c'est la façon dont tu t'es comportée avec Liz. Moi, comme un idiot, je pensais que notre rôle se bornait à la tirer de là. Arriver en héros, jouer du pistolet, tenir les méchants en respect. Et hop ! ni vu ni connu.

Cherchant le regard de Colt, Althea fut frappée par les changements survenus en lui depuis la veille. Son expression reflétait un mélange d'inquiétude et de tristesse. Mais pas seulement. Il y avait autre chose aussi… comme une nouvelle sagesse.

— Arracher Liz aux mains de ses ravisseurs ne lui a pas rendu le sourire. Lui répéter que tout allait bien, que le cauchemar était terminé n'a pas suffi non plus. C'était de toi qu'elle avait besoin.

— D'une femme, surtout.

Colt hocha la tête.

— Je ne voudrais pas abuser de ton temps et de ta patience mais Liz et ses parents ne repartiront pas avant deux jours. Et elle t'a déjà réclamée à plusieurs reprises.

Althea posa sa main sur la sienne.

— Ce n'est pas un sacrifice d'aller la voir. J'avais l'intention de garder le contact. Je me suis attachée, tu sais.

— Moi aussi, je me suis attaché, Thea.

Retournant leurs mains jointes, il porta celle d'Althea à ses lèvres.

— Je suis amoureux. Et sérieusement, ma belle.

Elle ouvrit la bouche pour protester mais il posa un doigt sur ses lèvres.

— Non, ne dis rien. J'aimerais vraiment que tu m'écoutes jusqu'au bout, cette fois. Il m'est arrivé d'utiliser certains termes équivalents comme « je suis fou de toi » ou « tu comptes énormément », mais je n'ai encore jamais dit « je t'aime » à une femme avant toi. Ne va donc pas t'imaginer que ce soit facile pour moi.

Elle le croyait. Plus effrayant encore : elle avait *envie* de le croire. *Prudence, Grayson!* pensa-t-elle.

— Soyons réalistes, Colt : non seulement nous ne nous connaissons que depuis quelques jours, mais les quelques jours en question ont été particulièrement riches en péripéties diverses. Ce serait peut-être plus sage de mettre la pédale douce, non ?

Colt secoua la tête.

— J'ai été obligé d'accepter le fait que je ne pouvais rien changer à ce qui est arrivé à Liz. Et ça a été très dur. Je ne peux rien changer non plus à ce que je ressens pour toi. Et ça, ça m'est facile.

Althea se mit à jouer nerveusement avec la manche de son peignoir.

— Je ne sais pas au juste ce que tu veux de moi, Colt. Mais je doute d'être en mesure de te donner ce que tu attends.

— A cause de ce qui t'est arrivé quand tu étais encore adolescente ? Je t'ai entendue parler avec Liz lorsque vous étiez en salle de consultation.

Le visage d'Althea se ferma.

— Ces paroles étaient destinées à rester entre Liz et moi. Tu n'as pas à te mêler de mon passé, Nightshade. Il ne te concerne pas.

Colt avait anticipé cette réaction.

— Nous savons l'un et l'autre que ce n'est pas tout à fait exact. Mais je peux attendre, répondit-il calmement en prenant son verre de vin. Tu sais que Scott est toujours entre la vie et la mort ? Il a à peu près une chance sur deux de s'en sortir, d'après ses médecins.

Déstabilisée par le brusque changement de sujet, Althea lui jeta un regard méfiant.

— Oui, j'ai appelé l'hôpital avant d'aller m'effondrer dans mon lit. Boyd se charge des premiers interrogatoires de Kline et de Donner.

Colt sourit.

— Je pense qu'on peut lui faire confiance, même si tu brûles sans doute d'impatience de les cuisiner à ton tour. Tu sais que j'ai cru faire un arrêt cardiaque quand j'ai entendu tirer dans le chalet ? J'abandonne Liz sur le bord du chemin, enveloppée dans sa couverture, je remonte comme un fou, je me rue à l'intérieur, prêt à faire un carnage. Et je te trouve, le visage en sang mais calme comme un lac, dressée telle une Diane chasseresse avec les trois ravisseurs gisant à tes pieds. Je crois que je ne me suis jamais senti aussi superflu.

— Tu as été à la hauteur de bout en bout, Nightshade… Et je dirais même plus, admit-elle avec un petit soupir de défaite : j'étais sacrément soulagée de te voir arriver à la rescousse.

Cessant de lutter contre elle-même, Althea se pencha pour l'embrasser.

— C'est toi qui as gagné.

— *Nous* avons gagné, rectifia-t-il, heureux de la sentir si détendue. Je t'ai apporté un cadeau.

— Mmm… super idée, murmura-t-elle contre ses lèvres en allant quêter un second baiser. Montre.

Colt se pencha pour sortir un vulgaire sac en plastique de la poche de son manteau et le jeta sur ses genoux. Althea siffla entre ses dents.

— Magnifique, l'emballage, Nightshade. Tu t'es surpassé.

Riant tout bas, elle glissa la main dans le sac et en sortit deux pièces de lingerie délicate.

— Tu vois… je paye mes dettes, commenta Colt en se rapprochant. Peut-être accepterais-tu de les essayer devant moi ?

— Et peut-être accepterais-tu d'abord de partager mon lit, Colt Nightshade ? chuchota-t-elle en attirant son visage contre le sien.

Il se leva d'un bond et la mit sur ses pieds.

— Je désespérais de t'entendre me le proposer.

— Ouah ! qu'est-ce qui te prend ? demanda-t-elle en riant lorsqu'il la souleva de terre pour la porter jusque dans le couloir.

— Je m'entraîne à franchir des seuils. Au cas où…

En pénétrant dans la chambre, Colt décida de lui ménager une seconde surprise. Dans le grand lit défait, les draps blancs étaient à peine froissés par la sieste d'Althea. Il la coucha avec précaution sur le dos et couvrit son visage de baisers légers comme un duvet d'oiseau.

D'une main déjà fébrile, Althea s'attaqua aux boutons de la chemise de Colt. Après la nuit passée dans la tente, elle savait à quoi s'attendre : un brasier, une tempête, une déferlante. Avec un gémissement de satisfaction, elle trouva la chaleur de la peau de Colt sous le coton qu'elle écarta d'une main impatiente.

Il continua à l'embrasser tout en douceur, glissant ses lèvres dans son cou, mordillant délicatement le lobe de son oreille pendant qu'elle le débarrassait de ses vêtements. Déjà, elle sentait monter la même énergie effrénée que la veille, le même besoin dévorant, viscéral de se perdre dans un tourbillon de passion éperdue.

Mais Colt, lui, gardait un rythme paisible, comme

si le désir ne le prenait pas aux tripes, comme s'il avait la vie entière devant lui.

Les yeux clos, anticipant déjà le vertige de la possession, elle se souleva à sa rencontre en cherchant ses lèvres.

— J'ai envie de toi, chuchota-t-elle.

Ce simple aveu faillit venir à bout du contrôle d'acier que Colt avait décidé de garder sur lui-même. Mais ce serait trop facile de prendre ce qu'elle lui offrait ; trop dommage de passer à côté de ce qu'elle gardait pour elle.

— Je sais, murmura-t-il. Je sens le goût du désir sur tes lèvres.

Penchant lentement la tête, il l'embrassa avec un tel mélange d'intensité et de tendresse qu'elle se mit à gémir doucement. Il sourit en sentant que la main qu'elle tenait crispée sur son épaule s'alanguissait peu à peu.

— Et je te veux aussi, dit-il en se soulevant sur un coude pour la regarder. Toi, tout entière.

Puis il inclina la tête pour poser doucement les lèvres sur le bandage qu'elle avait au front.

— Colt…

— Chut ! Je veux juste regarder.

Et il prit tout son temps pour le faire. Du bout du doigt, il traça le contour de sa bouche, la ligne d'une joue.

— Tu es tellement belle dans la lumière du couchant. Je n'avais encore jamais vu tes yeux comme ça. Ils sont comme de l'or liquide moucheté d'ambre. Tu as la beauté éthérée d'une vierge florentine. Et néanmoins, tu es vivante, palpable. Je peux te toucher, te caresser, te sentir trembler sous ma main.

Elle s'accrocha à son cou et tenta de l'attirer à elle.

— Colt, viens… Je n'ai pas besoin de paroles.

— Bien sûr que si, tu as besoin de mots. Je n'ai

peut-être pas encore su trouver les bons, mais les mots comptent. Autant que le reste.

Alors qu'il pressait les lèvres au creux de son poignet, Colt découvrit avec consternation les légères ecchymoses correspondant à la marque de ses doigts.

Choqué, il se plaça à cheval sur elle et examina la peau bleuie.

— C'est moi qui t'ai fait ça.

— Aucune importance, murmura-t-elle d'une voix que le désir faisait vibrer. Tu étais énervé. Fais-moi l'amour, Colt.

— Cela m'effraye de savoir que je suis capable de te faire du mal. Et la pensée que cela pourrait se reproduire me terrifie carrément.

Avec une infinie douceur, il lui embrassa de nouveau les poignets et sentit son pouls s'emballer sous ses lèvres.

— Tu es tellement forte, tellement courageuse qu'on a tendance à oublier ta fragilité, Althea. Alors que tu as une peau délicate comme de la soie. Et tu es si menue… si parfaitement belle aussi.

Il lui souleva la tête et ses cheveux retombèrent sous elle comme une coulée d'or pur. La maintenant ainsi, il lui prodigua un long baiser tendre et rêveur qui ôta à Althea ce qui lui restait d'énergie active. Elle se raccrocha à son cou en gémissant. Ses muscles se relâchaient un à un ; elle n'était plus que suave abandon.

Comment Colt s'y prenait, Althea n'aurait su le dire. Elle avait perdu jusqu'à la faculté de penser. Alors qu'elle s'était préparée à une joute aveugle, impérieuse, il la noyait dans un lait de tendresse. Comment se défendre contre ses méthodes alors qu'elle flottait, impuissante, dans un état semi-liquide ?

Elle n'était plus que sensations et découvertes, comme

si chaque baiser de Colt faisait jaillir une nouvelle gamme de perceptions. Il y eut un léger murmure de soie lorsqu'il écarta les pans de son peignoir pour promener la pointe d'une langue joueuse jusqu'au creux entre ses seins.

Sous ses lèvres, sous ses paumes, Colt sentit le moment précis où ses dernières défenses tombèrent. Alors les mains d'Althea s'animèrent à leur tour et elle commença à le caresser comme il la caressait, avec la même lenteur rêveuse. Il résista à la tentation d'accélérer son rythme et continua à laisser ses doigts courir sur sa peau, la sentant fondre de calme plaisir tandis que son regard sous ses paupières alanguies luisait d'une ineffable tendresse.

Et le moment finit par venir où ils flottèrent en apesanteur l'un et l'autre.

Cependant, par imperceptibles paliers, la tension du désir montait. Des gémissements s'élevaient dans les dernières lueurs du couchant. Puis, ce furent des secrets murmurés au crépuscule. La nuit tomba et le plaisir s'intensifia, sans qu'aucune hâte encore ne se dessine. Comme s'ils mettaient tout leur art l'un et l'autre à étirer ce moment de désir suspendu jusqu'à ses plus extrêmes limites.

Il touchait, elle tremblait ; il goûtait, elle frémissait.

Lorsque, enfin, il se glissa en elle, Althea sourit et le serra très fort contre elle. Ils modulèrent leur rythme, l'harmonisèrent jusqu'à obtenir une musique — *leur* musique. Ils s'élevèrent ensemble en une progression continue, partagée, magnifique.

Et redescendirent sur terre en vol libre.

Longtemps, Althea demeura immobile sans parler. En lui faisant l'amour comme il venait de le faire, Colt lui avait donné quelque chose qu'elle avait fini par lui rendre. Et ce quelque chose-là, elle n'était plus en mesure de le reprendre.

Comment pouvait-elle espérer se protéger à présent qu'elle était tombée amoureuse ?

Pour la première fois.

Tout en essayant de se dire qu'il s'agissait vraisemblablement d'une passade, Althea frémit à la pensée qu'elle puisse cesser de ressentir ce sentiment exaltant qui lui gonflait la poitrine. Elle avait toujours considéré qu'elle se suffisait à elle-même, pourtant. Que sa vie était exactement telle qu'elle la souhaitait.

Alors pourquoi la perspective d'une existence sans Colt paraissait-elle soudain si effrayante ?

Cela dit, le choix ne se posait pas réellement. Tôt ou tard, il finirait par partir. Et elle survivrait à son départ comme elle avait survécu à tout le reste.

— Ça y est, la penseuse ? chuchota Colt contre son oreille. Te voilà déjà repartie dans des réflexions profondes ?

Avec un large sourire, Colt roula sur le dos. Il y avait une éternité qu'il ne s'était pas senti aussi satisfait de lui.

— Dis-moi à quoi tu penses, Thea. Spontanément. La première chose qui te vient à l'esprit.

— Je me demandais quand tu allais rentrer dans le Wyoming, s'entendit-elle murmurer.

— Je savais que je tenais une place prépondérante dans tes pensées.

— Attention, Nightshade...

— Bon, d'accord, j'arrête. Pour répondre à ta question, je ne sais pas encore. Il me reste quelques détails à régler avant de partir.

— Comme quoi, par exemple ?

— Toi, pour commencer. Nous ne sommes pas encore tombés d'accord sur la date du mariage.

— Colt…

Il sourit. Peut-être se faisait-il des illusions mais il avait l'impression que le mot « mariage » ne la faisait plus du tout bondir comme au début.

— Personnellement, je vote toujours pour le 31 décembre. Mais nous verrons cela plus tard. L'autre raison pour laquelle je pense prolonger mon séjour à Denver, c'est que je n'ai pas encore achevé la mission que je me suis fixée.

Sourcils froncés, Althea souleva la tête.

— Comment cela ? Tu as trouvé Liz.

— Oui, mais pas notre quatrième homme. Nous avons coffré les sous-fifres. Pas le grand chef, l'homme araignée, le voyeur invisible.

— C'est le rôle de la police de remonter la filière.

— Quand je commence, je vais généralement jusqu'au bout. Dans tous les domaines. Et j'aimerais rester ton coéquipier jusqu'à la fin de cette enquête, Althea.

— Et si je disais non ?

Colt enroula une mèche rousse autour de son index.

— Je m'efforcerais de te convaincre. Tu sais que je peux être très persuasif ?

— Oui, j'ai remarqué, maugréa-t-elle.

Mais elle n'était pas fâchée que leur collaboration se poursuive encore quelque temps…

— Bon. Je t'accorde trois jours. Ça te va ?

Colt laissa glisser une main caressante de sa taille à ses hanches.

— Ça dépend. Les trois nuits sont-elles également comprises dans le contrat ?

Elle sourit.

— Je peux peut-être envisager de faire un lot groupé. A condition que tu t'arranges pour m'offrir des nuits enchantées, Nightshade.

— Je m'y emploierai corps et âme, chuchota-t-il en se penchant sur ses lèvres. Et ceci est une promesse.

11

Un cri coincé au fond de la gorge, Althea se redressa en sursaut. Folle de rage et de terreur, elle se débattait en aveugle, repoussant les bras qui cherchaient à la retenir dans le noir. Elle sentait ses mains sur elle. Des mains avides et dures ; des mains qui faisaient souffrir. Prenant une profonde inspiration, elle se prépara à hurler à pleins poumons. Si seulement, si *seulement* elle parvenait à lui échapper cette fois-ci.

— Althea !

Colt la secoua par les épaules. Comme elle ne réagissait toujours pas, il parla d'un ton calme, attentif à ne pas crier, même si son cœur battait à grands coups furieux dans sa poitrine.

— Réveille-toi, Althea. Tu fais un cauchemar. C'est moi, Colt. Je ne te veux pas de mal.

Colt... Se raccrochant à la voix familière, elle lutta pour s'arracher à l'emprise du rêve, se hisser hors de ses profondeurs suffocantes.

— Colt... ? chuchota-t-elle en se cramponnant de toutes ses forces à son cou.

— Je suis là, ma chérie. Tu peux y aller, serre-moi fort.

— Oh, mon Dieu !

Le corps encore secoué de sanglots, elle enfouit son visage contre son épaule.

— Ne pleure plus, mon amour. C'est fini. Ce n'était qu'un rêve.

Mais si le cauchemar s'était effectivement dissipé, l'angoisse, elle, refusait de refluer. Submergée par la peur, elle s'agrippait à Colt, avec l'impression terrifiante qu'elle ne pourrait plus jamais lâcher prise.

— Ça... ça ira mieux dans un moment, balbutia-t-elle entre deux sanglots.

Dans quelques instants, les tremblements cesseraient, les larmes se tariraient, la terreur s'évanouirait comme elle était venue.

— Je suis désolée, chuchota-t-elle, le corps secoué de frissons.

Colt osait à peine la serrer contre lui tant elle lui paraissait fragile, vulnérable.

— Tu veux que j'allume ?

— Non, non. Surtout pas. Je voudrais juste un verre d'eau.

— Ne bouge pas, j'y vais.

En repoussant les cheveux qui lui tombaient sur le front, il sentit l'humidité des larmes sur ses joues. Que cette femme forte entre toutes puisse pleurer comme une petite fille lui fit l'effet d'un coup de poignard en pleine poitrine.

— J'en ai pour une seconde, chuchota-t-il en posant un baiser au creux de sa paume.

Restée seule dans le lit, Althea ramena frileusement les genoux contre sa poitrine et s'efforça de respirer calmement. Mais impossible de reprendre le contrôle d'elle-même.

— Désolée, Nightshade, fit-elle lorsqu'il revint avec le verre d'eau. J'ai dû t'arracher brutalement à ton sommeil.

— On peut voir les choses sous cet angle, oui, rétorqua-t-il en l'aidant à boire.

Lorsqu'elle eut avalé quelques gorgées, il s'assit à côté d'elle.

— Raconte-moi, Thea.

Elle haussa les épaules.

— Que veux-tu que je te raconte ? C'est juste un excès de stress combiné à une overdose de pizza.

Avec douceur et fermeté, il lui prit le visage entre les mains. Elle était d'une pâleur de cendre.

— La façon dont tu as hurlé était terrifiante, Thea. Et tu trembles toujours comme une feuille.

— J'ai fait un cauchemar. Ça arrive à tout le monde.

— Et ce cauchemar revient souvent ?

Elle passa une main lasse dans ses cheveux.

— Jamais. Ou en tout cas, plus depuis des années. Je ne sais pas ce qui l'a provoqué.

La réponse à cette question, il était quasiment certain de la connaître. Et il soupçonnait Althea de le savoir aussi bien que lui.

— Tu n'as pas un pyjama ou une chemise de nuit quelque part ? Tu trembles de froid.

— Je vais aller en chercher une.

— Non, ne bouge pas.

Le bref soupir exaspéré d'Althea le rassura quelque peu sur son état.

— OK, Nightshade, si tu tiens absolument à jouer les nounous, regarde en haut de la commode à gauche.

Il tâtonna dans la semi-obscurité et prit le premier vêtement qui lui tomba sous la main. La vue d'Althea dans un T-shirt pour homme de taille XXL le fit sourire.

— Tu es la championne de la lingerie fine, Grayson.

Elle haussa les épaules.

— Ça remplit sa fonction, non ?

Il lui arrangea ses oreillers dans le dos, tapota les draps et réussit à lui faire froncer les sourcils.

— Tu sais que je déteste être bichonnée, Nightshade.

— Tu survivras à l'épreuve, fit-il en s'installant à côté d'elle.

Il était fermement décidé à la faire parler, cette fois. Pour elle comme pour lui. Prenant la main d'Althea dans la sienne, il attendit que son regard croise le sien.

— Le cauchemar… c'est au sujet du viol que tu as subi, n'est-ce pas ?

Les doigts d'Althea se crispèrent sous les siens.

— Laisse tomber, Colt. C'était il y a très longtemps. Cela n'a plus rien à voir avec ma réalité d'aujourd'hui.

— Si ça te réveille la nuit, c'est que c'est encore d'actualité. La conversation que tu as eue avec Liz a réactivé des souvenirs pénibles.

— Sans doute, oui. Et alors ?

— Fais-moi confiance, Althea, dit-il calmement en prenant ses deux mains dans les siennes. Laisse-moi partager un peu de ton histoire.

— Ça fait mal d'en parler, se surprit-elle à répondre.

Elle ferma les yeux. C'était la première fois qu'elle se voyait sur le point de sortir de son silence.

— Enfin… la plupart du temps, je n'y pense pas. Mais quand ça resurgit, c'est comme si ça me déchirait de l'intérieur.

— Je veux comprendre, dit-il en portant une main à ses lèvres.

Elle abandonna sa tête contre l'oreiller.

— Mon père buvait. Pas systématiquement, mais quand il commençait, il ne s'arrêtait plus. Une fois soûl, il devenait violent. Et cognait tout ce qui lui tombait sous la main. Je crois que ça a été mon premier souvenir, dans la vie : les grandes mains de mon père qui me frappaient. Pour le reste, je ne peux pas dire que je sache grand-chose de lui. Un jour, il est tombé sur un type encore plus agressif, encore plus allumé que lui. Et il ne s'en est pas relevé. J'avais six ans, à l'époque.

Althea ouvrit les yeux. Les garder fermés, c'était encore, d'une certaine façon, se cacher, refuser de regarder la vérité en face.

— Sa disparition a dû affecter ma mère car, après son décès, elle a pris la relève et elle est tombée dans la boisson à son tour. Elle buvait en moins grosses quantités, mais avec plus de constance.

Colt était sidéré que les deux personnes qu'elle décrivait aient pu engendrer quelqu'un d'aussi beau, d'aussi authentique que la femme qu'il avait à côté de lui.

— Tu n'avais pas d'autre famille ?

— Si. Des grands-parents du côté de ma mère. Mais je ne les ai jamais rencontrés. A partir du moment où elle s'est enfuie avec mon père, ils n'ont plus rien voulu savoir d'elle. Ni de moi non plus, apparemment.

Colt ne répondit pas. Il cherchait à comprendre mais c'était tout simplement au-dessus de ses forces. Qu'on puisse avoir une famille et se comporter de cette façon dépassait son entendement.

— Et qu'est-ce que tu as fait ?

— Parce que tu crois qu'à six ans, on décide de son propre sort ? Tant qu'on est mineur, on reste à la merci des adultes.

Elle marqua une pause avant de reprendre.

— Un jour, lorsque j'ai eu huit ans, ma mère a « oublié » de rentrer un soir, après une sortie bien arrosée.

Au bout de quelques jours, les voisins ont prévenu les services sociaux et j'ai été placée en famille d'accueil.

Althea s'interrompit pour boire une gorgée d'eau. Et nota que sa main ne tremblait presque plus.

— Mon histoire est longue et banale, Colt.

— Je veux l'entendre.

Elle soupira. Il y avait eu la terreur, la solitude, l'impuissance. Mais à quoi bon les évoquer ? Les faits parlaient d'eux-mêmes.

— La famille qui m'hébergeait était plutôt correcte avec moi. Je commençais à m'habituer à eux lorsqu'ils ont retrouvé ma mère. Ils lui ont tapé sur les doigts, lui ont recommandé de surveiller sa consommation d'alcool et m'ont confiée de nouveau à sa charge. Mais comme tout le laissait prévoir, elle a replongé au bout de quelques jours. Et le cycle infernal a recommencé. A force d'être trimbalée à gauche et à droite, j'ai commencé à ruer dans les brancards. Chaque fois que je fuguais de quelque part, on me casait dans une nouvelle famille. Les enfants récalcitrants, on ne les laissait jamais très longtemps dans un même endroit. Et j'étais devenue une vraie teigne.

— Il y avait de quoi.

— En tout cas, j'étais prise dans le système, naviguant entre l'assistante sociale et le conseiller éducatif, en passant par les travailleurs sociaux et le juge pour enfants. Tous débordés et croulant sous les dossiers en cours. Lorsque j'ai eu douze ans, ma mère s'est mise à la colle avec un type et elle est partie pour de bon. Pour le Mexique, je crois. Quant à moi, j'avais la rage, je ne supportais plus d'être placée et déplacée, charriée d'école en école, de famille en famille. Alors je m'enfuyais. Systématiquement. Du coup, j'ai eu droit au label « délinquante juvénile » et on m'a collée dans une sorte de maison de correction pour filles. Ce n'était pas une prison, mais ça y ressemblait de très près. En arrivant là-bas, j'ai eu la peur de ma vie et j'ai adopté un comportement modèle. J'étais tellement exemplaire qu'ils ont tenté un nouveau placement.

Althea finit son verre d'un trait et le reposa sur la table de chevet.

— Je savais que c'était ma dernière chance de me faire accepter dans une famille. Si ça ne marchait pas cette fois-ci, j'étais bonne pour attendre ma majorité dans mon espèce de foyer-caserne où on nous faisait marcher au pas. Autant dire que j'étais disposée à consentir pas mal d'efforts pour me rendre vivable. Au début, j'ai vraiment cru que, pour une fois, j'étais bien tombée. Les gens qui m'accueillaient étaient naïfs, mais adorables. C'étaient des idéalistes, militant pour toutes sortes de causes généreuses. Il m'arrivait de rire de leurs grandes illusions mais je les aimais bien, dans l'ensemble. Ils se montraient toujours très équitables envers moi.

Althea marqua une pause et Colt respecta son silence, la laissant rassembler son courage pour passer à la phase de son histoire qu'elle n'avait jamais racontée à personne.

— Tout aurait pu être parfait s'il n'y avait pas eu leur fils — un enfant unique. C'était la prunelle de leurs yeux, un beau garçon de dix-sept ans, tiré à quatre épingles, d'une politesse sans faille, lisse comme un miroir, toujours apprécié, complimenté, cité en exemple.

— Trop lisse et trop poli pour être honnête ?

— Ce garçon était une parfaite ordure. Mais je n'ai jamais vu personne posséder un art aussi accompli du camouflage. Il trompait tout le monde. Je m'y serais laissée prendre aussi si je n'avais pas senti son regard sur moi lorsque ses parents ne le voyaient pas… ça me donnait des frissons, la façon dont il posait les yeux sur moi.

La respiration d'Althea s'accéléra mais sa voix demeurait ferme :

— J'avais l'impression d'être un morceau de viande qu'il s'apprêtait à passer sur le gril. Mais ses parents ne voyaient rien de tout cela. Andrew n'avait jamais posé le moindre problème, jamais fait une bêtise de sa vie, ne les avait jamais contrariés de quelque façon que ce soit. Un soir, alors qu'ils étaient sortis, il est rentré très tôt d'un de ses rendez-vous. Il était allé au cinéma avec une fille et…

Lorsqu'elle couvrit son visage de ses mains, Colt l'enveloppa dans ses bras.

— Arrête, Thea. Ça suffit comme ça. Inutile de te faire violence.

Mais elle se dégagea en secouant la tête. A présent que le processus était enclenché, elle avait *besoin* d'aller jusqu'au bout de son récit.

— Il était très énervé. Je suppose que son charme n'avait pas opéré et qu'il n'avait pas pu obtenir ce qu'il voulait de la fille qu'il avait invitée. Toujours est-il qu'il a poussé la porte de ma chambre. Je lui ai dit de sortir mais il m'a ri au nez en me rappelant qu'il était chez lui et qu'il avait tous les droits, contrairement à moi qui n'étais qu'un objet de charité. Ce en quoi il avait raison.

— Comment ça, un objet de charité ? C'est la théorie la plus stupide que j'aie jamais entendue !

Elle haussa les épaules.

— Objet de charité ou non, je n'en menais pas large. Il s'est débraguetté devant moi. J'ai voulu m'élancer jusqu'à la porte mais il m'a rejetée en arrière sur le lit.

Ma tête a heurté le mur avec une telle violence que je suis restée sonnée un moment. Lorsque j'ai repris connaissance, il m'a fait remarquer que les filles comme moi, on les payait pour écarter les cuisses mais que j'avais de la chance qu'un type comme lui veuille bien me procurer un moment de vrai plaisir. Lorsqu'il est venu sur le lit, je l'ai giflé et insulté. Mais il a réussi à me maîtriser. J'ai hurlé tout le temps qu'a duré le viol. A la fin, je ne criais plus ; je pleurais. Il s'est relevé, a reboutonné son pantalon. Et il m'a prévenue qui si je disais quoi que ce soit, il nierait tout en bloc. Et qui croirait-on, à mon avis ? Quelqu'un comme lui ou une délinquante juvénile comme moi ? Il pouvait compter sur le soutien de cinq de ses copains, prêts à affirmer que j'avais été consentante pour qu'ils me passent sur le corps. Ses parents me mettraient à la porte et je me retrouverais de nouveau dans ma maison de correction.

Althea détourna la tête.

— Du coup, j'ai tenu ma langue, comme une idiote. Et il m'a violée encore deux fois, ce mois-là. Avec tant de violence que j'ai fini par trouver le courage de m'enfuir. Naturellement, ils m'ont retrouvée et replacée dans mon foyer. Je me suis tenue à carreau là-bas jusqu'à dix-huit ans. Mais en sortant de là, je me suis juré que plus personne, jamais, n'aurait le pouvoir de me traiter comme si je n'étais rien.

Intimidé, Colt se risqua à cueillir une larme sur sa joue.

— Tu as pris ta vie en main, Althea. Magnifiquement, même.

Elle s'essuya les yeux avec impatience.

— Je n'aime pas parler du passé, Colt.

— Mais il existe.

— C'est vrai. Pendant des années, j'ai voulu le

gommer, l'effacer. Mais le nier ne faisait que renforcer son pouvoir sur moi. A présent, je considère qu'il fait aussi partie de moi et qu'il m'a aidée à devenir ce que je suis. Moyennant quoi, je n'ai sombré ni dans la haine des hommes ni dans des comportements autodestructeurs. Et mon expérience m'aide à comprendre et à accompagner d'autres victimes.

Colt hésita. Il était déchiré entre le besoin de la toucher et la crainte de ne pas trouver les bons mots, les bons gestes.

— Tu vois, Colt : je suis toujours la même personne depuis tout à l'heure, murmura-t-elle en détournant les yeux. Et pourtant ton regard sur moi sera nécessairement différent.

— Mon regard sur toi n'a pas changé, Althea.

Il commença à lui ouvrir les bras puis se ravisa pour arpenter furieusement la chambre.

— Si seulement je savais quoi faire pour toi Tu veux une tasse de thé ?

— La tisane miracle de Nightshade ? Non, merci.

— Qu'est-ce que tu veux, alors ?

Elle soutint son regard.

— Et si tu me disais plutôt ce que tu veux, toi ?

Les poings enfoncés dans les poches, il se planta devant la fenêtre.

— Ce que je veux ? Revenir à tes quinze ans pour casser la figure à ce pervers. Je veux le voir te demander pardon à genoux pour l'innommable qu'il t'a fait subir. Puis je veux repartir encore un peu plus loin en arrière et casser les deux jambes de ton père. Et peut-être même botter les fesses de ta mère pendant que j'y suis.

— Le passé est le passé, rétorqua-t-elle sèchement. On ne change pas ce qui a été.

— Je veux aussi te tenir dans mes bras mais j'ai une peur bleue de te toucher.

Althea ferma les yeux.

— Je ne veux ni de ton thé ni de ta compassion. Alors si c'est tout ce que tu as à m'offrir, tu ferais mieux de partir tout de suite.

— C'est ce que tu souhaites ? Que je m'en aille ?

— Ce que j'aimerais, c'est être traitée comme un être humain ordinaire et non pas ménagée comme une invalide sous prétexte que j'ai survécu à mon passé !

Colt était sur le point de riposter sur le même ton lorsqu'il se rendit compte à quel point ses préoccupations étaient centrées sur lui-même. Sur *sa* rage, sur *son* sentiment d'impuissance, sur *sa* souffrance. Il retourna s'asseoir à côté d'elle sur le lit, glissa les bras autour de ses épaules et l'attira contre lui.

— Je reste, OK ?

Elle soupira et se blottit plus étroitement contre lui.

— OK.

Le soleil se levait lorsqu'Althea émergea péniblement d'un sommeil de plomb. Avant même d'ouvrir les yeux, elle sut que Colt avait quitté le lit. Le cœur lourd, elle bascula sur le dos et se demanda comment elle avait pu espérer le trouver là à son réveil. Quel homme supporterait d'être l'amant d'une femme au passé aussi chargé ? Dieu sait d'ailleurs pourquoi elle lui avait assené ainsi toute son histoire. Même à Boyd, à qui elle confiait tout, elle n'avait jamais parlé que des familles d'accueil et de la maison de correction. Jamais du reste.

Certains secrets trop lourds méritaient d'être gardés

à jamais sous silence. Et si elle n'avait pas su se taire, cela ne pouvait signifier qu'une chose.

Avec un profond soupir, Althea se redressa et posa la tête sur ses genoux.

Elle était bel et bien amoureuse de Colt. C'était absurde, d'accord, surtout après un laps de temps aussi bref. Mais elle se devait de regarder la réalité en face. Quant à ses théories, elles se vérifiaient une à une : l'amour rendait effectivement stupide, vulnérable et malheureux.

Il doit bien exister un remède, songea-t-elle, révoltée. *Un sérum, un antidote !*

Elle en était là de ses sombres pensées lorsqu'elle entendit marcher dans le couloir. Elle écarquilla les yeux de surprise lorsque Colt entra avec un plateau entre les mains.

L'étonnement dans le regard d'Althea ne transparut que pendant une fraction de seconde. Mais sa réaction prit Colt aux tripes : elle ne s'attendait pas à le revoir après les confidences qu'elle lui avait faites durant la nuit…

Qu'à cela ne tienne. Il se faisait fort de lui montrer qu'il n'avait aucune intention de prendre le large. Même si elle multipliait les tentatives pour l'éloigner.

— Bien dormi, inspecteur ?

— Pas trop mal… En quel honneur, ce service trois étoiles ? demanda-t-elle lorsqu'il eut posé le plateau à ses pieds.

Il s'installa en tailleur sur le lit.

— Je te devais un petit déjeuner, aux dernières nouvelles.

— Tu ne laisses pas traîner tes dettes, Nightshade.

Le regard d'Althea alla de Colt au plateau et vice versa. L'amour lui donnait toujours le sentiment d'être stupide et vulnérable. Mais elle se sentait déjà nettement moins malheureuse.

— Chapeau à ta cuisinière irlandaise. Sur le plan culinaire, elle a parfaitement réussi ton éducation.

— Je suis sûr que nos talents se complètent, fit-il en beurrant un toast. Quand nous serons mari et femme, je propose que tu prennes le linge en charge. Je m'occuperai des repas.

Althea réprima stoïquement un sursaut de panique.

— Tu devrais aller consulter au sujet de cette vie fantasmatique obsédante qu'est la tienne, Colt.

— Ah oui ? Tiens, j'avais oublié de te dire, au fait : ma mère meurt d'impatience de te rencontrer.

Il sourit lorsque la fourchette d'Althea tomba avec fracas dans son assiette.

— Tu sais que tu es terriblement sexy dans ce T-shirt d'homme, mon amour ? commenta-t-il en récupérant le couvert. Mes parents connaissent Liz. Je les ai appelés pour les rassurer à son sujet et j'en ai profité pour leur parler de toi. Ma mère rêve d'un mariage en juin à cause des roses et tout le tralala. Mais je lui ai dit que je ne voulais pas attendre jusque-là.

— Tu as perdu la tête, Nightshade.

— Peut-être. Mais je suis logé dans la tienne. Et je me suis fait une petite place dans ton cœur aussi.

Il avait sans doute raison sur ce point. Mais cela ne changeait rien au fond du problème : il était hors de question qu'elle épouse qui que ce soit.

— Ecoute, Colt, j'ai beaucoup d'affection pour toi, mais…

— Mmm… Voilà un euphémisme ou je ne m'y connais pas, dit-il en lui tapotant la main.

Elle ferma les yeux de désespoir.

— Tais-toi et mange, Nightshade.

Colt se plia obligeamment à cette exigence. Althea avait accepté qu'il la réconforte après ses confidences difficiles. C'était déjà énorme. Qu'elle le veuille ou non, elle apprenait à lui faire confiance. Et il se faisait fort de lui montrer qu'elle pouvait compter sur lui.

Il lui jeta un regard interrogateur.

— Alors, ce petit déjeuner ?

— Excellent, admit-elle.

Colt se pencha pour lui effleurer les lèvres.

— Je sais que tu as une masse de travail qui t'attend. Mais il n'y a rien de tel que des ébats entre les draps juste après le petit déjeuner pour commencer une journée en pleine forme. Qu'en dis-tu ?

Elle secoua la tête en riant.

— Une autre fois, Nightshade. C'est tentant mais ça va être un peu trop serré, question *timing*.

Elle ne s'en blottit pas moins contre lui pour l'embrasser. Il reposa le plateau et la souleva du lit.

— Hep, Nightshade, pas si vite ! Je t'ai dit que je n'avais pas le temps de…

— Je sais, je sais. Mais tout est question d'organisation, rétorqua-t-il en se dirigeant vers la salle de bains. Si nous remplaçons les ébats entre les draps par des ébats sous la douche, tu devrais pouvoir arriver à l'heure au commissariat, non ?

Avec un petit rire heureux, elle lui mordilla l'épaule.

— Dans ce cas, rien à dire. J'ai toujours été une fervente adepte de la gestion équilibrée du temps.

Une montagne de travail attendait Althea au bureau. Stoïque, elle commença à s'attaquer à la pile tout en organisant ses rendez-vous pour la journée. Elle avait à peine une demi-heure de labeur derrière elle lorsque Cilla passa la tête par l'entrebâillement de la porte.

— Vous auriez une minute à m'accorder, inspecteur ?

— Seulement parce que vous êtes l'épouse du commissaire. Je vous consacre quatre-vingt-dix secondes, montre en main.

Avec un léger sourire, Cilla cala une hanche contre la table de travail surchargée.

— La rumeur court que tu as découvert les joies du camping, Thea ?

— Ne m'en parle pas. Je pense que quiconque pratique cette activité de son plein gré est en besoin d'assistance psychiatrique immédiate. Mais c'est une expérience à tenter.

Cilla secoua la tête.

— C'est encore mieux avec trois enfants en bas âge… En tout cas, bravo pour votre coup de filet, à Colt et à toi. Vous avez déjà les trois sbires et il ne vous manque plus que le cerveau, paraît-il ?

— Le cerveau ne perd rien pour attendre.

— Je te fais confiance. Mais je ne suis pas venue pour parler de vos histoires de poulet. C'est la dinde qui m'amène.

— Pardon ?

— La dinde de Thanksgiving, bien sûr. Je veux être sûre que cette année, tu te joindras à nous. Et je ne tolérerai aucune excuse, cette fois. Pour Boyd et moi, tu fais partie de la famille. Et Deb et Gage seront là. Avec la petite Adrianna. Je sais que tu meurs d'envie de voir ce bébé. Tu es complètement gaga avec les enfants, avoue-le.

Mal à l'aise, Althea jeta un coup d'œil en direction de la salle de garde à vue.

— Tu veux bien mettre une sourdine, Cilla ? J'ai une réputation à tenir, ici. Cela dit, je serais ravie de revoir ta sœur et son mystérieux mari. Vous pourriez passer prendre le thé à la maison.

— Je ne veux rien savoir, Thea. Cette année, tu seras là pour Thanksgiving. J'ai besoin d'avoir toute ma famille autour de moi. Et si tu refuses, j'en référerai à ton commissaire.

— Ça tombe bien, le voici, s'éleva la voix de Boyd en provenance du couloir. Et je n'arrive pas seul.

— Nat ! s'écria Cilla en se jetant au cou de sa belle-sœur. Je croyais que tu étais à New York.

— New York est mon camp de base, oui. Mais j'avais une affaire ou deux à régler par ici. Et comme j'ai rendez-vous près du commissariat dans un quart d'heure, j'ai pensé dire un petit bonjour à mon grand frère. Sans me douter que je vous trouverais tous réunis ! Tu sais que tu es rayonnante, Cilla ?

— Et toi, tu es renversante, comme toujours.

Nat était effectivement d'une beauté saisissante. Grande, mince et blonde, elle ferait tourner les têtes des hommes toute sa vie. Nat embrassa Althea avec effusion.

— C'est toujours un vrai plaisir de te voir, Thea. Même si ça me déprime que tu travailles cloîtrée dans ce sinistre petit bureau sans ouverture.

— Parce que tu crois que ton commissaire de frère me laisse une seule seconde de temps libre pour regarder par la fenêtre ?

Colt arriva sur ces entrefaites et poussa une exclamation amusée.

— Qu'est-ce qui se passe ici ? Une conférence, au sommet ? Thea, il faudra songer à agrandir ton…

Laissant sa phrase en suspens, il ouvrit de grands yeux.

— Je rêve ou quoi ? *Nat ?*

Avec un grand éclat de rire, il prit la jeune femme dans ses bras et la fit virevolter dans le bureau minuscule.

— Ça fait au moins sept ans, non ?

— Pas loin, répondit Natalie en riant. Et tu n'as pas changé ! On se retrouve tout à l'heure après mon rendez-vous pour boire un coup et parler du bon vieux temps ?

— Super idée. Je…

Colt s'interrompit net lorsque son regard tomba sur Althea. Perchée sur un coin de son bureau, elle les observait d'un air de curiosité détachée. Il se frotta le crâne.

— Eh bien, euh… une autre fois, peut-être, se ravisa-t-il en se demandant comment il était censé gérer pareille situation.

Nat se tourna vers Althea, puis dirigea de nouveau son regard vers lui. Elle hocha gravement la tête.

— Mmm… je vois. Colt et moi, nous nous connaissons depuis des lustres, précisa-t-elle à l'intention d'Althea. J'étais folle de lui lorsque j'étais gamine. Mais il n'a jamais voulu tirer avantage de l'admiration inconditionnelle que je lui portais.

Althea sourit.

— Il a eu tort.

— C'est qu'il est mignon comme un cœur, non ? enchaîna Nat en lui décochant un clin d'œil entendu.

Conscient que les deux jeunes femmes s'amusaient de lui, Colt enfonça les poings dans ses poches et leur jeta un regard sévère.

— Je pense que nous devrions laisser Thea tranquille, tous autant que nous sommes, elle a du travail par-dessus la tête.

— Oh, j'ai quand même quelques minutes à consacrer à une amie, riposta Althea avec le plus grand sérieux. Qu'est-ce qui t'amène par ici, Nat ?

— Les affaires, comme d'habitude. Et plus précisément, l'immobilier, en l'occurrence. J'ai une réunion de crise avec mon conseil d'administration.

— Qu'est-ce qui se passe, encore ? s'enquit Boyd.

Les yeux de Nat étincelèrent.

— Un problème avec le gérant de l'immeuble. Imagine-toi qu'il a augmenté tous les loyers sans nous en avertir et qu'il a empoché allègrement la différence. Et j'ai horreur qu'on se moque de moi.

Boyd lui effleura le bout du nez d'un doigt taquin.

— Tu es terriblement orgueilleuse, petite sœur. Tu détestes te tromper dans tes jugements.

Nat releva le menton.

— Ce type avait un CV en or et paraissait tout à fait honorable. Mais le problème avec les gérants d'immeuble, c'est qu'ils bénéficient d'une marge d'autonomie considérable. Figurez-vous que j'en ai eu un, une fois, qui avait carrément monté une salle de jeux dans un appartement vide. Il s'y était pris de façon très astucieuse, d'ailleurs, en inventant un faux locataire, avec un faux dossier et de fausses références. Comme la salle de jeux lui rapportait une somme coquette tous les mois, le loyer du locataire inexistant rentrait régulièrement. Sa combine était tout à fait au point.

Althea claqua des doigts.

— Bon sang, mais c'est bien sûr ! s'écria-t-elle en bondissant sur ses pieds.

Colt, lui, était déjà près de la porte. Arrachant son manteau du dos de sa chaise, Althea se tourna vers Boyd.

— Vérifie le casier judiciaire de…

— Nieman, c'est ça ? compléta Boyd en se précipitant hors de la pièce à son tour. Tu as besoin de renforts ?

— Je te tiens au courant.

Restées seules, Nat et Cilla échangèrent un regard.

— Encore des histoires de flic, commenta Cilla avec fatalisme.

Elles haussèrent les épaules et sortirent bras dessus bras dessous du commissariat.

12

— Nuls ! Nous sommes nuls ! pesta Colt. Je ne comprends pas pourquoi nous n'avons pas pensé à lui plus tôt.

Il fit claquer la portière du 4x4 et démarra en trombe sans même prendre la peine de retirer la contravention coincée sous son essuie-glace.

— Attention, nous n'avons aucune preuve, fit remarquer Althea. Si ça se trouve, ce pauvre Nieman est innocent comme un agneau.

— Tu dis ça, mais au fond tu sais comme moi que c'est lui le coupable. C'est tellement évident que je me demande comment ça ne nous a pas sauté aux yeux avant.

— Il est vrai que les pièces du puzzle s'emboîtent à la perfection, admit-elle après réflexion. Aucun locataire n'était sûr à cent pour cent d'avoir jamais vu le mystérieux Davis.

— Et qui avait la capacité d'imiter des références ? De constituer un dossier truqué ? Qui pouvait aller et venir à tout moment dans l'immeuble sans se faire remarquer ?

— Nieman. Encore et toujours Nieman.

— Je t'avais dit que ce type-là était une vraie fouine, lâcha Colt entre ses dents serrées.

Althea hocha la tête.

— On se calme, Nightshade. Officiellement, nous

venons pour un simple complément d'enquête. Et nous procédons avec tout le doigté qui s'impose.

— Le doigté, c'est ton rayon, Thea. Tu donneras le ton et je suivrai le mouvement.

Le 4x4 s'immobilisa devant un feu de circulation au rouge. Colt pianota du bout des doigts sur le volant.

— Euh... Pour ce qui est de Nat... Je tiens quand même à t'expliquer...

Elle fronça les sourcils.

— M'expliquer quoi ?

— Que nous ne sommes pas... que nous n'avons jamais... Enfin, tu me comprends, acheva-t-il piteusement.

Althea réprima un sourire.

— Mmm... Et pourquoi n'avez-vous jamais été amants ? Nat est pourtant belle, drôle et intelligente.

— Mais c'était aussi la sœur de Boyd. Au début, j'ai eu un petit coup de cœur pour elle. Mais très vite, j'en suis venu à me considérer plutôt comme un grand frère et un confident.

Elle l'examina avec curiosité.

— Pourquoi ce besoin de t'excuser, Colt ? Même s'il y avait eu quelque chose entre Nat et toi, ce ne serait pas un problème. Le passé est le passé. Je le sais mieux que quiconque.

Colt passa une vitesse et posa la main sur la sienne.

— Tu es une femme extraordinaire, Thea.

— Je ne te le fais pas dire... Tiens, gare-toi là, Nightshade. C'est une zone réservée aux opérations de chargement et de déchargement des marchandises. Mais tu n'en es plus à une contravention près.

Le 4x4 s'immobilisa devant le 25, de la Seconde Avenue.

— Prête ?

— Prête. Mais pour une approche subtile, Colt. Nous n'avons rien de concret à lui reprocher. Et si c'est lui, je n'ai pas envie qu'il nous file entre les doigts. Je veux le faire tomber. Pour Liz, pour Wild Bill.

Et pour elle-même aussi, d'une certaine manière. Pour boucler la boucle. En finir une fois pour toutes avec certains vieux cauchemars.

Après un dernier regard d'avertissement à Colt, elle frappa chez le gérant.

— Qu'est-ce que c'est ? dit la voix contrariée de Nieman.

— Inspecteur Grayson de la police judiciaire de Denver, monsieur Nieman. Nous avons encore quelques questions à vous poser.

Il entrebâilla la porte et leur jeta un regard circonspect.

— Je suis occupé en ce moment. Ça peut peut-être attendre demain ?

— Non, je regrette, monsieur Nieman. Mais nous n'abuserons pas de votre temps. Nous avons juste quelques points à vous faire préciser, à la lumière de certains éléments nouveaux, révélés par notre enquête.

Nieman ouvrit en maugréant et les laissa entrer à contrecœur. La première chose que vit Althea fut les cartons qui s'amoncelaient sur la moquette. Leur présence trahissait Nieman plus sûrement que s'il avait laissé l'arme du crime encore fumante sur la table.

— Vous tombez mal, comme vous pouvez le voir.

— En effet, oui. Vous quittez Denver, monsieur Nieman ?

D'un air indigné, le gérant tira sur son nœud de cravate.

— Vous ne pensez tout de même pas que je pourrais continuer à occuper mes fonctions ici après un scandale pareil ? La police, les reporters, les locataires qui me harcèlent : je n'ai pas une seconde de tranquillité depuis que cette histoire a commencé.

— Je ne doute pas que cette affaire ait été très éprouvante pour vous, commenta Colt poliment.

— Tenez, trouvez un endroit où vous asseoir si vous tenez absolument à conduire cet entretien aujourd'hui. Mais je n'ai que très peu de temps à vous consacrer. Je préfère tout mettre en cartons moi-même, vous comprenez ? Les déménageurs sont des gens redoutables. Aucune délicatesse.

— Vous semblez vous y connaître en matière de déménagements, monsieur Nieman, intervint Althea. Vous changez fréquemment de résidence ?

— Naturellement. J'aime voyager. Et avec mon expérience et mes compétences, je peux trouver du travail n'importe où.

— Les propriétaires de cet immeuble…

— Johnston & Croy, Inc.

— C'est cela, oui, confirma Althea en consultant son carnet.

— Une société tout à fait respectable, déclara Nieman dignement.

— Ils ne vous tiennent pas rigueur de ce qui s'est passé ?

Nieman haussa les épaules.

— Je peux difficilement être tenu pour responsable des agissements de mes locataires.

Althea décida qu'il était temps de prendre un risque calculé.

— Vous n'êtes jamais entré dans le duplex de M. Davis, dites-vous ?

— Je n'avais aucune raison de m'y rendre.

Avec un léger froncement de sourcils, elle tourna les pages de son carnet.

— Et si je vous disais qu'on a trouvé vos empreintes là-haut, comment expliqueriez-vous cela ?

Nieman changea de position dans son fauteuil, croisa puis décroisa les jambes.

— Maintenant que vous le dites… je me souviens d'un incident avec le détecteur de fumée dans le duplex. J'ai frappé et comme personne ne m'a ouvert, je me suis servi de mon passe pour m'assurer qu'il n'y avait aucun début d'incendie. Mais il s'agissait d'une fausse alerte, par chance. J'avoue que cela m'était sorti de la tête.

— Il y a peut-être autre chose qui vous est sorti de la tête, déclara Althea poliment. Vous avez oublié de nous parler d'un chalet situé à l'ouest de Boulder. Vous gérez cette propriété également ?

— Je ne comprends absolument pas de quoi vous voulez parler. Je ne gère pas d'autre immeuble que celui-ci.

— Il s'agit d'un lieu de villégiature, alors ? J'ai cru comprendre que vous alliez régulièrement vous détendre à la montagne en compagnie de M. Kline, M. Donner et M. Scott.

Quelques gouttes de sueur perlèrent sur la lèvre supérieure de Nieman. Il se leva.

— Je n'ai jamais entendu parler de ces personnes. Et maintenant si vous voulez bien m'excuser…

Sans bouger de son fauteuil, Althea lui sourit aimablement.

— M. Scott n'est pas encore en état de recevoir de visites mais je suis convaincue que la vue de M. Donner et de M. Kline vous rafraîchirait la mémoire. Si vous voulez bien venir avec nous au…

— Je refuse de vous accompagner où que ce soit, la

coupa Nieman nerveusement. J'ai répondu à vos questions avec beaucoup de patience mais, si vous continuez à me harceler, je serai contraint d'en référer à mon avocat.

Althea désigna le téléphone d'un geste gracieux de la main.

— Faites, monsieur Nieman, faites. Il nous retrouvera au commissariat. Dans l'intervalle, j'aimerais que vous essayiez de vous rappeler où vous vous trouviez le soir du 25 octobre. Un alibi vous serait utile.

— Un alibi ? Pourquoi un alibi ?

— Pour un meurtre.

Nieman sortit sa pochette et s'essuya le visage.

— Je crois rêver ! Nous nageons en pleine absurdité ! On n'accuse pas comme ça les gens sans raison !

— Oh, mais je ne vous accuse pas, monsieur Nieman. Je vous demande simplement ce que vous faisiez le 25 octobre entre 21 heures et 23 heures. Vous pourrez prévenir votre avocat que vous serez interrogé au sujet d'une jeune femme surnommée Lacy. Nous serons également amenés à vous poser quelques questions concernant l'enlèvement d'Elisabeth Cook, dont nous avons recueilli la déposition. Liz est une adolescente très intelligente, très observatrice, n'est-ce pas, Nightshade ?

— Peu de choses lui échappent, en effet, acquiesça Colt, amusé. Le procureur a du pain sur la planche. Les descriptions que Liz a fournies sont très précises.

Colt était épaté par la technique d'Althea. Elle procédait par touches, accumulant les sous-entendus, sapant petit à petit les défenses de Nieman.

— Il est vrai que Donner et Kline ont été très coopératifs aussi, à leur manière, ajouta-t-elle gravement.

Le visage de Nieman avait pris une teinte livide.

— Ils mentent. Je suis un homme respectable. Vous

ne pouvez pas prouver quoi que ce soit en vous basant sur les affirmations de deux acteurs de seconde zone.

— Tiens... Je ne me souviens pas avoir mentionné que M. Kline et M. Donner étaient acteurs. Si, Nightshade ?

Colt réprima un sourire. Il l'aurait volontiers embrassée.

— Non. Nous n'avons apporté aucune précision à leur sujet.

Althea hocha la tête.

— Vous semblez avoir un véritable don de voyance, Nieman. Pourquoi ne poursuivrions-nous pas cette conversation au commissariat ? Vous avez peut-être encore d'autres visions comme celle-ci à nous faire partager ?

Les yeux de Nieman étincelèrent d'un mélange de peur et de rage.

— Je n'irai pas.

Althea se leva.

— Appelez votre avocat si vous le désirez, mais vous êtes convoqué pour un interrogatoire. Et pas plus tard que maintenant.

— Jamais je n'accepterai de me laisser commander par une femme, hurla Nieman, les yeux luisant de haine, en se jetant sur elle.

Althea n'attendait que ça. Elle se prépara à le maîtriser mais Colt s'interposa et réussit à le repousser d'une seule main. Nieman s'effondra comme une poupée de son sur le canapé.

— Violence à agent dans l'exercice de ses fonctions. Parfait. Voilà qui devrait nous permettre de l'embarquer, déclara-t-il avec satisfaction. Et ça nous laissera le temps d'obtenir un mandat de perquisition.

Althea sortit une paire de menottes de son sac et s'employa diligemment à immobiliser les poignets de Nieman. Colt la regarda faire avec intérêt.

— Dites-moi, inspecteur, je n'ai pas souvenir qu'on ait trouvé des empreintes de ce monsieur dans le duplex, si ?

Elle rejeta ses cheveux en arrière.

— Je n'ai jamais affirmé que c'était le cas. Je me suis exprimée au conditionnel, je crois, si mes souvenirs sont bons ?

— Tout à fait. Je révise mon opinion sur la façon dont tu travailles, Thea. Je trouve tes méthodes excellentes.

Elle lui sourit.

— Merci. Et maintenant, je serais curieuse de savoir ce que recèlent tous ces cartons soigneusement emballés.

Ils trouvèrent plus de preuves qu'il n'en fallait pour arrêter Nieman. Des cassettes vidéo, des photos et même un journal intime écrit de sa main où il recensait avec une précision maniaque ses activités, ses pensées, la haine viscérale qu'il vouait aux femmes. Le meurtre de Lacy était relaté en détail. On apprenait également que le corps avait été enfoui derrière le chalet.

— C'est presque décevant, observa Colt quelques heures plus tard en suivant Althea dans son bureau. Ce type est si profondément rebutant que je n'avais même plus envie de le tuer.

— C'est un grand malade, surtout. Si ça peut te consoler, je crois qu'il était sincère lorsqu'il affirmait n'avoir jamais touché Liz lui-même. Le profil psychiatrique me paraît clair : impuissance, misogynie exacerbée et voyeurisme.

Colt se passa la main dans les cheveux.

— N'empêche que ce type avait la veine commerciale, mine de rien. Il s'est fait un joli paquet d'argent avec son idée de mettre ses fantasmes très particuliers en scène et de les fixer sur pellicule. Ça lui permettait de s'offrir des antiquités et des cravates de soie.

— Là où il va passer les vingt prochaines années de sa vie, il n'aura besoin ni des unes ni des autres, murmura Althea en allumant son ordinateur.

Colt lui posa les mains sur les épaules.

— Tu as été extraordinaire, Thea.

— En général, je me débrouille plutôt bien, en effet.

Professionnellement parlant, en tout cas. Mais Althea avait encore un gros problème à régler : décider de ce qu'elle voulait faire d'elle-même et de Colt. Et pour cela, il lui fallait un temps de réflexion.

— Ecoute, Colt, j'ai encore des tonnes de paperasserie à faire…

— Tu as envie que je te laisse un peu d'air, c'est ça ? On pourrait se retrouver ce soir chez les Fletcher ?

Althea lui sourit avec reconnaissance.

— Ce serait parfait.

Colt se pencha pour poser un baiser dans ses cheveux.

— Je t'aime, Thea.

Je sais ce que c'est. Je t'aime aussi, songea-t-elle. Mais seulement lorsqu'il eut quitté la pièce en refermant la porte derrière lui.

Fidèle à sa promesse, Althea alla voir Liz à son hôtel. Elle trouva Marleen avec les deux bras passés autour du cou de sa fille.

— Je n'arrive plus à la lâcher, admit l'amie de Colt avec un sourire tremblant. Je crois que nous ne pourrons jamais vous remercier assez pour ce que vous avez fait, inspecteur Grayson. C'est tellement immense que je ne trouve pas les mots pour exprimer ma gratitude.

Sur le point de répondre qu'elle n'avait fait que son métier, Althea se ravisa en jetant un coup d'œil à Liz.

— Vous voir réunis, tous les trois, est déjà une récompense en soi, dit-elle en serrant chaleureusement la main de Marleen.

Liz jeta un regard hésitant à sa mère.

— Je pourrais parler quelques secondes seule avec Althea, maman ?

Marleen ferma un instant les yeux et serra sa fille très fort dans ses bras avant de se diriger vers la porte.

— OK Je descends dans le hall attendre ton père. Il ne devrait pas tarder à arriver avec sa glace.

— Nous allons entamer une thérapie familiale, annonça Liz dès qu'elles furent seules. Et je vais faire partie d'un groupe de soutien aux victimes de viol. J'ai… j'ai un peu la trouille.

— C'est normal d'avoir peur. Mais ça va t'aider, tu sais. Vraiment t'aider.

Liz hocha la tête.

— Même papa a pleuré. Il ne savait plus quoi dire, plus quoi faire. C'est la première fois que je le voyais comme ça. Moi, je croyais qu'il s'en fichait de mes histoires, qu'il n'y avait que son travail qui comptait pour lui. Ça m'a fait drôle qu'il réagisse comme ça. Je trouvais que mes parents étaient injustes avec moi et qu'ils ne comprenaient rien à rien. Mais j'ai été vraiment stupide de fuguer pour des bêtises. Et maintenant, ce ne sera plus jamais comme avant.

— Pas comme avant, non. Mais si vous faites tous les trois un effort pour mieux vous comprendre et vous respecter, ce sera encore mieux.

— J'espère. Je me sens encore tellement… bizarre.

Comme si je n'étais qu'une enveloppe avec du vide à l'intérieur.

Althea lui prit la main.

— Le vide va se remplir petit à petit, Liz. Il faudra juste faire attention à ne pas devenir indifférente. Les épreuves que tu as traversées peuvent te rendre forte. Prends garde simplement qu'elles ne te durcissent pas.

Les yeux remplis de larmes, Liz tendit la main vers la boîte de mouchoirs posée sur la table basse.

— Colt est venu nous voir tout à l'heure pour nous annoncer que le voyeur avait été arrêté. Et il m'a dit que chaque fois que ça irait mal, il faudrait que je pense à vous.

— A moi ? s'étonna Althea.

— Parce qu'il vous est arrivé quelque chose d'horrible et que ce malheur, vous l'avez utilisé pour devenir quelqu'un de magnifique. A l'intérieur comme à l'extérieur. Pour lui, vous n'avez pas seulement survécu, vous avez triomphé.

Liz lui adressa un sourire tremblant.

— Je crois que Colt vous aime beaucoup.

— Je l'aime beaucoup aussi.

Et aimer n'était pas nécessairement une marque de faiblesse.

Cette évidence frappa soudain Althea à la manière d'une révélation. Il était juste d'aimer Colt car elle l'admirait et le respectait. Parce qu'il savait très exactement qui elle était et qu'il l'aimait inconditionnellement, avec son passé, son histoire, ses particularités et même ses petites manies.

— Colt, c'est vraiment le type le plus génial que je connaisse, renchérit Liz. C'est quelqu'un qui ne te laisse jamais tomber, quoi qu'il arrive.

— C'est vrai.

Liz lui jeta un regard soudain timide.

— Est-ce que ça vous dérangerait si, de temps en temps, je vous passais un coup de fil ? Pas souvent. Juste quand ça va très, très mal ?

Althea alla s'asseoir à côté d'elle et lui ouvrit les bras.

— Quand ça va mal, mais aussi quand ça va bien ! Je serai toujours heureuse de t'entendre, Liz.

Un quart d'heure plus tard, Althea laissa la famille Cook à ses retrouvailles. En traversant le hall d'entrée de l'hôtel, elle eut la surprise de tomber sur Colt. Son cœur battit plus vite.

— Tiens… Qu'est-ce que tu fais là, Nightshade ? Marleen m'a dit que tu étais déjà passé tout à l'heure.

— J'ai accompagné Frank lorsqu'il est parti chercher de la glace pour toute la famille. Il avait besoin de parler.

Elle lui caressa la joue avec tendresse.

— Tu es un ami sur qui on peut compter, Colt.

— C'est la définition même de l'amitié, non ? Tu veux que je te dépose quelque part ?

Althea hésita. Mais étrangement, elle n'éprouvait plus le besoin de s'isoler pour réfléchir.

— J'ai ma voiture mais je marcherais bien un peu pour me détendre. Ça te dirait ?

Il lui passa un bras autour des épaules.

— Tout à fait. Ça t'ennuierait de faire une petite pause shopping ? J'ai besoin de tes conseils éclairés pour acheter un cadeau d'anniversaire à ma mère.

Elle se cabra par réflexe.

— Je ne la connais pas.

— Aucune importance. Tu vas la rencontrer très prochainement, je te le promets.

Il lui entoura la taille et tourna à l'angle de la rue, se dirigeant vers les boutiques du centre-ville.

— Tu es une adepte des listes de mariage, toi ? demanda-t-il en s'immobilisant devant la vitrine d'un magasin de porcelaine.

Avec un haussement d'épaules, Althea passa son chemin, l'obligeant à allonger le pas pour la suivre.

— Et le trousseau ? Ça se fait toujours ? poursuivit-il en lui enlaçant tendrement la taille.

— Aucune idée. Et je m'en moque.

— Je reconnais que le T-shirt d'homme d'hier soir avait son charme. Mais un truc un peu plus… déshabillé ferait mieux mon affaire.

Avec un soupir exaspéré, Althea désigna un pull tunique bleu sur un mannequin.

— Tu crois qu'il plairait à ta mère ? C'est du cachemire, apparemment.

— Ce pull, tu dis ? Génial. On entre l'acheter.

Les poings sur les hanches, Althea pivota vers lui.

— Tu vois, c'est ça qui m'inquiète chez toi, Colt. Tu ne réfléchis jamais, tu fonces. N'importe où, n'importe comment.

Il lui tira affectueusement les cheveux.

— Je fonce parce que je sais reconnaître au premier coup d'œil ce qui est bon pour moi. Allez, viens.

Sans l'ombre d'une hésitation, il l'entraîna dans la boutique et réclama le pull en cachemire à la vendeuse.

— Tu n'as même pas demandé le prix, lui chuchota Althea.

— C'est vrai. Je sens que tu vas avoir une bonne influence sur moi. J'ai tendance à passer un peu trop vite sur certains détails.

— C'est l'euphémisme du siècle, maugréa-t-elle

en examinant des jupes sur un portant pendant qu'il réglait à la caisse.

Colt était inconsidéré, irréfléchi, impulsif et sans méthode. Comment avait-elle pu penser un instant qu'ils seraient susceptibles de s'accorder ? Tournant la tête, elle le regarda s'entretenir avec la vendeuse… et comprit qu'elle et Colt, étonnamment, s'accordaient à la perfection. Il lui convenait très précisément tel qu'il était, avec ses cheveux trop longs, ses yeux qui n'étaient ni tout à fait bleus ni tout à fait verts, sa fougue et sa constance.

Sa fiabilité. Sa compréhension totale et inconditionnelle.

— Il y a un problème ? demanda Colt en notant qu'elle le regardait.

— Aucun, Nightshade. Aucun.

— Parfait… Dites-moi, madame, vous ne vendez pas des robes de mariée, par hasard ?

Le regard de la vendeuse s'éclaira.

— Pas le modèle blanc classique, non, mais si vous n'êtes pas trop à cheval sur la tradition, nous avons quelques robes qui conviendraient à merveille pour une mariée.

— Il nous faudrait quelque chose de gai. Ce serait pour un 31 décembre.

— Je ne t'épouserai pas à la Saint-Sylvestre, Nightshade.

— Comme tu voudras. Choisis une autre date.

— Thanksgiving.

Elle eut le plaisir de voir la bouche de Colt s'ouvrir de stupéfaction.

— Pardon ?

— J'ai dit : Thanksgiving. Juste avant la dinde. C'est à prendre ou à laisser.

Puis Althea sortit à grands pas de la boutique sous

le regard sidéré de la vendeuse. Colt bondit dehors à sa suite. Il la rattrapa trois vitrines plus loin et lui saisit le bras.

— Tu as bien dit que tu acceptais de m'épouser le jour de Thanksgiving ?

— J'ai horreur de me répéter, Nightshade. Et maintenant si tu as terminé ton shopping, j'ai du travail qui m'attend, *moi*.

Colt fourra le paquet pour sa mère sous son bras et la secoua sans ménagement par les épaules.

— Qu'est-ce qui t'a fait changer d'avis ?

— La subtilité de tes manœuvres d'approche, sans doute, rétorqua-t-elle, pince-sans-rire. Tu peux arrêter de me violenter, s'il te plaît ?

Il secoua la tête comme pour remettre de l'ordre dans ses pensées.

— Tu vas te marier avec moi ? Pour ce Thanksgiving qui vient ? Autrement dit dans quelques semaines ?

— Tu regrettes déjà ta proposition ? commença-t-elle à lancer. Si tu préfères renoncer…

Mais Colt la musela si efficacement qu'elle ne put achever sa phrase. Ce fut un baiser si fougueux, si débordant d'enthousiasme qu'un petit groupe de passants s'immobilisa pour les regarder.

— Sais-tu ce que tu risques à embrasser un officier de police sur la voie publique ? demanda-t-elle en riant lorsqu'elle put parler de nouveau.

— Une sentence à vie, c'est ça ?

— Exactement.

— Tu ne m'as toujours pas dit pourquoi tu voulais m'épouser le jour de Thanksgiving ?

— Parce qu'ainsi, j'aurai une famille pour le célébrer, admit-elle en toute simplicité. Chaque année, Cilla me harcèle pour que je vienne le fêter avec eux, mais je n'ai jamais eu le cœur d'accepter jusqu'ici.

— Et qu'est-ce qui t'a décidée à m'épouser ?

— C'est un interrogatoire ou une demande en mariage ? J'ai fini par céder parce que tu m'as eue à l'usure. Tu me faisais de la peine à insister comme ça. Et accessoirement, je t'aime et je me suis plus ou moins habituée à toi, alors…

— Une seconde… Tu peux répéter ça ?

— Je disais que je m'étais plus ou moins habituée à toi.

— Non, avant.

— Avant, je t'expliquais que tu me faisais de la peine.

Colt secoua la tête.

— Et entre les deux ?

— Mmm… Tu veux parler du « je t'aime » ?

Il sourit.

— Dis-le encore.

— Je t'aime, Colt, murmura-t-elle en rougissant comme une collégienne. C'est un peu dur à sortir comme ça, tout seul, sans rien autour.

— Tu t'habitueras, tu verras.

— Je crois que tu pourrais bien avoir raison.

Avec un grand rire, il la saisit dans ses bras et la fit virevolter sur le trottoir.

— Tu as tout intérêt à t'habituer, Althea Grayson, car j'exige que tu me le répètes au minimum deux fois par jour jusqu'à notre cinquantième anniversaire de mariage !

Épilogue

— Je ne sais pas trop si…

Althea laissa sa phrase en suspend. Le miroir en pied de la chambre de Cilla lui renvoyait le reflet d'une jeune femme au visage pâle et encadré d'une cascade de cheveux roux. Elle portait un tailleur blanc ivoire bordé de dentelle et une veste cintrée ornée de boutons de perles. Elle avait de la classe, pas de doute.

Mais des yeux trop grands, écarquillés, comme apeurés.

— Je crois que ça ne va pas aller, reprit-elle.

— Tu es magnifique, la rassura Deborah. Absolument parfaite.

— Je ne parlais pas du tailleur, soupira Althea en posant une main sur son estomac nauséeux. Je parlais du mariage.

— Ah non ! Tu ne vas pas commencer ! s'exclama Deborah en tirant sur le revers de la veste ivoire. Quand tu t'agites comme ça, tu déranges tes vêtements.

— Bien sûr que je ne m'agite, il y a de quoi, protesta Althea.

Histoire d'occuper ses mains, elle vérifia que ses pendentifs en perles tenaient bien. Elle eut chaud au cœur en se remémorant le moment où la mère de Colt les lui avait offerts : elle les lui avait tendus en balbutiant qu'il s'agissait d'un bijou de famille qu'elle-même tenait de sa grand-mère, puis elle avait versé quelques larmes d'émotion et déposé un baiser sur sa joue en lui souhaitant la bienvenue dans leur famille.

Une famille… Althea se sentit traversée par un vent de panique en songeant qu'elle allait désormais avoir une famille, elle qui ne savait rien de la vie de famille.

— Je suis sur le point de m'engager avec un homme que je connais depuis seulement quelques semaines, reprit-elle en s'adressant à la jeune femme dans le miroir.

— Mais tu l'aimes, non ? demanda Deborah.

— Et après ? Ça n'a rien à voir.

Deborah éclata de rire et prit dans les siennes les mains d'Althea.

— Ça a tout à voir, répondit-elle. Quand j'ai épousé Gage, je ne le connaissais pas depuis longtemps. Mais je l'aimais et je le savais. Toi tu aimes Colt et tu le sais. Je l'ai vu à la manière dont tu le regardes.

— Ah, ces légistes, se plaignit Althea en s'adressant à Cilla. Ils arrivent toujours à retourner vos arguments contre vous.

— Elle est formidable, n'est-ce pas ? fit Cilla avec un petit rire joyeux.

Elle prit sa sœur par les épaules et la serra contre elle avec des yeux brillants de fierté.

— C'est la meilleure procureure de tout l'est des Etats-Unis, ajouta-t-elle.

— Pas difficile d'être bon quand on a raison, répliqua Deborah avec un grand sourire. Et si nous nous occupions un peu de notre dame d'honneur…

Elle inclina la tête et balaya Cilla d'un regard appréciateur.

— Tu es superbe, Cilla.

— Toi aussi, fit Cilla en caressant les cheveux noirs

de sa sœur. Le mariage et la maternité t'ont épanouie, on dirait.

— Quand vous aurez fini votre quart-d'heure de compliments réciproques, toutes les deux, ça serait gentil de vous intéresser à moi..., intervint Althea.

Elle se laissa tomber sur le lit et ferma les yeux.

— Et si je m'enfuyais par-derrière ? gémit-elle.

— Colt te rattraperait, affirma Cilla.

— Pas si j'ai suffisamment d'avance. Si je...

Un coup frappé à la porte l'interrompit.

— Si c'est Nightshade, je ne veux pas lui parler, fit précipitamment Althea.

— Bien sûr que non, approuva Deborah. Il ne doit pas te voir avant le début de la cérémonie, ça porte malheur.

Elle alla ouvrir et son visage s'illumina en découvrant Gage qui lui souriait, avec Adrianna, leur petite dernière, dans les bras.

— Désolé de vous interrompre dans vos préparatifs, dit-il. Mais en bas, ils s'impatientent.

— Si les enfants ont osé toucher au gâteau, je...

— Boyd est intervenu à temps pour le sauver, fit Gage en riant.

Il passa son bras libre autour de la taille de sa femme.

— Mais Colt est en train de creuser un chemin sur le tapis du salon.

— Il est nerveux, intervint Althea. Il y a de quoi. Il nous a fourré dans un sale guêpier. Bon sang, j'aimerais bien être une petite mouche pour filer discrètement.

Gage sourit et adressa un clin œil à Deborah.

— Mais non, protesta-t-il. Le mariage a ses avantages.

La petite se mit à gigoter et il se pencha vers elle pour la cajoler.

— Laisse-la moi, fit Deborah en la lui prenant d'autorité. Va plutôt aider Boyd à faire patienter le marié. Nous sommes presque prêtes.

— Pas tout à fait ! protesta Althea en recommençant à se triturer nerveusement les mains.

Cilla prit Gage par le bras et le poussa dans le couloir, puis elle referma la porte derrière lui et se tourna vers Althea en affichant un air résolu.

— Tu es lâche, fit-elle doucement.

— Eh, une minute… protesta Althea.

— Tu as peur de descendre quelques marches et de t'engager auprès de l'homme que tu aimes, coupa Cilla. C'est pitoyable…

Tout en berçant l'enfant qui s'était mise à pleurnicher, Deborah entra dans le jeu.

— Ne sois pas si dure avec elle, Cilla. Après tout, si elle a changé d'avis…

— Elle n'a pas changé d'avis. Elle a peur, c'est tout. Pourtant, Colt fait le maximum pour la rassurer. Il va même revendre son ranch pour acheter dans le coin.

Althea se leva d'un bond.

— Tu es injuste ! se défendit-elle. Je ne lui avais rien demandé.

— C'est vrai, ça, renchérit Deborah. Tu es injuste, Cilla. Tu pourrais manifester un peu plus de compréhension. Il s'agit d'une décision importante qui engage son avenir.

— Dans ce cas, elle ferait mieux de la prendre, cette décision, au lieu de se terrer dans cette chambre comme une vierge apeurée qui tremble à l'idée d'être conduite sur l'autel du sacrifice.

Piquée au vif, Althea redressa fièrement le menton.

— Je ne me cache pas. Deb, tu peux y aller et leur dire de lancer leur foutue musique. Je vais descendre.

— Très bien Thea. Si tu es sûre de toi.

Elle lui tapota gentiment le bras, adressa un clin d'œil à sa sœur, puis sortit.

— Eh bien, allons-y aussi ! s'exclama Anthea en lui emboîtant le pas.

— J'arrive, fit Cilla en la dépassant dans le couloir pour filer dans l'escalier.

Quand Althea comprit que les deux sœurs l'avaient piégée avec la bonne vieille technique des interrogatoires, celle du bon et du mauvais flic, il était trop tard, elle se trouvait déjà à mi-chemin dans l'escalier, exposée au regard des invités qui levaient les yeux vers elle.

Son ventre se noua tandis qu'elle survolait la scène du regard. Il y avait des fleurs partout, une véritable cascade de couleurs et de senteurs. Les haut-parleurs diffusaient dans la pièce une musique romantique à souhait, absolument parfaite pour la circonstance. La mère de Colt s'accrochait au bras de son mari et souriait à travers ses yeux voilés de larmes, tandis que Natalie, rougissante, se tamponnait les yeux. Deborah, l'œil sec, mais trouble, serrait contre elle Adrianna pour se donner une contenance. Boyd avait pris la main de Cilla et déposait un baiser sur sa joue humide.

Althea s'arrêta net… Toutes ces larmes n'auguraient rien de bon. Si les gens pleuraient aux mariages, ils avaient sûrement une bonne raison.

Puis son regard se tourna vers la cheminée. Et elle ne vit plus que Colt.

Et lui ne vit plus qu'elle.

Les jambes d'Althea cessèrent de trembler. Elle traversa la pièce pour le rejoindre, guidée par son cœur, avec dans la main une unique rose blanche.

— Ravi de vous voir, lieutenant, murmura-t-il en lui prenant la main.

— Ravie de vous voir, monsieur Nightshade, répondit-elle.

Le feu qui brûlait derrière eux la réchauffa, mais pas autant que la présence de Colt. Elle sourit quand il porta ses doigts à ses lèvres pour y déposer un baiser.

— Joyeux *Thanskgiving*, dit-il.

— A toi aussi, répondit-elle en approchant sa bouche de leurs mains jointes.

Elle ne savait pas ce qu'était une famille, mais elle ne demandait qu'à apprendre. Avec lui.

— Je t'aime très fort, murmura-t-elle.

— Moi aussi je t'aime fort. Tu te sens prête ?

— Je me sens prête.

Et devant le feu qui crépitait, ils se tournèrent l'un vers l'autre. Et vers la vie à deux qui les attendait.

Composé et édité par HarperCollins France.

Achevé d'imprimer en décembre 2019.

CPi
BLACK PRINT

Barcelone

Dépôt légal : janvier 2020.

MIXTE
Papier issu de
sources responsables
FSC® C108412

Pour limiter l'empreinte environnementale de ses livres, HarperCollins France s'engage à n'utiliser que du papier fabriqué à partir de bois provenant de forêts gérées durablement et de manière responsable.

Imprimé en Espagne.